A CEGUEIRA
E O SABER

Affonso Romano de Sant'Anna

A CEGUEIRA
E O SABER

Rocco

Copyright © 2006 by Affonso Romano de Sant'Anna

Direitos desta edição reservados à
EDITORA ROCCO LTDA.
Avenida Presidente Wilson, 231 – 8º andar
20030-021 – Rio de Janeiro, RJ
Tel.: (21) 3525-2000 – Fax: (21) 3525-2001
rocco@rocco.com.br
www.rocco.com.br

Printed in Brazil / Impresso no Brasil

preparação de originais
ANNA BUARQUE

CIP-Brasil. Catalogação na fonte.
Sindicato Nacional dos Editores de Livros, RJ.

S223c	Sant'Anna, Affonso Romano de, 1937–
	A cegueira e o saber / Affonso Romano de Sant'Anna.
	Rio de Janeiro: Rocco, 2006.
	ISBN 85-325-2099-5
	1. Crônicas brasileiras. I. Título.
	CDD-869.98
06-2367	CDU-821.134.3(81)-8

Somos em verdade uma raça de cegos
e a geração seguinte, cega à sua própria cegueira,
se assombrará com a nossa.

L. L. WHITE

Milan Kundera comenta (em *L'artdu roman*, 1986):
Escrever significa para o poeta romper a muralha atrás
da qual se esconde alguma coisa que "sempre esteve lá" (...)
Para elevar-se a essa missão, o poeta deve recusar servir
verdades conhecidas de antemão e bem usadas, verdades já
"óbvias" porque trazidas a superfície e aí deixadas a flutuar.
Não importa que essas verdades "supostas de antemão" sejam
classificadas como revolucionárias ou dissidentes, cristãs
ou ateias – ou quão corretas e apropriadas, nobres e justas
sejam ou tenham sido proclamadas. Qualquer que seja sua
denominação, essas "verdades" não são as "coisas ocultas"
que o poeta é chamado a desvelar; são, antes, parte
da muralha que é missão do poeta destruir.

ZYGMUNT BAUMAN

Olhe, o subtítulo deste livro poderia ser "crônicas culturais". Com isto estou diferenciando-as dos textos mais leves, que tiveram seus mestres em Rubem Braga e Fernando Sabino. A esse gênero pertencem cerca de dez livros que publiquei, coligindo colaborações periódicas em jornais e revistas.

Estes escritos diferenciam-se também do que seria crítica e resenha. Poeta crônico, interessa-me entender a "contemporaneidade" e rever a tradição.

ARS

A CEGUEIRA E O SABER 1

Primeiro esta lenda: "Era uma vez uma praga que atingiu os mongóis. Os saudáveis fugiram, deixando os doentes e dizendo: 'Que o Destino decida se eles vivem ou morrem.' Entre os doentes havia um jovem chamado Tarvaa. O seu espírito deixou o corpo e chegou ao lugar dos mortos. O governante daquele lugar disse a Tarvaa: 'Por que deixaste o teu corpo enquanto ainda estava vivo?' 'Eu não esperei que tu me chamasses', respondeu Tarvaa, 'simplesmente vim.' Comovido com a presteza com que o jovem obedeceu, o Khan do Inferno disse: 'A tua hora ainda não chegou. Deves retornar. Mas podes levar daqui o que quiseres.' Tarvaa olhou em volta e viu todas as alegrias e todos os talentos terrenos: riqueza, felicidade, riso, sorte, música, dança. 'Dá-me a arte de contar histórias', disse ele, pois sabia que as histórias podem congregar as outras alegrias. E assim retornou ao seu corpo, e constatou que os corvos já lhe haviam arrancado os olhos. Como não podia desobedecer ao Khan do Inferno, reentrou no próprio corpo e viveu cego, porém conhecendo todos os contos. Passou o resto da vida viajando pela Mongólia, contando contos e lendas e trazendo às pessoas alegria e saber."

Sintomaticamente essa lenda começa mencionando "uma praga que atingiu os mongóis" e termina revelando como o herói se tornou exemplar contador de histórias. A exemplo de *O Decamerão*, de Boccaccio, várias narrativas se referem às pestes que antecederam o surgimento dos contadores de histórias. No caso da narrativa italiana, um grupo de jovens se refugia num determinado lugar por causa da peste e para passar o tempo eles começam a contar histórias. Narrar é uma forma de sobreviver e afastar a morte. Igualmente em *As mil e uma noites*, as peripécias que Sherazade vai desfiando noite após noite é o seu estratagema para postergar a sua morte.

No caso da lenda mongol, além da peste como elemento disparador dos fatos, há um dado singular: como todo personagem mítico, o herói Tarvaa transita entre a vida e a morte, como se não houvesse separação entre elas. É o herói mágico que vive no limiar, na fronteira entre dois mundos. Adentrou-se na morte, mas estava vivo. Não esperou que o chamassem para o outro lado – "simplesmente vim", diz ele, como se isso lhe fosse natural. E como uma espécie de prêmio ou reconhecimento lhe é conferido o direito de escolher o que quiser do mundo sobrenatural. Mas à semelhança de outros heróis míticos, ele recusa as riquezas e opta por algo bem mais modesto, algo que aparentemente é nada: contar histórias.

Em dois outros extremos, um religioso e outro literário, poderíamos estabelecer um paralelo, com Cristo recusando tudo, toda a aparência de poder e brilho que o demônio lhe ofereceu do pináculo do Templo, ou, no episódio poético e metafísico da *Máquina do mundo* que apareceu ao poeta (Drummond), oferecendo-lhe também a solução de todos os enigmas. Nesses episódios, igualmente, há a recusa das aparências, do falso poder e do falso saber. E assim como na mítica biografia do rei Salomão, que ao ser indagado, ainda jovem, o que mais queria, respondeu "sabedoria", o herói mongol optou também por um tipo de saber e poder imponderável: viver no fabuloso imaginário.

Mas nosso herói, como nos mitos, por ter se apressado, como se tivesse cometido uma infração, é também punido. Enquanto dialogava com o Khan do Inferno, do lado de cá, onde havia largado seu corpo, os corvos comeram-lhe os olhos. Mesmo assim ele reassume sua forma e seu papel no drama, pois sendo cego ele conhecia já "todos os contos" e levava às pessoas "alegria e saber". Ele não necessitava mais ver o exterior, a sabedoria iluminava sua vida interior.

A cegueira e o conhecimento são dois termos que pontuam inúmeros mitos. Ao invés de se anularem, esses dois termos se potencializam. Édipo, por exemplo, na tragédia de Sófocles, nos dá dois elementos importantes para esta análise. Primeiro a peça se inicia descrevendo, a exemplo do mito mongol, o misterioso flagelo, "a pavorosa peste" que se abateu sobre a cidade. Em segundo lugar, um dos pontos altos da tragédia é quando ao "ver" que possuiu a própria mãe depois de ter matado o pai, Édipo cega-se assombrosamente. Dir-se-ia que se cegou para não ver. Mas numa interpretação ultrassofisticada de Heidegger, Édipo é aquele que se cegou para melhor ver a sua patética situação.

Cegueira e (pré)visão. Do Cego Aderaldo, repentista no sertão nordestino, à Grécia esses termos se complementam. "Furaram os óio do assum preto pra ele assim cantar melhor", diz Luiz Gonzaga. Homero, diz-se, era um bardo cego. E é comum aqui e ali encontrar o profeta, o sacerdote, o xamã ou o pajé, sempre cegos, que de dentro de sua cegueira enxergam melhor que a corte ou toda a tribo. É assim que Tirésias, o adivinho que aparece em várias peças de Sófocles, sendo cego é o que pode narrar e "prever". É ele quem revela a Édipo o que, antes de cegar-se, Édipo ignorava.

Tome-se agora esse extraordinário livro *Meu nome é vermelho* (Companhia das Letras), do escritor turco Orhan Pamuk. A cegueira e a sabedoria são dois temas fortes dessa obra, que estabelece o confronto entre a maneira renascentista de pintar e o modo de conceber figuras e miniaturas nos impérios persa, mongol e turco. Aí, como se estivessem revivendo mitos, os pintores cultivavam a cegueira como forma de aperfeiçoar sua pintura. Assim, "a cegueira não era um mal, mas a graça suprema concedida por Alá ao pintor que dedicara a vida inteira a celebrá-lo; porque pintar era a maneira de o miniaturista buscar como Alá vê este mundo, e essa visão sem igual só pode ser alcançada por meio da memória, depois que o véu da cegueira cair sobre os olhos, ao fim de uma vida inteira de trabalho duro. Assim, a maneira como Alá vê o seu mundo só se manifesta por meio da memória dos velhos pintores cegos".

Por isso, no Islã antigo, pintores apressavam sua cegueira pintando sobre uma unha ou grão de arroz, ou fingiam-se de cegos, pois só os sem talento precisavam dos olhos.

Talvez, por aí, se possa começar a entender a opção que faz o artista entre o mundo imaginário, para ele mais real que o real, e o que os demais denominam como realidade.

É preciso, depois de ver, "desver" para que o real se realize.

A CEGUEIRA E O SABER 2

Do *Ensaio sobre a cegueira* (Companhia das Letras), romance de José Saramago, o leitor tem memória recente. Ele narra que num dia qualquer um cidadão, diante do sinal de trânsito, fica desesperadamente cego. E começa, então, uma epidemia de cegueira narrada longamente. Ao final do livro e do mergulho na escuridão os personagens começam a emergir de novo para a visão recuperada. É uma parábola de fundo ético, sobre os nossos tempos, com uns laivos de esperança, como o próprio romancista assinalou em algumas entrevistas. Na última página, usando aquela estranha pontuação, o texto indaga: "– Por que foi que cegamos, Não sei, talvez um dia se chegue a conhecer a razão, Queres que te diga o que penso, Diz, Penso que não cegamos, penso que estamos cegos, Cegos que veem, Cegos que, vendo, não veem."

Na mitologia e na literatura há vários textos sobre o intrigante tópico da cegueira e do (não)saber. *Manual de instruções para cegos* (7 Letras/Funalfa), de Marcus Vinicius, é um bem elaborado livro de poemas que atravessa essa questão. E a contadora de histórias Christina Zembra me fez lembrar que há também o *Vozes do deserto* (Record), de Nélida Piñon – em que a escrava Jasmine vai ao mercado de Bagdá ouvir histórias do dervixe cego, que, à maneira daquele herói mongol, Tavaar, ao ficar cego pediu a Alá que lhe desse algum dom que o fizesse sobreviver.

No entanto, um dos mais fortes e intrigantes textos sobre o tema que estamos abordando é o conto de H. G. Wells, escrito em 1899, "Em terra de cego", que pode ser encontrado em *Contos fan-*

tásticos do século XIX: o fantástico visionário e o fantástico cotidiano (Companhia das Letras), com organização de Italo Calvino. Curiosamente, lembro-me de um jantar aqui no Rio, em que indagado por Marina Colasanti Saramago revelou que não conhecia o texto de Wells. Todavia, um estudo comparativo entre ambos seria enriquecedor.

H. G. Wells (1866-1946) conta que, nos Andes, na região do Peru, havia uma Terra de Cegos. Como em outras narrativas, a exemplo do mito mongol e o *Édipo rei*, de Sófocles, aos quais já me referi, a cegueira sobreveio como uma peste, como punição para os "pecados da comunidade". Surgindo aos poucos, a cegueira foi se manifestando nos habitantes daquela região até que ao cabo de 14 gerações estavam todos sem visão e não tinham sequer memória que um dia algum antepassado pudesse ter visto alguma coisa. Porém, adestrados para sobreviverem, acabaram por se movimentar normalmente nas montanhas, cultivavam seus alimentos e se reproduziam. Como em muitos mitos, no entanto, um dia surge um forasteiro. Ah! O forasteiro, esse que vem de fora, vendo o que a comunidade já não mais vê... Pois esse forasteiro literalmente despencou ali na Terra de Cegos ao cair de uns trezentos metros numa encosta gelada. Recuperando-se do acidente, estava pasmo, admirando a espetacular natureza e o milagre de sua sobrevivência, quando percebeu estranhas pessoas que, aos poucos, descobriu, eram cegas. Vem-lhe à mente a expressão: "Em terra de cego, quem tem um olho é rei." E o que se desenrola a seguir é, em parte, para provar (ou não) os limites dessa assertiva.

O forasteiro é levado ao ancião da tribo. Estabelece-se o confronto cultural-biológico. Eles não entendiam o que ele queria dizer quando usava a estranha palavra "ver". Decididamente possuía uma anomalia – a visão – que tinha que ser curada. Estranhavam que, ao guiá-lo pelos caminhos, ele afirmasse que não se preocupassem porque podia ver com os próprios olhos. "– Não existe a palavra 'ver' – disse o cego. – 'Pare com essa loucura e siga o som de meus pés." Mas o forasteiro retruca ao cego:

"– Nunca lhe disseram que em terra de cego quem tem um olho é rei?" E o outro responde: "– O que é cego?"

Faltava-lhes a visão e a palavra correspondente. Mas espantosamente os cegos tinham lá sua sabedoria, sua filosofia, sua religião. E o fato é que o estranho, o *outsider*, tentou se adaptar, se esforçou por "ver" junto com os cegos, alongando os sentidos para que um compensasse e ampliasse o outro. Diante das dificuldades de adaptação à cegueira, dizia: "Há coisas em mim que vocês não entendem." E passava a descrever a beleza do mundo que conhecia, porém os cegos negavam aquilo tudo. Há até uma cena de ameaça de luta usando pás, entre aquele que vê e os que não sabem que não veem. A partir daí, o estrangeiro "começou a perceber que não se pode nem lutar com ânimo contra criaturas que estão numa situação mental diferente da sua".

Há uma primeira tentativa de fuga, de abandono daquela situação. Mas o herói volta para se dar, a si e aos cegos, nova chance. Decide tornar-se um deles. Aceitar a cegueira para sobreviver. Começa a namorar uma bela índia. Mas os nativos se preocupam que ele vá, com sua visão, corromper a raça. Dizem-lhe que tem que ser operado. E o ancião lhe afiança que a cirurgia é "bem fácil" e pode extrair-lhe "esses corpos irritantes" – os olhos.

Na véspera de abrir mão de sua visão, foi ao local de sacrifício para despedir-se da pradaria, dos narcisos brancos, "mas, enquanto andava, ergueu os olhos e viu a manhã, manhã como um anjo em armadura dourada, descendo pelos picos... Pareceu-lhe que, diante desse esplendor, ele, e esse mundo cego no vale, e seu amor, e tudo, não eram mais do que um poço de pecado. (...) Viu sua beleza infinita, e sua imaginação cresceu a partir do gelo e da neve para as coisas lá longe, às quais iria renunciar para sempre". E depois de descrever a riqueza do mundo fora da Terra de Cegos, o texto descreve o estado de graça do personagem: "Ficou bastante quieto por ali, sorrindo como se estivesse satisfeito simplesmente por ter fugido do vale dos cegos, no qual tinha pensado ser rei. O brilho do pôr do sol passou, a noite chegou e ele ainda estava quieto, deitado, em paz e contente sob as estrelas frias e claras."

A CEGUEIRA E O SABER 3

A conhecida lenda de Hans Christian Andersen *A nova roupa do imperador* é uma variante do tópico que estamos estudando nestes primeiros artigos. Aqui não se trata da cegueira biológica, senão da incapacidade de ver e do medo de enfrentar o real. O conto de quatro páginas e meia tem tal força simbólica que se incorporou ao inconsciente coletivo da modernidade. Por isso, esta história é dada como pertencente a vários folclores, como o português, onde o menino que denuncia a nudez do rei é substituído por um estranho-estrangeiro-negro. Seja como for, quando as pessoas dizem "o rei está nu" estão denunciando o embuste em várias situações. Em relação à arte de nosso tempo essa metáfora é a mais usual. Não há estudo sobre a arte atual que não recorra a essa lenda. Por quê? Seria assunto para uma instrutiva pesquisa.

Diz a história de Andersen (1805-1875) que houve um imperador que gostava tanto de roupas novas que passava mais tempo experimentando-as do que cuidando das outras coisas do reino. (Já na abertura aparece este tópico curioso, que podemos batizar de neofilia: a paixão pela coisa nova, pela moda, pelo aspecto superficial, exterior, que fazia com que o imperador se desinteressasse da realidade de seu reino.) Isto propiciou que dois espertalhões surgissem em suas terras dizendo que produziam uma roupa que não apenas tinha cores deslumbrantes, mas que possuía uma qualidade única: só pessoas muito especiais poderiam vê-la e que apenas pessoas destituídas de inteligência, que não estavam aptas para ocupar cargos no reino, iam dizer que a roupa era invisível ou que não existia.

Assim, estabeleceu-se um processo de seleção, quase um rito de iniciação pelo qual o imperador poderia testar a inteligência de seus auxiliares, pois só os escolhidos eram capazes de ver a roupa invisível que ninguém via. Os falsos tecelões simulavam tecer panos no tear e iam exigindo dinheiro e fios de ouro em troca. E como o monarca queria já testar a inteligência de seus auxiliares, pediu ao velho ministro que fosse ver como andavam as coisas. Lá chegando, o principal auxiliar do imperador ficou perplexo, porque os teares estavam vazios. "Não consigo ver nada!" Mas, temeroso de expressar seu sentimento, começou a ouvir a descrição que os falsos costureiros faziam do tecido maravilhoso. E ele se dizia: "Será que sou tão estúpido? Não vejo nada! Vai ver que sou inapto para o cargo que ocupo." E como temia perder o cargo e que os tecelões do nada cobrassem dele a visão que eles tinham, acabou declarando: "É maravilhoso! Que padrões! Que cores! Vou dizer ao imperador que fiquei encantado."

Além da trapaça financeira, observe-se que a palavra ocupa o lugar da coisa, o conceito no lugar da obra. Não só o imperador acreditou, desde o princípio, na palavra dos arrivistas, também o ministro, por medo e insegurança, abriu mão da sua palavra (ou visão) em benefício da palavra (ou visão) dos ilusionistas. E a cena se repete quando o imperador, para testar outro conselheiro, pede que ele faça a visita ao ateliê do nada. A reação foi a mesma. Ele não via nada. Pensou em dizer que não estava vendo nada, mas, receoso de passar por estúpido e perder o emprego, partiu para os elogios a inventar verbalmente o inexistente tecido.

E o mesmo vai ocorrer com o imperador quando decide ir ver a tal roupa fabulosa. Ao defrontar-se com coisa nenhuma, pensou igual ao velho ministro e ao conselheiro – "Estão me fazendo de idiota!" –, mas para não passar publicamente por imbecil, já que dois de seus principais auxiliares viam, no vazio, coisas fascinantes, passou a exclamar "lindo, maravilhoso, excelente". Assim fechou-se o circuito de invenção verbal da coisa inexistente. Ao qual se incorporou o resto da corte, quando auxiliares tiveram que fingir carregar o manto invisível no dia de sua exibição no palácio. A ousadia dos falsários leva o imperador a admirar-se diante do espelho. Então, consuma-se a alucinação: "O imperador diante do espelho admirava a roupa que não via."

Assim, toda a corte passou a se curvar diante do inexistente com a anuência do imperador e seus auxiliares. "Nenhum deles queria admitir que não estava vendo nada, pois se alguém o fizesse estaria admitindo que era estúpido ou incompetente. Nunca uma roupa do imperador fez tanto sucesso."

E como termina a história?

No folclore português, em vez de auxiliares competentes da versão de Andersen, só os "filhos legítimos" poderiam ver a roupa invisível do imperador. Seria, como em outros mitos, a senha da legitimidade para a sucessão no trono. Desta feita quem denuncia o embuste é um estranho-estrangeiro-negro. Na lenda de Andersen é uma criança – essa espécie de olhar estranho e virgem – que, descompromissada, grita em meio à multidão: "Ele está sem roupa!" O povo começa a abrir os olhos e concordar com a visão do garoto. Enquanto a multidão gritava, o imperador, acuado, pensava: "Tenho que levar isto até o fim do desfile." E continuou a andar orgulhoso, e, com ele, dois cavaleiros e o camareiro real seguiram e entraram numa carruagem que também não existia.

É um belo final irônico, em aberto.

Noutras versões menos instigantes, que até circulam na internet, o imperador ficou envergonhado de ter se deixado levar pela vaidade, arrependeu-se e desculpou-se, enquanto os falsos tecelões foram enganar outros em outros reinos, até serem presos e condenados.

Essa é uma lenda sobre um pacto de não ver, onde toda uma comunidade brinca de avestruz enquanto alguém lucra com a cegueira estimulada. E porque todos têm medo da opinião (ou visão) do outro, todos deixam de ver (e ter opinião). É um caso de cegueira social. Isto ocorre, visivelmente, nas agremiações políticas e religiosas: a produção de um discurso que ordena o que deve ser visto ou não. No caso de grande parte da arte contemporânea, isto é um caso de voluntária cegueira artística, próxima do que La Boétie chamava "servidão voluntária".

Pode-se perguntar: mas, afinal, já que tanta gente é capaz de descrever as sutilezas da inexistente veste real, o imperador está ou não está nu? Está e não está. Como diria Nathalie Heinich: "O rei está vestido pelo olho do outro." A linguagem pode ocultar ou desvelar. E esse é um jogo difícil e perigoso de se jogar.

A CEGUEIRA E O SABER 4

Antes de virar marca de chocolate, Lady Godiva era uma lenda que ilustra uma das variantes do tema que estamos tratando. Aí ressurgem as questões do ver e do não ver, porém envoltas com o problema da transgressão e da punição. Diz a lenda que no ano 1057, na Inglaterra, na região de Coventry, havia um conde, Leofric, que cobrava pesados impostos de seu povo. Sua mulher, Lady Godiva, implorava ao marido que fosse mais humano com seus súditos. Ele não cedia. E um dia, como ela tornava a insistir, ele fez uma contraproposta, evidentemente, para humilhá-la e mostrar uma vez mais seu poder sobre o povo. Que ela desfilasse nua sobre um cavalo pela cidade e ele aboliria os impostos excessivos.

Pois a lady aceitou o desafio. O marido, aparentemente liberal, era, no entanto, ciumento, e botou uma condição: ninguém poderia vê-la desfilar nua, todas as portas e janelas deveriam estar trancadas. Pode-se imaginar como essa nudez se tornava logo mais erotizada não só pela presença desse cavalo em pelo onde ela ia peladíssima, "vestida" apenas de sua longa cabeleira, mas a interdição tornava a cena ainda mais erótica. E no dia ansiado lá estava Lady Godiva sobre o cavalo, ondeando suas formas, oferecendo sua nudez real e imaginária, posto que ninguém deveria ou poderia vê-la. Mas como em toda lenda, há um transgressor, e um certo Peeping Tom resolveu fazer um buraco na janela de sua casa para ver a nudez real passar. Dizem que é daí que veio a expressão "Peeping Tom" em inglês, significando o *voyeur*, o que sente prazer sexual em ver as intimidades alheias.

O fato é que o cidadão curioso foi punido com a cegueira. Ele viu o que não deveria ver. Nem sempre a autoridade permite que se veja o que ela não quer que seja visto. Se alguém insiste em ver o interditado, deve ser cegado, para que a autoridade e o sistema permaneçam. É interessante, no entanto, observar duas coisas. Primeiro que, apesar deste incidente, o conde aboliu os impostos.

E, em segundo lugar, um detalhe que não pode passar em branco na sequência de histórias que estamos analisando: o *voyeur*, aquele que quis ver a nudez da Lady Godiva, era um alfaiate. Não deve ter sido por acaso que a lenda se constituiu deste modo incluindo aí um alfaiate, da mesma maneira que não é à toa que, naquela lenda de Andersen que citei noutra crônica, os dois tecelões (variantes do alfaiate) tecem a roupa inexistente para o imperador.

Ao contrário da lenda de Andersen e de seus tecelões charlatães, aqui o alfaiate, que sabia cobrir o corpo alheio com as roupas mais apropriadas, é aquele que ousa ver a antirroupa, ou melhor, a roupa original, a lady vestida pelo esplendor de sua nudez. Portanto, aquele que por profissão cobre a nudez do corpo é o mais curioso para ver a lady Godiva nua, desvestida.

Essa lenda tem sua parte de verdade, pois esses personagens são reais, há a sepultura da lady na Trinity Church, e desde 1678 realiza-se um desfile lembrando o episódio. Uma lenda sobrevive na medida em que expressa conteúdos do imaginário coletivo.

Freud interessou-se por essa história ao estudar o *Conceito psicanalítico das perturbações psicogênicas da visão* (1910). Ele estava interessado em analisar a cegueira histérica estudada por Charcot, Janet e Binet. Nos hospitais e clínicas constatara que a histeria provocava a cegueira. Em circunstâncias de estresse e trauma, uma pessoa pode fabricar, psicologicamente, sua própria cegueira. O que faz com que em algumas sessões religiosas alguns desses histéricos voltem até a enxergar de novo, "destraumatizados" pela fé. Mas há também os casos da cegueira provocada psicologicamente por outra pessoa, quando um hipnotizador, por exemplo, torna um cliente sonâmbulo ou faz que veja, como reais, alucinações puras surgidas do comando do hipnotizador.

Líderes carismáticos podem provocar a cegueira histérica numa comunidade e levar todo um país a horrores sem precedentes. É o caso de hipnose social e histórica. Histórica e histérica. Hitler, Stalin, Mao são alguns exemplos recentes. E a cegueira em que anda tanto o povo americano atualmente como os comandados pelos fanáticos talibãs e por certos aiatolás são exemplos complementares.

Mas na lenda de Lady Godiva Freud destaca o que lhe interessava – a questão da interdição. Estavam todos proibidos de ver a nudez da senhora. E como os interditos sociais e psicológicos são muito mais fortes do que pensamos, a quebra do pacto do não ver por aquele que quer ver é punida com a cegueira. É como se o expulsassem da comunidade. No viés erótico freudiano, o analista diz: "Por haver querido fazer o mau uso de teus olhos, utilizando-os para satisfazer tua sexualidade, mereces ter perdido a vista." Ocorre a lei de Talião, se paga o crime na mesma moeda, perde a vista quem tentou ver. "Na bela lenda da Lady Godiva", diz Freud, "todos os vizinhos ficam reclusos em suas casas e fecham as janelas para fazer menos penosa à dama a sua exibição, nua sobre o cavalo, pelas ruas da cidade. O único homem, que espia através das madeiras de sua janela a passagem da beleza nua, perde, como castigo, a vista."

A complementaridade de significados entre *A nova roupa do imperador*, de Andersen, e a Lady Godiva é instigante. Se na primeira era o rei que estava nu, aqui é a lady – variante da rainha, que exibe sua nudez. O rei fingia estar vestido, a rainha sabia-se nua. E em ambos os casos é alguém de fora da corte, que consegue ver o que os demais não podem ou não querem ver.

Ver é uma ousadia. Fazer falar o que se viu ou desmistificar a cegueira alheia é ousadia dupla.

A CEGUEIRA E O SABER 5

As histórias policiais clássicas, sejam as de Agatha Christie ou as protagonizadas por Sherlock Holmes, mostram que o detetive é aquele que vê "melhor" que os outros as pistas do crime. Esse olhar nos surpreende. Depois que nos desvenda os fatos, então nos dizemos, é claro, por que não percebi isto antes? Mas o conto de Edgar Allan Poe (1809-1849) "A carta roubada", que pode ser encontrado no livro de mesmo título (L&PM), mostra que o olhar policial, enquanto olhar oficial, às vezes não consegue resolver um enigma. Assim é necessário que um outro olhar fora do sistema venha revelar o que estava oculto.

Nesta história de Poe, o chefe de polícia de Paris procura um certo Chevalier Auguste Dupin para que o ajude a esclarecer o roubo de uma carta. O curioso é que o policial sabe quem a roubou. Foi um ardiloso ministro do rei, que se apoderou do documento, substituindo-o por outro semelhante. E este ministro, tendo em seu poder tal carta, chantagiaria a personagem – provavelmente a rainha, a quem a carta comprometedora se dirigia. Como o chefe de polícia procura e revira tudo e não encontra a missiva, pede ajuda a Dupin. Este aceita o desafio. Prontamente descobre e devolve a carta ao policial, que, pasmo e humilhado, pede que lhe explique como realizou tal façanha. Em grande parte, o conto é a explicação de como o policial não viu o óbvio. A carta roubada tinha sido posta num lugar bem evidente pelo ladrão, e exatamente por estar tão evidente não era vista. Este o paradoxo que interessa à análise.

Sintomaticamente o texto de Poe começa por uma epígrafe, uma frase de Sêneca: "Nada é tão prejudicial à sabedoria como a excessiva sagacidade." Eis uma das linhas condutoras da história: a denúncia da "excessiva sagacidade" do olhar que, por querer ver demais, não vê o essencial, coisa que se dá em diversos campos do conhecimento humano. Com efeito, o chefe de polícia confessa que havia procurado em "todas" as partes, desmontado móveis, perfurado cadeiras, aberto gavetas, vasculhado espelhos, chapas de vidro, assoalhos, porões, fendas de tijolos, argamassas, encadernações de luxo, usado microscópios e nada encontrara. Por isso, Dupin, ao ouvir-lhe a narrativa, vai logo advertindo que "talvez o mistério seja um tanto simples demais (...) evidente demais".

Como não lembrar uma vez mais a lenda do rei nu? Na narrativa de Andersen é um menino, alguém também de fora, que aponta a nudez dos fatos, e no conto de Poe o narrador diz "que muitos meninos de escola conseguem raciocinar melhor" que o policial. O olhar excessivo, o "hiperolhar" da corte (e de certos críticos e analistas) vê "demais". Já diziam os chineses: "O homem inteligente é o que descobre o óbvio." Ou Guimarães Rosa: "Sujeito muito lógico, o senhor sabe: cega qualquer coisa." E ilustrando essa dificuldade que temos de não ver o óbvio, Dupin dá um exemplo: aquele jogo em que uma pessoa escolhe uma palavra num mapa e o adversário tem que dizer qual é ela. A tendência é o desafiado ir procurando a menor palavra e que está mais escondida, quando às vezes a palavra escrita em letras imensas e espaçadas, por ser visível, é ignorada.

A metáfora da visão é muito explorada no conto. Primeiro Dupin, contrariando a lógica meridiana da polícia, diz que é melhor examinar certas coisas "no escuro". É como se estivesse zerando nosso olhar, reinventando o primeiro olhar, "desviciando" a maneira de ver. E a seguir, quando vai ao gabinete do ministro que surrupiou a carta, chega aí com estranhos "óculos verdes" e queixando-se de problemas de visão. É um álibi às avessas. É como se disfarçasse de cego, para ver melhor. Assim, se a incapacidade do chefe de polícia de achar a carta confirma que o pior cego é aquele que não quer ver, o investigador Dupin mostra que o melhor "cego" é aquele que sabe ver. Por isto, no "escuro", com seus "óculos verdes", percebe que a carta tão procurada, na verdade, está à vista, num porta-papéis barato pendurado por uma fita azul e ensebada dentro de um envelope amassado e sujo. O esperto larápio da carta sabia que iriam procurá-la em lugares secretos, por isso a colocou num lugar à vista. Ao percebê-la, Dupin, espertamente, troca a carta por outra, usando da mesma tática do ministro quando trocou a carta verdadeira na mesa real também por outra.

Nesta história, verdadeiro "jogo de cartas", Dupin afirma que o policial conduziu a investigação erradamente porque não acreditou na inteligência e astúcia do ministro, pois achava que o ministro era "tolo porque adquiriu a fama de poeta". E na alma do policial "todos os idiotas são poetas". Neste ponto, Poe, que era poeta e construía seus textos matematicamente, faz algumas considerações sobre "poetas" e "matemáticos", revelando uma das chaves do mistério. Expõe a tese de que o raciocínio matemático em si não leva ao conhecimento se não estiver associado a algo mais, como a poesia. E porque aquele que era investigado era ao mesmo tempo "matemático e poeta", Dupin não poderia usar de um raciocínio lógico trivial, mas teria que desenvolver diversas astúcias, sendo também "poeta e matemático".

Jacques Lacan em seus *Escritos*, com aquele seu estilo meio esotérico e apesar de algumas frases machistas, analisa esse conto levantando outras questões. Refere-se ao primeiro "olhar que não vê nada", ao segundo "olhar que vê que o primeiro não vê nada" e ao terceiro "que desses dois olhares vê o que eles deixam a descoberto". Refere-se ainda a alguns personagens que mereceriam um estudo particular: ao *prestidigitador* ou ilusionista, que nos engana com seus gestos e palavras, e ao nos convencer que o falso é verdadeiro nos transforma num ser de sua ficção.

E ironicamente refere-se também àqueles que como "avestruzes" enfiam a cabeça na areia, não querendo ver a realidade enquanto outros lhe depenam o traseiro exposto.

A CEGUEIRA E O SABER 6

Leio notícia que foi inaugurado em Paris um restaurante onde as pessoas têm a oportunidade de viver a experiência da vida de um cego, pois aí os clientes comem no mais completo escuro. Chama-se, apropriadamente, *Dans le noir* (No escuro). Os garçons são cegos, e não apenas servem, mas atuam como guias levando os fregueses até suas mesas. O restaurante está na moda. Situa-se ali perto do Beaubourg e até o primeiro-ministro Jean-Pierre Raffarin foi experimentar comer no escuro.

A coisa ocorre assim: "Antes de entrar na sala totalmente escura, os clientes deixam em armários com cadeados, no bar do restaurante, relógios, isqueiros, celulares e qualquer outro objeto que emita a mínima luz. Os pratos também são escolhidos antes de entrar no recinto. Entre as opções, há ainda o 'menu surpresa', que só será descoberto quando o garfo for levado à boca." A experiência supera qualquer instalação. As pessoas passam por três ambientes com cortinas nos quais a luz vai rareando até a sala escura, onde há muito barulho, pois, para compensar a falta de visão, as pessoas falam alto. A surpresa aumenta quando o cliente descobre que tem outras pessoas à sua mesa.

Foi um ex-banqueiro e consultor de marketing social quem teve essa ideia. E diz a matéria veiculada num site da BBC e mandada pela médica brasileira Mônica Campos, residente nos Estados Unidos, que alguns clientes se acham ridículos durante a experiência, outros têm crise de choro e angústia, mas o fato é que o restaurante está sempre lotado. As pessoas pagam para não ver.

É pitoresco, mas repito: as pessoas pagam para não ver, pagam para comerem no escuro.

Não deixa de ser sintomático que se abra um restaurante onde os que veem vão experimentar a cegueira, exatamente numa cultura de hipervisualização. Como se estivéssemos fatigados de ver, agora queremos não ver. Que seja por algumas horas, não importa. É como se a poluição visual tivesse chegado a tal extremo que se sente a necessidade de recuperar outros sentidos, experimentando o "desver" para, quem sabe, ver de novo.

Tomo esse restaurante como uma metáfora paradoxal de nossa época. A modernidade que descobriu e aperfeiçoou a fotografia, e que, tendo conseguido essa façanha, mobilizou-a criando o cinema e logo a seguir instalou a televisão dentro de nossas casas para que víssemos o mundo e o universo 24 horas por dia, a mesma modernidade que vem com essa enxurrada de letras e palavras em camisetas, vitrines, anúncios luminosos, que nos manda imagens dos planetas mais distantes e detalhes das guerras e misérias mais horrendas, essa modernidade que é um constante espetáculo de *striptease*, no qual o público e o privado, ou melhor, a sala de visitas e a privada, se acoplaram, essa modernidade, de tanto ver, já não vê. O mundo é projetado como um clipe de imagens esfaceladas acompanhadas por um ruído ou ritmo qualquer. E, de repente, na "Cidade Luz", pagamos caro para comer no escuro.

Nesta série de lendas, mitos e textos literários que comentamos nas cinco crônicas precedentes, várias coisas se destacaram. Há cegos, como o adivinho Tirésias, que interpretam melhor os fatos do que os que enxergam. Há, por outro lado, a comunidade dos cegos arrogantes, dos que negam que se possa ver, como no conto de H. G. Wells. Há a cegueira que sobrevém a uma comunidade como uma praga temporária, uma doença, uma ideologia, como no *Ensaio sobre a cegueira*, de Saramago. Há a visão excessiva com sua racionalidade irritante, que não enxerga o óbvio, como em "A carta roubada", de Poe. Há, na história da Lady Godiva, o ato de ver, como forma de desafiar a interdição instaurada pela autoridade, que ordena não ver. Ver a nudez das coisas é já transgredir. E há, como na lenda *A nova roupa do imperador*, de Andersen, a denúncia do pacto social da comunidade que faz um acordo em torno do não ver. Em vários desses casos, é o estrangeiro, o forasteiro, o menino, alguém não comprometido com o sistema que denuncia a cegueira alheia.

Blind Man (*Homem Cego*) é o nome da revista que Marcel Duchamp lançou em 1917 para criar polêmica sobre o urinol que mandou para a exposição de vanguarda em Nova York, e que foi recusado pelo júri, também de vanguarda. Esse título é significativo. Ele vem do homem que decretou a morte da pintura, da gravura, do desenho e de outras artes a que chamava de "retinianas", porque careciam do olho para existir. Em sua ojeriza à "arte retiniana", Duchamp não reconhecia nem a fotografia nem o cinema como arte, senão como "um meio mecânico de fazer alguma coisa". Dizia "não acredito no cinema como meio de expressão", e fazia um jogo de palavras – "*CINEMA/ANEMIC*". Propunha uma arte conceitual, na qual a ideia era mais importante que a execução da obra pelas mãos do artista. Daí a sua série de *ready-made* ou *object trouvé*, objetos industriais que ele expunha como obra de arte. Com isto ele "deixava de ver" ou "negava-se a ver" toda a arte do passado e cegava o artista moderno deixando-o com um só olho na direção de um pretenso futuro. Duchamp é o genial profeta da cegueira artística do século XX. Paradoxalmente ele pretendia despertar uma nova maneira de ver o mundo e as coisas. Achou que interditando o olhar se veria melhor. Mas pode-se perguntar: será cegando o passado que veremos melhor o futuro?

Segundo notícias nos jornais, o urinol de Duchamp acaba de ser escolhido como a obra icônica da modernidade. Isto é um fato sintomático. Isto explica as contradições do século XX. Duchamp é uma figura complexa. Acertou e errou.

Errou porque o século XX, século do cinema, foi o século da hipervisualidade. Acertou porque o século XX foi também o século de uma visualidade cega. Não apenas na cegueira trazida por Stalin, Mao e Hitler, mas outras formas de cegueira na arte, que é necessário rever. O desafio é ver com novos olhos, com um terceiro olhar, o século XX e analisar aí as astúcias do "homem cego", que, paradoxalmente, pretende ter um ultraolhar, mas que não vê o óbvio.

Esse homem que prefere comer no escuro, porque passar por cego virou moda.

OBRAS-PRIMAS RECUSADAS 1

Engana-se quem acha que a carreira de grandes artistas é feita só de glórias e aplausos. É constituída de mil tropeços, fracassos e rejeições. Só que esses percalços, por terem sido superados, praticamente desaparecem ante o brilho que a obra ganha na posteridade.

Por isso, o escritor que tem seus livros na gaveta e não encontra editor, ou aquele que manda originais para aqui e para ali e, às vezes, não merece sequer uma resposta, ou aqueles que distribuem seus textos pelas editoras e recebem aquela clássica desculpa de que "sua obra é boa, mas não se enquadra nos projetos editoriais desta casa", todos esses devem ter algum consolo ao saberem que Francis Scott Fitzgerald, hoje tido como um dos melhores contistas modernos da literatura norte-americana, era um colecionador de recusas editoriais. Sua biografia registra que, em 1920, tinha, dependurados no seu quarto, 120 bilhetes de recusas para publicação de seus contos.

Deve ser igualmente consolador ser informado que James Joyce, o grande reformulador do romance no século XX, reconhecia, numa carta de 1916, que seu livro *Retrato do artista quando jovem* havia sido recusado por vários editores. Esses lhe diziam sempre: "Bom trabalho, mas não se paga."

Igualmente, Ludwig Wittgenstein, que abalou o pensamento filosófico do século XX, recebia, à altura de 1921, repetidos comunicados dos editores dizendo que "não entendiam uma só palavra" do que ele havia escrito. Bem que Bertrand Russel, tentando lhe abrir as portas, fez uma introdução de 16 páginas para ver se as casas editoriais se interessavam pelo *Tractatus logicophilosoficus*. Nem assim. Russel, finalmente, depois de muito empenho, conseguiu publicá-lo na Inglaterra.

E a coisa não para aí. Hemingway expediu o seu *Torrentes da primavera*, mas um editor lhe respondeu afirmando que seria sinal de mau gosto publicá-lo. Caso meio parecido ocorreu com D. H. Lawrence – seu próprio editor suplicava que não publicasse *O amante de Lady Chatterly*, por achar que era por demais arrojado e ia lhe criar problemas, por isso o livro acabou saindo em Florença em 1928, numa edição particular. D. H. Lawrence, aliás, vivia tendo problemas com o que queria publicar e, entre os seus livros, *Mulheres apaixonadas* foi o mais recusado.

As histórias dessas recusas e de muitas outras foram coligidas por Mario Baudino no livro *Il gran rifiuto* (*A grande recusa*), editado pela Longanesi, de Milão, em 1991. E a lista não para aí. O leitor vai se espantar e pode até se sentir estimulado a continuar recebendo negativas sem tanto sofrimento.

J. R. R. Tolkien, do avassalador *O senhor dos anéis*, teve, na década de 1930, dificuldades com a publicação de seu *O Silmarillion*, que dormitou na gaveta algum tempo. Quem não se lembra, na década de 1960, do nome emblemático de Marshall McLuhan, o canadense que com *The medium is the message* reinaugurou a fase moderna dos estudos de comunicação? Pois apesar disto, na Itália, sua obra foi recusada na coleção Adelphi, sob a alegação de que "é um livro de um pequeno louco". E há casos ainda de negativas unânimes, como o *Lolita*, de Nabokov, originalmente rejeitado por todos os editores norte-americanos.

A lista é espantosa. *Moby Dick*, de Herman Melville (1851), foi refugado com a alegação de que não era "adaptado ao mercado para jovens na Inglaterra". O poema "L'après-midi d'un faune", de Mallarmé, que seria musicado por Debussy e virou balé com Nijinsky, foi esnobado pela revista *Parnasse Contemporain*, por ordem de Anatole France. Já o primeiro livro de Arthur Conan Doyle, o criador do detetive Sherlock Homes, Um estudo em vermelho, não chegou a ser sequer lido pelo editor a quem foi enviado. E o que dizer do bilhete com que despediram Rudyard Kipling do jornal onde trabalhava? "Aqui não é um asilo para escritores diletantes. Lamento, senhor Kipling, mas o senhor não sabe escrever em inglês." Também Ezra Pound, que abalou a poesia de língua inglesa no princípio do século XX, não foi aceito pela *Quartely Review* porque havia publicado na revista futurista *Blast* (1918). E T. S. Eliot teve que ler este bilhete do editor John Lane: "A obra do sr. Eliot é brilhante, mas não pertence ao gênero que adicionamos ao nosso catálogo."

E por aí segue a lista. Bernard Shaw, Celine, Irving Stone, Cummings, Italo Calvino, Gertrude Stein, Moravia, García Márquez e até o caso de George Orwell (*A revolução dos bichos*). Mas neste caso houve um agravante, pois o parecer era de nada mais nada menos que T. S. Eliot, aliás politicamente um conservador, que assim se manifestou: "Não tenho nenhuma convicção de que esta seja a crítica justa à atual situação política." Além disto, os editores americanos tinham reservas quanto àquela obra de Orwell, alegando que o livro seria menos ofensivo se os personagens não fossem porcos.

Muito se pode discutir sobre esses fatos. A tendência natural dos escritores é culpar os editores por falta de visão. Isto é simplificar por demais a questão. Todo escritor, em princípio, acredita em sua obra, e alguns estão seguros que ela é genial. Mas as coisas são mais complexas do que parecem. Casas editoriais não são necessariamente instituições de caridade, e mesmo entre os pareceristas e entre os diversos grupos escritores há interesses subjetivos e ideológicos. E, entre tantos casos da literatura moderna, dois se tornaram célebres: as recusas de *Em busca do tempo perdido*, de Proust, e *O Gattopardo*, de Tomasi di Lampedusa. Disto trataremos na próxima crônica.

OBRAS-PRIMAS RECUSADAS 2

O caso de *Em busca do tempo perdido*, de Marcel Proust, tornou-se o mais clamoroso. Primeiro, porque o autor foi recusado não apenas por um, mas por vários editores. Segundo, porque essa recusa era meio estranha, posto que o autor estava disposto a pagar a edição e até mesmo a financiar a publicidade.

Há várias justificativas que tentam atenuar este erro editorial. Como assinala Mario Baudino, a indústria editorial francesa estava economicamente em crise em 1912, quando as recusas à obra de Proust ocorreram sucessivamente. Mas isto não basta para explicar, posto que o autor estava disposto a pagar não só a edição, dividir os possíveis lucros com o editor, além de financiar a divulgação, num gesto premonitório da atual sociedade do marketing. Deste modo, pode-se concluir que os leitores especializados que examinaram os manuscritos não sabiam o que fazer diante daquela narrativa longa e pormenorizada, que contrariava o que estava entrando na ordem do dia, que era a arte de vanguarda pregando a fragmentação, a velocidade, o louvor à máquina e à violência. Enfim, para eles, Proust vinha com uma obra "velha", "ultrapassada", "burguesa" e "alienada". E quando o livro apareceu em 1913, financiado pelo autor através da pequena editora Grasset, iniciou-se então a trajetória de seu sucesso que desmoralizaria essa perversa mania do "novo", trazida pela modernidade e pelos modernosos.

A editora Fasquelle justificava sua recusa a publicar o romance de Proust alegando que era muito grande e que o público não estava acostumado a esse tipo minucioso de descrições. Já a editora Gallimard submeteu o texto de Proust a pelo menos dois leitores: Jacques Normand e André Gide. O primeiro ironizava o romance dizendo que depois de 712 páginas "não se tem nenhuma noção de que coisa se trata". De tudo salvam-se "umas seis páginas". Fazia ainda considerações sobre o personagem sexualmente "invertido" e assinalava que era mesmo um "caso patológico". Já o outro – André Gide –, mesmo sendo homossexual, não se deixou seduzir por esse aspecto da obra. Apenas a folheou e a recusou alegando, preconceituosamente, que o autor era um ricaço frequentador de salões mundanos e que havia, ainda, um outro agravante: Proust era colaborador do conservador *Figaro*. Assim acumulavam-se razões nada literárias para a rejeição. E Gide, que apenas folheara o livro, ainda alegava que o autor tinha tido pouco escrúpulo em dizer que pagaria a edição se fosse preciso.

Proust, no entanto, tinha tanta confiança em seu livro que dizia que a publicação era apenas uma questão "técnica". Por isso não se vexava de financiar a edição e a publicidade. Mas não deixa de ser estranho e sintomático que o livro tenha colecionado outras recusas. Além da Ollendorf, que havia editado Maupassant e Romain Rolland, Proust entregou o manuscrito a Alfred Humblot, que pede a Louis Boyer para lêlo. E este é fulminante: "Não consigo entender como se pode empregar trinta páginas para descrever como se se vira e revira na cama antes de pegar no sono."

Em 14 de novembro de 1913, a pequenina Grasset lança *Du côté de chez Swann*. Graças a uma boa campanha publicitária orquestrada vendem-se 1,5 mil exemplares e, uns quatro meses depois, o total chega a 3 mil. Proust e o editor tentam concorrer ao prêmio Goncourt, mas não dá mais tempo. Contudo, os outros editores que haviam recusado a obra começam a se arrepender e a procurar o autor. Inclusive André Gide, depois que vários autores da *Nouvelle Revue Française* (NRF) começam a elogiar Proust. Três meses após o aparecimento do livro, Gide escreve uma carta histórica a Proust se desculpando: "Ter recusado este livro ficará como o mais grave erro da NRF (e me toca a vergonha de ter sido em grande parte o responsável) e um dos remorsos mais cruéis de minha vida."

Enfim, as peripécias pelas quais passou a obra de Proust mereceram até um estudo de Franck Lhomeau e Alain Coelho – *Marcel Proust à la recherche d'un éditeur* (Olivier Orban).

Já a célebre recusa de *O Gattopardo* (1958), de Tomasi di Lampedusa, entre outras coisas, exibe o danoso preconceito político e ideológico no julgamento de obras. Como o disse Andrea Vitello na biografia dedicada a Lampedusa, o escritor comunista Elio Vittorini foi o responsável pela recusa daquela obra-prima que viria a ser filmada por Visconti, tendo Alain Delon, Claudia Cardinale e Burt Lancaster nos papéis principais. Mas obedecendo aos preconceitos do partido, Vittorini, usando de sua influência política, interditou a obra em duas editoras: na Mondadori e na Einaudi. Entre as alegações ideológicas, Vittorini perfilava: "Desde que eu escrevo tenho me batido pela renovação moderna da literatura. Entenda que não posso me impor de gostar de um escritor que se manifesta através de esquemas tradicionais. Poderia gostar de *O Gattopardo* só como obra do passado que houvesse sido descoberta num arquivo qualquer."

Quantos de nós não temos lido e ouvido tolices semelhantes emitidas pelos praticantes da neofilia? Na verdade, Vittorini, que se julgava um intelectual engajado, estava censurando a visão histórica e política do nobre Lampedusa. De certo modo, repetia-se aqui o veto dado a Proust, por ser um aristocrata. Gide, pelo menos, se arrependeu publicamente do erro em relação a Proust. O caso de Vittorini é lamentável. Porque mesmo quando o livro finalmente saiu e começou a ser aclamado pela crítica e pelo público, os partidários da literatura de uma nota só escreveram textos e cartas de apoio a Vittorini reafirmando que a obra-prima de Lampedusa era uma bobagem.

Leio essas coisas e fico pensando se alguém não poderia fazer um levantamento socioliterário sobre equívocos semelhantes ocorridos na literatura de língua portuguesa. Neste caso, os malentendidos poderiam ser examinados inclusive nos dois sentidos.

Não apenas em relação aos que foram obstaculizados, mas também em relação àqueles que num dado momento, por injunções várias, viram celebridade e, de repente, noutro instante mergulham no ostracismo.

O LÁPIS E A FOLHA EM BRANCO

O que é necessário para uma pessoa vir a ser escritora? Pergunta simples. Resposta complexa.

Clarice Lispector, no fabuloso *A maçã no escuro* (Rocco), nos diz algo a respeito. Algo não, muito a respeito disto. E ter a coragem e a competência para ler, mastigar, ruminar esse manual da escrita e da vida que é esse livro é já um teste para quem se pensa escritor. Verdade é que o bom leitor, o que não quer necessariamente ser escritor, mas se escreve e se inscreve nos livros alheios, esse vai ter também aí a prova de suas habilidades.

O que nos diz Clarice?

Mais ou menos no meio do romance, o personagem Martim teve um impulso de escrever. Este impulso, esclareça-se, surge numa progressão de descobertas de sua relação com o mundo: "Como um homem que fecha a porta e sai, e é domingo. Domingo era o descampado de um homem." Ele já havia iniciado um aprendizado de observar e interpretar o seu entorno. Principiou pelo mais simples, pelo mundo mineral e vegetal. Reaprendeu a ver a natureza dentro e fora de si mesmo: as pedras, os pássaros, as vacas na fazenda. Já reaprendera a ver as roseiras, as abelhas, as samambaias e a surpreender a singularidade pungente e alarmante que cada objeto ou criatura tem. Já se aproximara de seu semelhante, estava descobrindo a mulher e o amor. Portanto, fora um longo trajeto de reelaboração interior articulado com a redescoberta do mundo.

Numa noite, dando sequência a esse percurso de pequenas epifanias, ele teve a estranha necessidade de escrever: "Nessa noite, pois, ele acendeu a lamparina, pôs os óculos, pegou uma folha de papel, um lápis; e como um escolar sentou-se na cama. Tivera a sensata ideia de pôr ordem nos pensamentos e resumir os resultados a que chegara nessa tarde – uma vez que nessa tarde ele finalmente entendera o que queria. E agora, assim como aprendera a calcular com números, dispôs-se a calcular com palavras."

Martim, no entanto, começa a ter algumas surpresas e dificuldades: "Ele não sabia que para escrever era preciso começar por se abster da força e apresentar-se à tarefa como quem nada quer."

Surge, então, uma série de pequenos desconfortos, até físicos, que os criadores sentem nessa circunstância. Alguns, na hora de escrever, começam a se distrair involuntariamente. Resolvem dar um telefonema. Levantam-se para ir pegar água na geladeira. E querendo e precisando escrever, mas disfarçando a necessidade, começam a arrumar objetos que os cercam.

Como todo ato de criar, escrever (às vezes até mesmo uma simples carta, relatório ou trabalho escolar) é colocar-se na borda do abismo. Martim "hesitava e mordia a ponta do lápis (...) de novo revirou o lápis, duvidava e de novo duvidava, com um respeito inesperado pela palavra escrita. Parecia-lhe que aquilo que lançasse no papel ficaria definitivo, ele não teve o desplante de rabiscar a primeira palavra. Tinha a impressão defensiva de que mal escrevesse a primeira palavra e seria tarde demais".

Ler Clarice, minhas amigas e amigos, é uma das angustiantes e deliciosas responsabilidades da vida intelectual. Lamento não poder reencenar aqui a densidade verbal do que ela segue narrando naquele livro. Seu personagem segue sofrendo para encontrar seu canal de expressão: "Tudo o que lhe parecera pronto a ser dito evaporava-se, agora que ele queria dizê-lo." E "de repente se sentiu singelamente acanhado diante do papel branco como se sua tarefa não fosse apenas a de anotar o que já existia, mas a de criar algo a existir."

Em meio às dificuldades em realizar algo que anteriormente lhe parecera tão simples, indaga-se o personagem se "teria havido um erro no modo como ele se sentara na cama ou talvez no modo de segurar o lápis, um erro que o depusera diante de uma dificuldade maior do que ele merecera ou aspirava. Ele mais parecia estar esperando que alguma coisa lhe fosse dada do que dele próprio fosse sair alguma coisa, e então penosamente esperava". Enfim, ajeitando e reajeitando-se física e animicamente, "como um dócil analfabeto estava na situação de pedir a alguém: escreva uma carta para minha mãe dizendo o que penso. 'Afinal, que é que está acontecendo?' Inquietou-se de repente. Pegara no lápis com a modesta intenção de anotar seus pensamentos para que se tornassem mais claros, fora apenas isso que pretendera! Reivindicou irritado, e não merecia tanta dificuldade".

E a autora vai enfatizando aqui e ali – "desolado, ele provocara a grande solidão. E como um velho que não aprendeu a ler ele mediu a distância que o separava da palavra". Surge, então, dentro do texto de Clarice, a observação mais simples e aterradora em relação ao gesto da escrita: "– Que esperava com a mão pronta? Pois tinha uma experiência, tinha um lápis e um papel, tinha a intenção e o desejo – ninguém nunca teve mais que isto."

Um lápis e um papel. E a tremenda solidão e responsabilidade. O abismo. Abismo onde se perder e se reencontrar. Onde outros se perdem e se reencontram através da escrita alheia.

O romance de Clarice é uma alegoria não só sobre o processo de criação e recriação do indivíduo, mas uma alusão à trajetória de qualquer criatura que queira assumir o embate e a alteridade entre o eu e o outro, entre o eu e o mundo. O leitor visceralmente leitor, que não escritor explícito, aprenderá aí a fazer uma releitura de seu espanto e perplexidade diante da vida. E quem é escritor, quem carece não apenas de embarcar e viajar nas palavras alheias, mas de construir, elaborar o seu próprio discurso, esse encontrará aí pistas e trilhas, mas, sobretudo, o consolo de descobrir essa realidade que funciona como desafio: um lápis e uma folha em branco – nunca ninguém teve mais do que isto.

CARTA PARA CLARICE

Clarice, querida:
O Fernando acaba de publicar as cartas que você e ele trocaram entre 1946 e 1969. O livro virou um sucesso imediato. Já vai para a segunda edição e o Sabino está numa felicidade de juntar menino. Ele merece. Andou meio recluso nos últimos anos. E assim como tem gente que tem dedo verde e outros, o toque de Midas, ele tem essa virtude: o que publica é bestseller. De maneira que você ia achar estranho que aquelas coisas tão pessoais, aquelas elucubrações sobre a vida e a arte, pudessem cerca de 50 anos depois vir a público, e mais: deixar as pessoas fascinadas.

Fascinadas e invejosas. Invejosas de uma inveja construtiva, é claro, como a minha. Fui lendo o que vocês se escreveram e pensando que o livro serve a vários tipos de leitores. Para o escritor jovem é uma humilde e sucessiva aula de como escritores da dimensão de vocês sofrem para achar seu caminho e elaborar a obra. Instrutivo aquilo que Fernando considera como "tentações da facilidade" no fazer literário e as ironias sobre o "escritor muito inteligente".

Para o escritor já maduro é oportunidade de compartilhar angústias que também teve (e tem), como se estivesse numa santa ceia literária. Vocês mesmos ficam pasmos quando descobrem que um Julian Green em seu diário havia dito coisas sobre a escrita e a morte, que eram iguais às que pensavam ser só suas. Em terceiro lugar, o livro vai interessar a um público que não é nem de jovens nem de velhos escritores, mas de pessoas sensíveis que acompanham o que Fernando chama de "movimentos simulados" da alma humana.

A primeira coisa que pensei foi essa: como é que esses dois danadinhos, Fernando, com 23 anos, você com 26, já tinham tal maturidade e responsabilidade diante do fenômeno da criação e do compromisso literário! Neste sentido, esse volume de *Cartas perto do coração* (Record) remete para *Cartas a um jovem escritor* (Record), que Fernando publicou em 1982, reunindo missivas que Mário de Andrade lhe enviou. Mas que sortudo esse Fernando. Aliás, não é sorte, eu sei. Que aguda percepção dele estabelecer esse diálogo com duas pessoas de tão alta estirpe criativa.

Imagino um proustiano apaixonado lendo naquela sua carta de Paris que "a Albertine de Proust ainda existe e tem um restaurante, só que Albertine é um Albertino, sempre foi, e hoje está bem gordo, com grandes bigodes. Albertino era um rapazinho empregado no hotel Ritz, e Proust fez uma ótima transposição colocando o caso todo com uma mulher".

Engraçado que às vezes, sobretudo nas primeiras cartas, vocês passaram-me a impressão de que a força criativa borbulhava juvenilmente de tal modo que essas cartas se transformavam em crônicas, pedaços de poemas, diário e experimentação de linguagem. Claro que há algumas cartas mais informativas. Mas há também aquelas anotações curiosas, imagine! Trinta páginas de cortes e alterações que Fernando sugeriu para *A maçã no escuro*. Ah! Se todo escritor pudesse ter um amigo que fizesse esse laboratório de textos.

Fernando já havia em outros livros, *O tabuleiro de damas* (Record), por exemplo, traçado o percurso de sua formação intelectual. Mas quanto a você, Clarice, as coisas estão esparsas em entrevistas e em muitas teses e biografias. Mas essas cartas tornam mais claro o percurso de cada um, e, no seu caso, interessante saber de músicas que ouvia, teatros a que assistia, exposições que viu, gente que foi encontrando. Engraçada aquela sua insistência em querer assinar as crônicas na Manchete com o pseudônimo de Teresa Quadros. E é sintomático que vocês dois, lá pelas tantas, debruçam-se sobre A imitação de Cristo. E os projetos começados e abandonados? Livros esboçados e metamorfoseados? São inúmeros. Mas uma coisa, entre tantas, foi se desenhando em minha cabeça: como o ano de 1956 foi importante em nossa literatura. Vocês dois (e as pessoas sensíveis do país) ficaram então estatelados diante da genialidade do recémlançado Grande sertão: veredas. Mas naquele ano surgiu também O encontro marcado, do Fernando, que você comenta amorosamente, dizendo-se pertencer também àquela geração. Mas interessante é que o seu A maçã no escuro foi terminado também em 1956, embora só viesse a público em 1961. E você diz: "É curioso como seu livro e o meu têm a mesma raiz." E mais: "Fernando, o fato de você ter escrito este livro e eu ter escrito o meu não é começo de maturidade?" Por isso é que penso que 1956 é um ano realmente singular. Seria deliciosamente instrutivo fazer uma leitura desses dois livros assinalando como ambos, sem misticismo, tratam o fazer artístico como uma questão de "salvação" e "perdição".

De resto, minha querida, vendo em suas cartas as dificuldades que tinha para publicar seus livros, informo-lhe que seus livros estão arrasando em vários países, e ainda agora uma tradutora minha na Eslovênia me diz que quer traduzir suas cartas, e o Othon Bastos me revelou que quer fazer um espetáculo com esta admirável correspondência com o Sabino, aquele que nasceu homem e cada vez fica mais menino.

Seu, ARS.

COMO SURGEM CERTAS OBRAS

Madame Bovary nasceu de um acaso.

Às 15:20 do dia 12 de setembro de 1849, Flaubert chamou alguns amigos para ouvirem a leitura de seu mais recente livro – *La Tentation de saint Antoine*.

Estava seguro que era uma obra-prima. Toda vez que terminava uma obra, reunia amigos lendo-a para eles em voz alta. Fez isto com a primeira versão da *Educação sentimental* (1848), e quando terminou *Salambô* repetiu-se a cena, que os irmãos Goncourt dizem foi longa e tediosa, tendo até uma ceia no intervalo.

Agora estava lendo seu texto sobre santo Antão. Era obcecado pelo drama daquele santo resistindo ao cerco das mulheres demoníacas no deserto. Já aos 13 escrevera sobre ele, e, na verdade, passou a vida inteira mexendo e remexendo nesse livro, até 1874, seis anos antes de sua morte. Pois naquele 12 de setembro chamou seus dois amigos Maxime Du Camp e Louis Bouillet e impôs-lhes a condição de só opinarem ao fim da leitura. Durante quatro dias, durante 36 horas, ele lhes leu *La Tentation de saint Antoine*. Enfim, pediu que se manifestassem.

"Achamos que deveria jogar isto no fogo e esquecermos deste assunto."

Ante o espanto de Flaubert diante dessa frase abrupta, eles continuaram dizendo que achavam que ele deveria exercitar outro tipo de escrita, botar seu estilo de jejum e tomar, por exemplo, um fato cotidiano, real, banal, como o suicídio da senhora Delphine

Delamare, mulher de um sanitarista que se matou por ter se metido em infidelidades conjugais e feito um montão de dívidas. Tanto a incisiva crítica dos amigos quanto a sugestão deram resultado um mês depois. Estava Flaubert viajando pelo Egito com o amigo Maxime Du Camp quando, diante da Segunda Catarata do Nilo, aos gritos de "Eureca!", proclamou que havia encontrado a personagem e o fio da meada de seu novo livro – *Madame Bovary*.

Se uma motivação de fora deslanchou a escrita, outra motivação de dentro interferiu na elaboração desse livro que, na primeira escrita, tinha umas 1,8 mil páginas. E disto trata Dacia Maraini em *Cercando Emma* (Rizzoli,1993) – ensaio que continua esperando o interesse de algum editor brasileiro. A singularidade dessa análise, dentro da vastíssima bibliografia sobre Flaubert/Bovary, está no fato de que Dacia escapole da armadilha criada pelo próprio autor quando disse: "Bovary sou eu." Dacia parte para a demonstração que Bovary é Louise Colet, amante de Flaubert, casada com Hippolyte.

A perspectiva de Dacia é arguta e inovadora. Sempre se disse (caindo noutra armadilha de Flaubert) que a leitura de romances banais ajudou a configurar o caráter sonhador e leviano de Bovary. Então, dentro da tradição das mulheres-leitoras, Dacia se apresenta, porém, como leitora crítica.

Para tanto, baseia-se, sobretudo, na correspondência durante nove anos (1846-1855) de Flaubert com Louise. Acontece que Louise era também escritora. E não gostou nada de ver vestígios de sua relação numa obra onde o autor, segundo Dacia, tem uma perversa má vontade para com sua personagem. Esses vestígios estão tanto numa cigarreira que Louise dera a Flaubert e que aparece no romance quanto num lenço manchado de sangue que registra a relação dos dois. Mas haveria outros indícios. Flaubert teria aproveitado e retrabalhado textos de carta de Coulet na sua história.

Mas Dacia arrola dezenas de aproximações outras que acabam por construir uma figura a que se pode chamar de "Emma

Coulet". Como Emma, Louise Coulet é casada, tem uma filha que leva no encontro com o amante. Como Coulet, Emma também é possessiva, ambiciosa, apaixonada e colérica – pois assim Flaubert descreve Coulet em algumas cartas. Ambas têm desenvoltura em trocar de amantes (Louise foi amante também do poeta Musset). Ambas são casadas com maridos que Flaubert considera inaptos e fracos. Emma e Louise têm relações com objetos fetiches. E entre tantas aproximações, Dacia faz uma realmente intrigante, tanto do ponto de vista psicanalítico quanto literário. O autor, dentro de sua estratégia de apagar pistas, havia feito questão de descrever Emma de maneira bem distinta de Louise, dizendo que tinha os cabelos e olhos negros, enquanto Louise era loura e tinha olhos azuis. No entanto, o olhar "detetivesco" de Dacia capta um *lapsus linguae*, uma falha do inconsciente de Flaubert, pois duas vezes no romance os olhos de Emma aparecem descritos como azuis, tais como eram os de Louise. Como explicar isto num autor que se gabava de reescrever suas páginas dezenas de vezes?

Apagando pistas, Flaubert dizia que seu livro não tinha nada a ver com sua vida pessoal. Mas depois de ler o livro de Dacia tem-se ganas de fazer algo que ela não fez: ver o paralelo entre o pânico de santo Antônio diante das mulheres pecaminosas e o desdém e a perversidade como Flaubert descreve Emma, Louise e outras mulheres, respeitando somente George Sand, que tinha nome de homem, a quem chamou de "meu mestre".

De resto, eu não conheço, mas deve haver algum estudo comparando *Madame Bovary* com o romance-resposta que Louise escreveu – *Lui*.

Nenhuma obra surge por acaso.

LIVROS NATIMORTOS

Nesta hora, num apartamento em João Pessoa, numa casa em Cuiabá, num condomínio em São Paulo ou numa cidade histórica de Minas, um autor está olhando, desolado, um ou mais livros seus inéditos sobre a mesa. E não passa praticamente um santo ou profano dia em que não encontre autores sobraçando livros inéditos e pedindo que os ajude a encontrar editor que se interesse por eles. Dir-se-ia que isto é normal. Não é, sobretudo, quando muitos desses escritores já são autores de um, dois, três, quatro ou mais livros publicados até com alguma receptividade.

Não são, portanto, principiantes. Não são amadores. São pessoas que resolveram dedicar sua vida à escrita. Ou seja, para eles escrever é uma opção vital. No entanto, não encontram o caminho da publicação. Alguns dizem que enviaram cópias para várias editoras. Ou não obtiveram resposta ou lhes disseram que seus livros são interessantes, mas não se encaixam na linha editorial etc.

Outros, impacientemente, pensam editar o livro por conta própria ou através de uma fundação, mesmo sabendo que a não distribuição estrangulará a divulgação. É uma situação injusta, estagnante e produtora de necrose na alma. É desolador. Ver dois, três, às vezes sete ou dez livros inéditos em casa, olhar os suplementos, ver outros autores surgindo aqui e ali, enquanto se permanece no limbo como um estranho no ninho.

Entendam que não estou me referindo a autores ruins, iniciantes desarmados para a vida literária. Refiro-me a escritores que têm noção do ofício e já demonstraram competência. Daí o que chamo de "livros natimortos". E isto merece alguns desdobramentos analíticos, antes que, tentando abater a dramaticidade da situação, se diga que sempre foi assim e que em outros países ocorre a mesma coisa.

Pena que não guardei, péssimo arquivista que sou, uma reportagem sobre um fenômeno semelhante na França. Tratando de livros que jamais chegarão aos leitores, a matéria, no entanto, referia-se ao fato de que isto ocorria porque a capacidade de absorção do público já estava preenchida. (Digamos que seja um pressuposto ou uma conclusão discutível, pois pelas leis do mercado e do marketing você cria novas faixas de consumidores mediante a persuasão publicitária.) Mas o fato é que lá existe já uma boa rede de bibliotecas, livrarias e um consistente público consumidor. Contudo, o que nos interessa assinalar na diferença entre o que ocorre na França, Alemanha, Itália, Espanha, Estados Unidos, Canadá etc. e aqui é o fato de que, no Brasil, essa montanha de livros natimortos seria terraplanada se houvesse mais livrarias e bibliotecas e mais campanhas sistemáticas de promoção do hábito de leitura.

Editores brasileiros alegam que não podem editar tudo o que recebem, mesmo que o material seja bom. E, de certo modo, têm razão. Livreiros afirmam que se lhes dessem de graça os dois mil livros editados cada mês no país não teriam lugar para expô-los. Outra verdade irretorquível.

Onde estão os nós da questão que afeta a todos nós? Em que nossa situação é mais patética que a dos europeus? O fato é que, no Brasil, existe um vasto espaço cultural e econômico ocioso. Produz-se para uma faixa mínima de consumidores sem nenhum projeto consistente, e de longo prazo, para alargá-la.

Quando dirigi a Biblioteca Nacional, constatamos que não entrava no orçamento dos estados e municípios qualquer verba para aquisição de livros. Pensava-se, creio, que os livros tinham pernas e sairiam andando das editoras para as estantes das bibliotecas por um heliotropismo literário. Havia, então, uns três mil municípios sem biblioteca. E, na maioria dos 3,5 mil que as tinham, a situação era precária. Portanto, é evidente a conclusão: se houvesse um programa de compra de livros pelas bibliotecas públicas, poder-se-ia dizer que todo livro médio teria esgotado sua primeira edição, geralmente de três mil exemplares. O Instituto Estadual do Livro em Porto Alegre, que edita gaúchos, esgota, só naquele estado, as primeiras edições de seus autores. A Fundação Cultural de Blumenau começa a editar os autores locais e distribuí-los nas escolas. E felizmente acabo de saber que em Minas começou um projeto para implantar bibliotecas em todos os seus municípios.

Contudo, há um mistério no Brasil. Há mais editoras que livrarias. Quase o dobro. Agora, imaginem se em vez de apenas 1,5 mil livrarias (a cada hora surge uma estatística diferente) tivéssemos, pelo menos, vinte a trinta mil livrarias? Tenho por hábito de perguntar, quando estou numa cidade com cem mil ou duzentos mil habitantes, e que tem faculdades e até universidade, quantas livrarias possui. Pasmem, às vezes só há uma livraria ou papelaria, o que torna inexplicável o modo como os alunos estudam, mesmo levando em conta as copiadoras.

Portanto, estamos numa situação patética. Um país de autores sem leitores. Um país em que o livreiro não dá conta da quantidade de livros recebidos, não porque sejam inumeráveis, mas porque a perversidade do modelo econômico está na raiz da dificuldade de acesso aos bens culturais.

Há muitas variáveis nessa questão. A globalização agravou o encantamento que nossa alma índia sente diante de qualquer espelhinho trazido pelo colonizador. Seja como for, há uma anomalia no mercado. Em termos econômicos, fala-se de "taxa de desemprego", "força de trabalho" e "demanda reprimida". Deveríamos aplicar isto ao universo simbólico. Há um desperdício da criatividade, como se por falta de estradas e supermercados estivéssemos deixando estragar lavouras inteiras de soja, café e cacau. Se na ditadura reclamávamos da repressão ao simbólico, na democracia temos que cuidar da demanda reprimida do imaginário dos criadores que, em última instância, reelaboram a força criativa do povo.

Enquanto isto, num apartamento em João Pessoa, numa casa em Cuiabá, num condomínio em São Paulo ou numa cidade histórica de Minas, um autor está olhando, desolado, um ou mais livros seus inéditos sobre a mesa.

FAZER EMERGIR A POESIA

Então, disse aos alunos daquele curso de poesia, em Madri: "É preciso fazer emergir a poesia do cotidiano. Muitas vezes a poesia tenta se acercar, mas estamos desatentos. São muitos os ruídos da vida, os apelos e as urgências. Nem sempre se pode, como Rilke, pedir um castelo emprestado e ir escrever elegias em contato com os anjos. Telefonemas, buzinas, poluição verbal dos anúncios, contas a pagar, desfazer intrigas, proteger-se contra roubos e assaltos, ir ao médico, ansiosos encontros com o/a amante, enfim, tudo nos conduz à superfície do instante."

Mas é necessário abrir espaço para a poesia, porque ela nos ronda, bate à porta, sussurra, às vezes pula a janela da insônia, e não lhe dar caminho é desperdiçar uma das melhores partes de nós mesmos.

Então, disse aos alunos: "Façam uma experiência. De hoje até amanhã, abram os sentidos, agucem os ouvidos. Tentem ver o que há, por exemplo, no aparentemente prosaico dos jornais, se a poesia não se infiltrou por ali. Dei-lhes exemplo de um poema de Bandeira, 'Poema tirado de uma notícia do jornal', onde ele pegou a informação sobre um tal de João Gostoso, trabalhador, que fez uma farra e morreu afogado." E prossegui dando vários exemplos, mostrando que a poesia sopra onde quer, e que quem tem ouvidos, ouça, diz Orfeu.

Havia exemplos imediatos nos jornais daqueles dias em Madri. Um era bem óbvio: a execução do terrorista americano Timothy McVeigh, que deixou manuscrito um poema sobre a morte, de autoria do poeta inglês William Ernest Henley (1849-1903). Não deixa de ser revelador que até mesmo um assassino de centenas de pessoas recorra à poesia para deixar um desafiador testamento para a sociedade que tentou destruir, e que os jornais que olham a poesia com desconfiança a transcrevam jubilosamente.

Mas havia coisas mais sutis no noticiário. E eu lhes dizia que possivelmente havia poesia, por exemplo, no monumental espetáculo do grupo La Fura dels Baus, com um concerto com dois mil músicos, num gigantesco espaço de Valência, onde os atores eram movimentados através de gruas, como se faz num cais do porto e nas construções, e que um desafio para o poeta era criar poesia para grandes *happenings*, espetáculos de *son et lumière*, e saber projetar palavras no espaço e nos ouvidos, além, muito além das páginas de um livro.

E os fatos de ontem e hoje só vinham comprovar minha proposição. Há uns 15 anos, quando estive num encontro de escritores latino-americanos em Israel, conheci um ex-prisioneiro do campo de concentração, que por ser violinista tinha como função tocar violino acompanhando seus companheiros que iam para o fogo crematório. Na ocasião fiz um poema sobre isto. Por coincidência, agora em Madri, abro o jornal e vejo que Jacques Stroumsa, violinista de Auschwitz, está dando conferência no Círculo das Artes, a cinquenta metros de onde estou estimulando, desafiando os alunos a desvelarem a poesia. Um detalhe: descubro que esse não é aquele, senão outro violinista de Auschwitz, pois o número de prisioneiro no seu braço pelos nazistas era outro.

Naqueles tempos a morte era tanta que um só violinista não bastava.

Respondendo às minhas instigações, no dia seguinte os alunos-poetas trouxeram ricas observações de como haviam surpreendido a poesia no cotidiano, seja numa conversa ouvida no metrô, seja numa cena de rua ou mesmo em certas cenas instantâneas onde não havia palavra sendo dita, mas a palavra passava a dar sentido ao encantamento do que foi visto. À medida que iam relatando essa espécie de sensibilização poética, o cotidiano de cada um ia criando pequenas auras e epifanias.

Se um atleta trabalha seus músculos diariamente, se um laboratorista fica atento diante do microscópio, se um piloto tem que acompanhar e manipular instrumentos de navegação, por que a poesia não exigiria contínuo trabalho e observação?

Certa noite, um dos alunos, o cantor-poeta Ramon El Oso, havia nos convidado para seu bar. E entre vinhos, queijos, *jamon serrano* e música, nos deparamos com uma insólita escada em caracol que terminava abruptamente numa parede. Enfim, uma escada que levava a lugar nenhum. Proponho-lhes, no dia seguinte, nos primeiros vinte minutos da aula, escrevermos poemas sobre a lógica desse absurdo, sobre a poesia espiralada naquela escada que parecia metáfora viva de alguma coisa. Também o professor correria o risco dessa escrita. Surgiram textos excelentes, produzidos naqueles restritos vinte minutos. O do professor não era o melhor, mas, por ser menor, vem a calhar para encerrar esta crônica:

> No Bar Ladino, em Madri,
> vi, numa noite, uma escada
> que tinha estranha magia,
> pois saindo do concreto
> ao nada nos conduzia.
>
> Os degraus de tal escada
> negavam toda engenharia,
> e a razão, em caracol,
> sofrendo se contorcia,
> pois só se a pode galgar
> com os pés na poesia.

ONDE A PORCA TORCE O RABO

Às vezes, leitores escrevem a mim e a outros escritores, perguntando se podem enviar (ou já enviando) seus textos. Em geral, repetem algumas coisas, que retratam o desconforto dessa situação. Primeiro, que carecem da opinião de alguém mais experimentado, que lhes oriente e, em muitos casos, querem saber se devem ou não continuar a escrever.
 Nem sempre são jovens, mas pessoas maduras em quem, de repente, a literatura (ou a liberdade de expressão?) aflorou. Faço o possível para responder. Às vezes sugiro a leitura de vários livros, muitos citados em *A sedução da palavra* (Letraviva), que tem o propósito expresso de orientar iniciantes e repassar experiências literárias. O ideal é que houvesse uma "clínica de textos", que acolhesse essa demanda profissionalmente, porque nenhum escritor tem disponibilidade para esse árduo e delicadíssimo trabalho. Seria um trabalho de consultoria, como qualquer outro, com hora marcada, tabela de preço, para dar logo mais seriedade à atividade.
 Alguns pedem logo uma orelha ou prefácio, caso o livro seja do agrado. Isto também é complicado. O solicitante tem a ilusão de que uma apresentação vai lhe abrir as portas. Não vai. Só vai se o livro for bom mesmo. Neste caso nem precisa de orelha ou prefácio para se impor. Claro, há autores que elogiam todo e qualquer livro, por generosidade ou por não quererem magoar as pessoas.

Quando o autor pergunta se deve continuar ou não a escrever, digo que esta é uma questão que ele, e não outros, deve responder. Dá vontade de lembrar aquele conselho de Rilke ao jovem poeta, que se escrever não for uma necessidade vital, então é mesmo melhor parar e ir cantar noutra freguesia.

Às vezes, os que pedem tal opinião estão num estágio pre-literário. Escrevem só de ouvido. Repetem lugares-comuns. Não sabem nem o que é lugar-comum ou como lidar com ele. Não estão a par da história literária, dos movimentos que se sucederam, dos diferentes estilos e técnicas. Não são nem sequer leitores, bons leitores, aqueles que convivem e assimilam os grandes e pequenos autores. Pensam que escrevem, mas estão sendo escritos por uma linguagem que já existe. Desconhecem que o escritor é aquele que ocupa um lugar na linguagem. O texto está entre o prosaico de certas letras banais de música e simples (ainda que legítimas) anotações emocionais. Nesses casos não há muito ou nada que fazer. (O mesmo se dá com quem resolve pintar, fazer teatro, música ou o que seja de artístico, movido por impulsos superficiais e descomprometidos.)

Mas o caso mais difícil é daqueles que têm realmente talento e já se expressam de uma maneira mais madura e pessoal. Não vamos encontrar em seus trabalhos falhas primárias. Já têm leitura. Conhecem alguns clássicos de ontem e de hoje. Não são incautos. Estão numa situação que é grave e delicada, estão na borda de alguma coisa que pode, ou não, acontecer. Ou seja, podem ou não virar socialmente artistas.

E é aqui que a porca torce o rabo.

Tirando de lado as pessoas que realmente não têm talento, há outras que são capazes de produzir uma pintura ou escultura correta, até com certa inventividade. Pessoas que são capazes de produzir um ou mais contos interessantes, mesmo um romance. Pessoas que podem produzir uma ou outra música que nos diz alguma coisa. E assim por diante, uma peça de teatro ou, cinematograficamente, um curta ou longa. Pessoas, enfim, que podem produzir alguns bons poemas.

Até diria que uma coisa é estar artista e outra é ser artista. Pode uma pessoa numa determinada circunstância ou período de sua vida, eventualmente, estar em condições tais que suas emoções se precipitem em determinadas formas de expressão. É como se tivesse se conectado com forças e energias que a ultrapassam e a resgatam.

Mas uma coisa é a capacidade de fazer algo razoavelmente bem-feito num determinado instante. Outra é comprometer-se com um projeto onde vida e obra se confundem. É como se tivéssemos achado umas pepitas de ouro na superfície de um terreno. Mas a riqueza está no fundo e exige paciência, técnica e aprofundamento. E é aqui que muitos embatucam, porque achavam que bastava balançar a árvore dourada e os frutos cairiam aos seus pés de Midas.

Ao contrário, daqui para frente é que o desafio vai começar. Agora é que há que atravessar o deserto por 40 anos e cultivá-lo "como um pomar às avessas". É como se alguém tivesse as ferramentas, alguns tijolos e pedras: resta uma construção por fazer. Cadê o projeto? E a construção é aquilo que se constrói enquanto se constrói. Sendo a obra de arte, segundo Joyce, uma obra em progresso, como diria o nosso Rosa, uma travessia. Por isso, as pessoas que têm alguns dos atributos necessários para se tornarem artistas, num determinado instante, encontram-se naquela situação que a antropologia chama de situações-limites. Há um ritual a cumprir para se passar de um estágio a outro. Ultrapassar essa linha divisória entre o amadorismo e o profissionalismo, entre o episódico e o sistemático, entre o aleatório e um projeto estético-existencial, eis o desafio. E nisto, de novo, há uma pesada solidão. Solidão difícil de ser compartilhada. Tenho dito a algumas dessas pessoas que surpreendi na soleira desse rito de iniciação: agora depende de você. De você e de uma série de fatores aleatórios.

Pois assim como o criador tem que cavar no escuro de si mesmo a sua pretensa riqueza, entrar no sistema literário e artístico é entrar numa selva escura. Talentos podem se perder, ou ter seu percurso mutilado, enquanto outros são espantosamente superestimados. O artista autêntico, no entanto, tem a coragem e a audácia de abrir e povoar uma clareira ou receber esse raio na cara, não apenas eventualmente, mas a todo instante. Mas isto é altamente perigoso. Diante dessa situação, alguns entram em pânico e se demitem. Abrir-se à arte é dar um salto mortal no escuro, para que todos vejam.

A RAPOSA QUE
PERDEU A CAUDA

Merece louvor a publicação *A deusa branca* (Bertrand Brasil), de Robert Graves, estudo que leva o subtítulo *uma gramática histórica do mito poético*. Com uma laboriosa tradução de Bentto de Lima, essa publicação nos consola de que nem só de bestsellers, livros de humor e autoajuda vive o mercado editorial. Lembro-me de que há mais de 20 anos a leitura do original me foi útil na elaboração de *O canibalismo amoroso* (Rocco) para entender certos aspectos da poesia de Manuel Bandeira, que por sinal tem um poema intitulado "A dama branca". E se o conhecesse quando, estudante de letras, escrevi *O desemprego do poeta* (Imprensa Universitária de Minas Gerais), teria incorporado as observações de que houve um momento na Idade Média em que "a cátedra de poesia fosse calorosamente disputada em várias cortes" e que "na Irlanda antiga o *ollave*, ou mestre de poesia, sentava-se próximo do rei à mesa e tinha o privilégio, que ninguém além da rainha usufruía, de usar seis cores diferentes em sua vestimenta". É instigante ver reafirmado que o fazer poético passava por "sete degraus de sabedoria" num "penoso percurso de 12 anos". É fascinante tomar conhecimento de que "no século VII d.C., em Connaguth, Liadan de Corkaguiney, uma mulher da aristocracia e também poeta (...), viajava com seu séquito de 24 discípulos de poesia, conforme costume muito antigo, fazendo um *cuairt*, ou seja, um circuito de visitas".

Diz-se que Borges vivia consultando essa obra, tal o volume aí de informações sobre a poesia produzida na Irlanda e em Gales entre os séculos VIII e XIII. Hoje, quando as pessoas leem o sofisticadíssimo *O senhor dos anéis*, de Tolkien, como se estivessem lendo a *Seleções*, e quando Joyce, vindo desse substrato celta e irlandês, está ganhando novas traduções em várias línguas, o livro de Graves assume maior importância. E torna-se necessário não só para pesquisadores e eruditos, mas, sobretudo, para poetas empenhados em resgatar a força mítica e intemporal da poesia.

Confessando que a prosa foi o seu "ganha-pão", pois escreveu vários romances históricos, Robert Graves (1895-1985) – que foi professor de poesia em Oxford, mas que abandonou tudo para ir viver em Maiorca – alerta "os leitores para o fato de que o presente livro permanece um escrito muito difícil, bem como muito estranho, a ser evitado por aqueles que tenham a mente distraída, cansada ou muito rígida em sua cientificidade". Num posfácio, lá pela página 564, ele explica a origem meio mágica desta obra, a fúria com que, de repente, começou a escrevê-la num rasgo de iluminação, embora não seja místico nem religioso.

"Minha tese", diz Graves, "consiste em afirmar que a linguagem do mito poético difundido na Antiguidade, pelo Mediterrâneo e pelo Norte da Europa, era uma linguagem mágica vinculada a cerimônias religiosas populares em honra à deusa-lua ou Musa, algumas das quais datavam da Idade da Pedra (...)." Por isso ele retoma textos pré-gaélicos que passaram para a tradição da língua inglesa, como *A batalha das árvores* e *O livro vermelho de Hergest*, para expor suas teses. Neste último está dito:

"Três coisas enriquecem o poeta
Mitos, força poética, um suprimento de versos antigos."

Investindo na noção de poeta como um vate, ou seja, um "possesso", como diria Huizinga em *Homo Ludens – o jogo como elemento da cultura* (Perspectiva), Robert Graves questiona aqueles que, como Sócrates, abominavam o mágico e o mítico. Platão, aliás, é bom lembrar, também caiu nessa esparrela, quando sugeriu a expulsão dos poetas de sua república, porque esses fazem falar o inconsciente da tribo. Assim, Robert Graves lamenta o fato de que a poesia tenha se convertido academicamente num exercício de jogos verbais sem qualquer fascínio e emoção. Nisto ele parece retomar o que Jaeger havia dito na sua clássica *Paideia – a formação do homem grego* (Martins Fontes), de que a poesia caiu em desgraça na Grécia no século IV a.C., quando os sofistas substituíram os poetas.

Por isso, ao indagar "qual a utilidade da poesia hoje?", ele anota que "o termo 'hoje' significa uma civilização na qual os principais símbolos da poesia estão desonrados. Nela, a serpente, o leão e a águia pertencem ao circo; o touro, o salmão e o javali, à fábrica de enlatados; os cavalos de corrida e os galgos, às pistas de apostas; as árvores sagradas, às serrarias. Na atual civilização, a Lua é desprezada como satélite apagado da Terra, e a mulher, considerada como 'contingente auxiliar do Estado'. Nela o dinheiro compra quase qualquer coisa, exceto a verdade, e qualquer um, exceto o poeta possuído pela verdade".

E indo nessa linha, apaixonadamente, Robert Graves aplica-se uma metáfora:

"Se quiserem, comparem-me a uma raposa que perdeu a cauda; não sou empregado de ninguém e escolhi viver nas cercanias de um vilarejo nas montanhas de uma Maiorca católica, mas anticlerical, onde a vida ainda é regida pelo velho ciclo agrícola. Sem minha cauda, ou seja, meu contato com a civilização urbana, tudo o que escrevo há de parecer perverso e irrelevante para aqueles que, entre vocês, ainda estão atrelados à máquina industrial."

E regozijando-se de ter aberto mão de tudo para entregar-se à "deusa branca" da poesia, ele afirma: "A falta de cauda me impede de dar qualquer sugestão de ordem prática."

Em outra parte do livro anota: "Aos 65 anos, ainda me diverte o paradoxo de a poesia sobreviver obstinada na atual fase da civilização." E quando vê poetas prostrados diante da civilização industrial usando processos artificiosos para produzir poesia, faz uma contundente comparação que bem serve para outras artes:

"A prática contemporânea da escrita de poemas relembraria as experiências, fantásticas e predestinadas ao fracasso, dos alquimistas medievais ao tentar converter metal vil em ouro, se não fosse pelo detalhe diferenciador de o alquimista, pelo menos, reconhecer o ouro puro quando o via e tocava. A verdade é que só o minério de ouro pode ser transformado em ouro: apenas a poesia torna-se poema."

PUBLICAR E TER SUCESSO

A questão das obras-primas recusadas, de que tratamos em alguns artigos atrás, possibilita uma série outra de considerações. Pois a aceitação ou a recusa de uma obra atravessa um complexo sistema de forças. No livro intitulado *A sedução da palavra*, endereçado a quem quer ser escritor (ou, melhor, leitor), tentei abordar esse assunto mostrando como funciona o sistema literário, referindo-me "aos ritos de iniciação literária", ao "ato de escrever", ao "ato de publicar", ao "fato de ser lido", ao "negócio literário" e ao "fazer literário visto por dentro".

Mas é possível agregar alguns outros elementos a essa questão. Aí, por exemplo, destacam-se dois tipos de agentes a que chamarei de mediadores e legitimadores. São termos que vêm da sociologia, da antropologia e da ciência política e que podem ser aplicados ao fenômeno literário, uma vez que este é também um produto social.

Admitir a presença de mediadores e legitimadores é aceitar também que a produção artística está dentro de um sistema. Um sistema tem regras e movimentos de causa e efeito. Na economia é mais fácil sentir isto: o Banco Central, por exemplo, tem mecanismos para controlar o sistema financeiro, sabe como intervir no mercado para fazer o dólar subir ou baixar, aumentar ou diminuir a importação e exportação. No sistema artístico há também mecanismos nem sempre invisíveis aos olhos do público.

Nesses dias uma conhecida me contava que havia comprado três exemplares de um badalado romance, que anda na lista de mais vendidos, para dar em festas de amigo-oculto. Ouviu tanto falar do livro, o autor era tão famoso! Mas ao começar a lê-lo ficou decepcionada. E constrangida de dar tal presente. Na verdade, ela não sabia que tinha sido envolvida numa rede de mediação e legitimação. A sociedade de consumo torna o consumidor fragilizado e confuso. Acertar na compra de um livro hoje é mais complicado que ontem. Certos elementos mediadores na promoção de um livro, às vezes, são mais visíveis. A publicidade, por exemplo. Quando Proust propunha aos editores de pagar a publicidade de seu livro, sabia em que tipo de sociedade estava se metendo. Mais recentemente a rica, criativa e bombástica publicidade em torno de Harry Potter é um notável exemplo da potencialização dessa mediação.

 Nas últimas décadas começou a se desenvolver também no Brasil a figura do agente literário como eficaz elemento mediador. Ele negocia contratos, sugere livros às editoras, batalha por traduções, fazendo um trabalho que para o autor é desgastante em vários sentidos. Surgiram também no país cursos de criação literária dos quais têm saído autores que chegaram ao mercado. Mas, sem dúvida, o elemento mediador por excelência é a mídia. Está no próprio nome: mídia = meios de comunicação. Assim, os segundos cadernos e os suplementos literários são poderosos mediadores. Mas ocorreu uma notável e perturbadora modificação nesses veículos. Em vez da crítica literária, é a notinha aqui ou ali e a reportagem que expõem e vendem. Ter uma página ou mais de matéria sobre seu livro é praticamente ter esgotada uma edição. E quem decide isto? Aí entramos num terreno delicado e ambivalente. Pois o elemento mediador passa a ser, de repente, elemento legitimador.

 A organização de uma sociedade pressupõe instâncias legitimadoras. Entre os primitivos, o pajé e o cacique legitimam atos e fatos. Os ditadores ontem e hoje são autoritários legitimadores, enquanto a democracia tem uma série de instâncias mediadoras que legitimam os poderes e as relações.

No campo literário, as instâncias legitimadoras convencionais visíveis são as academias, a universidade, os prêmios, os prefácios e orelhas feitas por autores conhecidos para lançar iniciantes, a publicação de antologias e as listas dos mais vendidos. Mas outras instâncias legitimadoras existiram ou existem menos ostensivas. O Partido Comunista, no século passado, foi instância legitimadora (além de censora) de artistas, operando como a Igreja Católica ao tempo da Real Mesa Censória. Nos livros, sobretudo, até o século XVIII, havia nas primeiras páginas a autorização legitimadora expedida pela Igreja ou pelo rei.

O fato é que, na sociedade do consumo, atributos como talento, carisma e charme têm que estar associados a algo mais para resultarem em êxito. E há uma delicadíssima operação que só se torna visível quando o autor mergulha de cabeça no sistema artístico. Refiro-me às estratégias e táticas de alianças. Êxitos e fracassos, às vezes, resultam de alianças bem ou malfeitas. Grandes autores como Machado e Drummond foram também craques nas estratégias de alianças, sabendo com quem, como e quando se relacionar.

Mas, com a modernidade, começaram também a ocorrer alianças fora do sistema oficial, no espaço da marginalidade. A antiarte (e até a não arte), a chamada literatura de resistência, de contestação e marginal, propondo-se inicialmente como um antissistema, criaram formas de aliança. E, mediaticamente, foram legitimadas, tanto quanto as obras, digamos, "clássicas". Ser marginal ou de vanguarda, artisticamente falando, passou a ser uma estratégia de se chegar por outras vias à legitimação, à celebridade – que é o adorável bezerro de ouro da modernidade. Nesta linha, ser extravagante e excêntrico, desde os tempos românticos de Byron aos espalhafatosos vanguardistas, é meio caminho andado. E uma vida desgraçada ou o suicídio, embora por si só não sejam suficientes, também ajudam muito. Existe até o marketing do martirológio alheio.

Enfim, não bastam talento e boas intenções. Esta é uma corrida de longo curso, cheia de obstáculos. E o problema é que com o aumento da população aumentou o número de autores e de candidatos a artista, tornando a concorrência ainda maior. A crise atual talvez se resuma então nesta constatação: as instâncias mediadoras não estão conseguindo dar conta de sua tarefa. E a legitimação cada vez mais fica por conta do mercado, onde a quantidade se sobrepõe à qualidade.

ARTE COMO SEGUNDA LÍNGUA

Os humanos, em geral, possuem uma língua primeira, que é verbal, adquirida no lar e socialmente. Mas para alguns essa língua verbal não basta. Desenvolvem um segundo modo de expressão, que poderíamos chamar de língua segunda. Exprimem-se, por exemplo, através da arte, concebida como linguagem. Enquanto linguagem, a arte é um sistema expressivo, tem seus códigos e parte de um emissor para um receptor. Às vezes, essa segunda língua se manifesta aos dois ou três anos, como em Mozart, e torna-se até mais fundamental que a primeira. Há casos ao contrário: depois dos 17 anos Rimbaud já abria mão da poesia como sua segunda língua e desaparecia no deserto dedicando-se ao contrabando não de palavras, mas de drogas e armas.

Mas não é só a arte que se institui como uma língua segunda. Pessoas se exprimem, elaboram sua personalidade e suas pulsões, se comunicam através de atividades que são também formas expressivas de linguagem, sem serem formas verbais e artísticas. Um jogador de futebol, por exemplo, encontra na sua relação com a bola o seu meio de expressão. Assim, Pelé começou onde Rimbaud desistiu. E um jogador pode não saber elaborar um discurso verbal sofisticado como um filósofo ou professor, mas quando está com a bola nos pés realiza a sua fala, sua retórica, dá o seu recado, faz poemas com os pés e a cabeça, enfim, faz o futebol-arte. E isto pode ser aplicado a qualquer ramo de atividade. Pode-se dizer que um cirurgião é um verdadeiro artista, significando que através da medicina ele se exprime como poucos. O mesmo para um jardineiro, um fotógrafo, um dentista ou um cozinheiro, seja ele *chef* ou simplesmente alguém que cozinhe eximiamente para os seus parentes e amigos. Há também pessoas que encontram sua comunicação com o mundo através do comércio e do dinheiro. O dinheiro é sua linguagem. Já encontrei até motoristas para os quais dirigir é sua segunda natureza, tão ciosos de sua competência que se acham verdadeiros *virtuoses* do volante, como um Ayrton Senna realizando obras-primas nas pistas da Fórmula l.

Estou, portanto, dizendo que o ser humano é um ser que se comunica através da linguagem, seja através dessa primeira linguagem, seja através de uma segunda linguagem. E há casos de pessoas geniais que se exprimem através de várias linguagens, são superdotadas, poliglotas culturais, como os renascentistas Da Vinci e Michelangelo, magistrais em diversas artes e ofícios.

Parece que o próprio de qualquer ser vivo é exprimir-se, relacionar-se, emitir mensagens, receber outras. Podemos radicalizar isto e dizer que um átomo tem uma linguagem, tanto quanto uma galáxia. O que a ciência faz é tentar entender essa linguagem. As próprias células cancerosas têm uma linguagem a ser decifrada. Fala-se na biologia em decodificação de genes. Por sua vez, mesmo com pessoas que aparentemente não conseguiam se exprimir, se comunicar, como os esquizofrênicos, descobriu-se que elas têm uma linguagem, que falam através de símbolos, como qualquer paciente de consultório psicanalítico.

Sendo linguagem, a arte é algo também que pode ser desenvolvido. Pressupõe aquilo que os linguistas chamam de competência e performance, ou seja, o domínio de uma técnica, do *métier*, da singularidade. Isto em níveis que vão do inferior ao médio e superior.

Mas admitir a arte como linguagem implica, para desgosto ou constrangimento de alguns, não só a necessidade de aceitá-la como sistema, código, expressividade, comunicação, mas também reconhecer nela algo mais complexo que implica a noção de hierarquia e valor. É evidente que certas pessoas manejam melhor que outras a sua voz quando cantam. Que outros fazem com seu corpo num palco ou circo coisas que um indivíduo médio não conseguirá jamais. E há pessoas que manejam a palavra melhor que outras e chegam ao prêmio Nobel. Por isso alguns ganham medalha de ouro nas Olimpíadas, outros de prata e bronze, e alguns, nada.

Estas afirmativas que parecem consequentes para qualquer pessoa de bom-senso, no entanto, foram postas em xeque na contemporaneidade. Pessoas, ou estações repetidoras de algumas falácias da modernidade, sustentam que a arte não é linguagem nem tem que dizer coisa nenhuma, que ela é uma coisa em si.

Para se chegar a essa conclusão extrema, percorreu-se um caminho sintomático, que vai do mundo clássico aos nossos dias. No mundo que, simplificadamente, para efeito de demonstração, estamos chamando de clássico, havia um cânone, e o valor da obra e do artista era medido pela proximidade com o modelo seguido acrescido de certa originalidade. Os valores dos heróis da *Ilíada* e *Odisseia*, da *Eneida* ou do *Poema del Cid* baseavam-se na "fortaleza e sabedoria", conforme ditava o sistema ideológico. A partir do romantismo, de desvio em desvio do modelo, passou-se à negação do modelo até a destruição do conceito de arte e da negação da arte como linguagem. A crer nisto, a arte seria a única manifestação humana, a única atividade no universo, mesmo em relação aos insetos, flores ou galáxias, que não está ligada a nada. Não pertence a nenhum sistema e não quer dizer coisa alguma.

Essa posição é evidentemente insustentável tanto teórica quanto praticamente. E se os que pensam assim conseguissem ultrapassar os argumentos em contrário, da sociologia à antropologia, da psicanálise à semiologia, da filosofia à biologia e até mesmo da estética, tal tese sucumbiria por se constituir como falácia tautológica, por negar aquilo mesmo que afirma, pois os que no domínio da arte dizem que a arte não é linguagem estão usando a linguagem para tentar mostrar ou dizer isto.

LEMBRANDO DE ELIZABETH

Não quero humilhar ninguém, mas tenho lá em casa duas abotoaduras de ouro com rubi, que pertenceram a Elizabeth Bishop. Aliás, quem as tem é minha mulher. A rigor, não pertenceram só a Elizabeth, mas a Marianne Moore, outra famosa escritora norte-americana que ajudou muito a carreira de Elizabeth. E depois desta crônica, elas já não estarão lá em casa, mas num cofre-forte de algum banco, embora tenham mais valor literoemotivo.

Esta é uma, entre outras razões, por que assisti à peça *Um porto para Elizabeth Bishop*, escrita por Marta Góes e representada por Regina Braga, de maneira especial. As "outras razões", por exemplo, incluem o fato de que conheci Elizabeth e com ela estive algumas vezes, tanto em Ouro Preto quanto no Rio. E a vida dela e a minha acabaram de algum modo se tocando, porque, além de sua obra, alguns amigos queridos meus eram queridos amigos dela.

    Mas voltemos às abotoaduras.

    Há alguns anos, a Secretaria de Cultura de Petrópolis resolveu homenagear a memória de Elizabeth, que morou por ali, com Lota Macedo Soares, na histórica casa de Samambaia. Foi uma noite cheia de emoções raras. Foram convocadas, sobretudo, pessoas que haviam conhecido a poeta americana para dizerem ao público algo de sua complexa personalidade. Por isso, estava lá Linda Nemer – a herdeira brasileira de Elizabeth, que dela cuidou em Ouro Preto e Belo Horizonte com uma raríssima dedicação. Linda não falava inglês, não tinha interesse especial por literatura norte-americana, mas com seu irmão – o artista plástico José Alberto Nemer – abrigaram Elizabeth afetivamente.

Naquele encontro, entre outras pessoas, estavam ainda tanto Carmem Lúcia de Oliveira, que escreveu o clássico *Flores raras e banalíssimas* (Rocco), narrando a história amorosa de Elizabeth e Lota, quanto o saudoso Emanuel Brasil, que há poucos anos teve uma morte estranha, e que conviveu com Elizabeth nos Estados Unidos, chegando a editar com ela uma antologia de poesia brasileira.

Após a mesa-redonda lá em Petrópolis, a atual proprietária da casa de Samambaia convidou-nos para um jantar. Nada poderia ser mais apropriado e complementar: sair das evocações e lembranças para o cenário onde Elizabeth e Lota viveram.

Tínhamos a noção de que estávamos num ritual muito delicado. Andar por aquela varanda e pelas salas, subir o jardim, ir até o ateliê que Lota construiu para Elizabeth num lugar mais elevado e solitário, para que ela pudesse escrever, olhar e tocar aqueles objetos, contemplar aquela vista, onde se destacava a abrupta montanha de pedra que aparece em um de seus poemas e em seus quadros, era reencenar respeitosamente em nós mesmos o texto da vida alheia.

O jantar ia transcorrendo entre delicadezas e lembranças, quando Linda Nemer, que conheço desde os tempos estudantis quando nossa geração achava que ia salvar o Brasil, bateu suavemente com um talher no copo e disse que queria fazer um *speech*. Agradeceu por todos a honra daquele jantar e a seguir narrou a seguinte história.

Elizabeth Bishop era mesmo muito amiga de Marianne Moore. Tanto assim que deu o nome de "Mariana" à casa que tinha em Ouro Preto. Trocou cartas com Marianne a vida inteira. Certa feita, perguntou-lhe que presente ela gostaria que lhe levasse do Brasil. Marianne respondeu-lhe de maneira discreta para facilitar-lhe a tarefa: "Qualquer coisa que tenha vermelho."

Elizabeth mandou, então, confeccionar duas abotoaduras de ouro com rubis e levou-as a Marianne. Esta, encantada, usou-as durante toda a vida. Quando Marianne faleceu e Elizabeth foi visitar-lhe os familiares, eles solicitaram que ela escolhesse alguma coisa que havia pertencido a Marianne e que ela gostaria de guardar como recordação.

Elizabeth escolheu as abotoaduras que dera à amiga. E com elas viveu e conviveu, até que um dia decidiu dá-las à dedicada Linda Nemer, narrando-lhe a história precedente.

Elizabeth havia deixado para Linda outras coisas: cinco salas na avenida Rio Branco, no Rio, as quais ela vendeu para recomprar e restaurar a casa de Elizabeth em Ouro Preto, um diário de trezentas páginas, em dois cadernos de espiral, narrando sua viagem pelo rio São Francisco e um outro diário narrando até sonhos que tivera – coisas que Linda vendeu para a Universidade de Vassar, onde Elizabeth estudou. Mas guardou as abotoaduras que foram de Marianne e Elizabeth.

E naquele jantar, na casa petropolitana, onde Elizabeth viveu com Lota, Linda, agora cercada de amigos da escritora, terminou sua amorosa fala de uma maneira surpreendente, dizendo que passava aquelas abotoaduras para Marina Colasanti, que assim elas estariam em boas mãos (ou pulsos).

Curioso o destino dos objetos e dos afetos. Curioso o périplo que objetos e pessoas fazem, mesmo depois de mortas. Elizabeth, que sabia de sua importância literária nos Estados Unidos, jamais poderia imaginar que seria tema de uma peça de teatro no Brasil.

Olhava eu as pessoas que afetuosamente assistiam à peça. No ar, um tardio e irremissível carinho. Carinho de que Elizabeth pateticamente necessitava, mas que seria sempre insuficiente diante de sua incurável carência.

CERVANTES:
O FALSO E O VERDADEIRO 1

A propósito dos 400 anos da publicação de *Dom Quixote*, li notícia, aparentemente nova, de que Cervantes chegou a pedir para ser fiscal de tributos no México, em Guadalajara. Não conseguiu. Porém sua biografia conhecida já informava que cansado, primeiro, de ser soldado, depois de fazer uma peça de teatro aqui, outra ali, queria algo mais fixo. Por isso, consta que também havia pedido ao Conselho das Índias um posto seja na Guatemala ou na Colômbia. Com isto, vejam só, ele quase acabou sendo um autor latino-americano. No entanto, acabou sendo o precursor do realismo fantástico deste continente. O fato é que acabaram lhe dando emprego de coletor de impostos em Granada. E quem lucrou foi a literatura espanhola.

Não foi nada fácil a vida desse rapaz. Antes de, aos 58 anos, publicar *El ingenioso hidalgo Don Quijote de la Mancha*, teve uma vida de aventuras. Depois, também não foi fácil. Aliás, já começou mal, pois, aos 21 anos, por se meter em duelos, como diz sua condenação – "o dito Miguel de Cervantes, pelos ditos nossos alcaides, foi condenado a com vergonha pública ter cortada a mão direita e em desterro de nossos Reinos por tempo de dez anos".

Diante dessa ameaça, fugiu. Mas esse trauma ficou impresso nos seus medos. Aqui e ali surgem nos textos de Cervantes referências a isto. No prefácio do *Dom Quixote*, por exemplo: "Porque posto que averiguem a mentira, não vos hão de cortar a mão com que a escrevestes." Parece que era uma sina o escritor ter problemas com sua mão, pois ela foi praticamente inutilizada na histórica batalha de Lepanto. Ali estava ele, com 24 anos, soldado, dentro do barco *A Marquesa* enfrentando os turcos. Num trecho do *Quixote*, ele conta um episódio que deve ser a narração do que viveu quando duas galeras, proa contra proa, se chocaram, soldados surgiram de todos os lados, arcabuzes e canhões de artilharia soavam, espadas cortavam corpos no ar, muitos se precipitavam ensanguentados na água. Só no seu navio de guerra, incluindo o capitão, morreram quarenta de seus companheiros.

Textos biográficos dizem que Cervantes estava enfermo, com febre, e mandaram que se recolhesse nos fundos do navio. Mas o fato é que recebeu três tiros de arcabuz, dois no peito e um terceiro na mão esquerda, o que lhe valeu a alcunha de "o maneta de Lepanto". Quer dizer: primeiro o rei tentou lhe cortar a mão direita, depois os turcos levaram-lhe a esquerda, mas mesmo assim acabou sendo o maior escritor de língua espanhola, um dos maiores do mundo. O que prova que o escritor escreve mesmo é com a terceira mão, invisível.

Pouco sabemos das coisas de hoje e sobre as de ontem, só imaginando. Pois não é que consta que havia "soldadas" batalhando lá em Lepanto, como uma tal Maria, a Dançarina, que, atirando, matou tantos turcos que acabou recebendo homenagens de João da Áustria e que servia no mesmo lote de soldados, chamado "terço", que Cervantes?

Os escritores que tanto reclamamos da vida hoje, deveríamos pedir desculpas a Cervantes, porque ele, sim, tinha todas as desculpas para não escrever seu *Quixote*, ou a *La Galatea* e até mesmo as *Novelas exemplares*. Em sua agitada vida militar, depois de ser camareiro do cardeal Acquaviva, na Itália, andou com as tropas espanholas por Nápoles, Messina, Loretta, Ancona, Veneza, Parma, Asti etc. E, em meio à vida e ação militar, vai lendo Virgílio, Horácio, Apuleio e os italianos, como Tasso, Baldassare Castiglione, Guarini e Ariosto. Embora haja quem diga que, quando jovem, cursou a Universidade de Salamanca, foi no cenário da própria vida que fez sua universidade livre.

Mas sua tumultuada existência teria ainda um capítulo dos mais duros e insólitos. Embarcado com seu irmão, também soldado, ao passar pelos litorais da França na direção da Espanha, é feito prisioneiro dos turcos e levado para a Argélia. Lá é convertido em escravo e tem que trabalhar, mesmo maneta, construindo as fortificações do porto e como jardineiro de seu dono, Hassan, o Dourador.

Fazer prisioneiro de guerra era o sequestro daquela época. E negócio lucrativo era o pagamento do resgate. A família se metia em negociações, como hoje. E como eram dois irmãos sequestrados (ou escravos), a família conseguiu primeiro a libertação de seu irmão Rodrigo. Cervantes ficou por ali mourejando (este é o termo certo) por cinco anos. Consta que tentou fugir várias vezes, mas foi logo recapturado. Enfim, um dia sua família e o vice-rei conseguiram os quinhentos escudos. Como a indústria de cativos parecia ser algo comum, a negociação da liberação foi feita com registro em cartório, com documentos firmados pelo notário Pedro de Ribera. Mas, em 1587, seria excomungado, em 1597, de novo preso, quando o banco em que tinha economias quebrou, e, em 1605, ano da edição do *Quixote*, teve problemas com a polícia, pois um homem amanheceu morto na porta da casa onde vivia com a mulher e suas irmãs, chamadas de "as Cervantas" e consideradas de má fama.

A língua ferina do dramaturgo Fernando Arrabal em *Um escravo chamado Cervantes* (Record) faz umas considerações sobre aquelas quinhentas moedas de ouro para o resgate do soldado-escritor e o valor desse prestigioso prêmio Cervantes posteriormente instituído pelo governo espanhol: "Quinhentos escudos de ouro valiam duzentos *maravedis*, ou cinco mil, oitocentos e oitenta e dois reais. Ou seja, tim-tim por tim-tim, cinco milhões de *pesetas* atuais: a exata dinheirama que, por mera coincidência, ganha o premiado hoje."

Como se sabe, depois que Cervantes escreveu a primeira parte de seu *Quixote*, em 1605, um tal de Avellaneda publicou uma falsa segunda parte do livro, o que forçou Cervantes, em 1615, a publicar uma segunda parte autêntica. Pois, arremata Arrabal, talvez fazendo uma alusão aos tempos de pós-modernidade onde a cópia é mais valorizada que o original: "Se no século XVII existido houvesse o prêmio Cervantes de Literatura, não teria estranhado que o ganhasse Alfonso Fernández de Avellaneda, autor do falso *Quixote*. Cervantes não o teria merecido."

CERVANTES:
O FALSO E O VERDADEIRO 2

Quem escreveu *Dom Quixote*? Para efeitos legais, foi Cervantes. No entanto, dentro do livro está dito que o autor é um árabe de nome Cide Hamete Benengeli. Há, portanto, para começar, uma dupla autoria. A capa aponta Cervantes, um espanhol. A narrativa indica o tal Cide, que teria achado em Alcalá de Toledo, numa rua de comerciantes de seda, uns papéis narrando, em árabe, as façanhas do tresloucado cavaleiro espanhol. Dupla autoria, dupla nacionalidade ou dupla face da Espanha. Os achados manuscritos estavam misturados com outros numa caixa de chumbo enterrada numa ermida.

Mas esse Cide Hamete não é o único "autor" do *Quixote*. O livro sugere que é apenas um, entre muitos que narraram as peripécias do cavaleiro da Mancha. E aí se cria já uma situação insólita, pois o livro, paradoxalmente, nos leva a desqualificar o narrador árabe, porque "é típico das pessoas daquela nação serem mentirosas". Como acreditar na narrativa de um mentiroso?

Percebe-se que o modo de narrar no *Quixote* desestabiliza, explode a noção cêntrica de autoria. Antes que em 1614 um tal Avellaneda, aproveitando-se do sucesso do livro, lançasse uma falsa continuação do *Quixote*, a estrutura do livro original de Cervantes é já um esperto jogo de espelhos brincando com a ideia de autoria falsa e verdadeira. Não é à toa que na introdução da novela Cervantes declara ser apenas o "padrasto" da obra, criando um simulacro de que outros são os autores do *Quixote*. Enquanto livros da época apresentavam nas primeiras páginas poemas laudatórios escritos por escritores reais, na abertura de sua história Cervantes estampa poemas sobre o *Quixote*, que teriam sido escritos por personagens de obras clássicas publicadas antes que o *Quixote* tivesse sido escrito. Assim Amadis de Gaula e Orlando Furioso são tidos falsamente como contemporâneos de Cervantes e surgem como tendo lido a obra de Cervantes antes que ela fosse publicada. E não apenas essas figuras lendárias, mas dentro da própria novela o Quixote encontra dois duques que haviam lido o primeiro volume e conversam sobre a própria obra com os personagens. Assim, em Cervantes, personagem é ao mesmo tempo personagem, leitor e comentador da obra em que está inserido.

Deste modo entramos num jogo de espelhos onde a realidade e a ficção se confundem. Jogo de espelhos, aliás, é uma boa metáfora, posto que foi no período barroco, quando essa obra surgiu, que os espelhos conheceram extraordinária evolução e passaram a ser disseminados nos palácios e residências. Por outro lado, a arte barroca é a arte do *trompe l'oeil*, do ilusionismo, do mostra e esconde, dos "travestismos" dos personagens e da ambiguidade. Ambiguidade que começa na dualidade de caracteres que são Quixote e Sancho Pança, e vai se aprofundando, quando nos apercebemos que o próprio Quixote tem vários nomes: Quixote, Quejada, Quesada, Quijana. Há um deslizamento de significados, uma realidade oscilante nos nomes, nas ações e na autoria do livro. Como já se disse, a obra barroca desestabiliza o espectador e o transforma em ator.

E, quando um ano antes de publicar o segundo volume, dando continuidade às aventuras de seu personagem, Cervantes foi surpreendido com o surgimento de um *Quixote* apócrifo, escrito por Avellaneda, intensificou ainda mais esse jogo de falsidades e verdades. Em vez de simplesmente ficar irado, fagocitou a obra do outro. Colocou dentro de seu livro um personagem do livro falso, conversando com seus verdadeiros heróis. É disto que trata um dos capítulos finais, quando Álvaro Tarfe (do *Quixote* de Avellaneda) defronta-se com os heróis de Cervantes. O Quixote verdadeiro pergunta ao personagem do falso *Quixote* se ele conheceu mesmo o Quixote. O outro responde que o conheceu e era seu íntimo. O Quixote verdadeiro pergunta-lhe, então, se Álvaro o acha parecido com ele. Nesse irônico confronto entre o falso e o verdadeiro, Álvaro diz que "de maneira nenhuma". E repete o mesmo sobre Sancho, o que deixa este irritadíssimo. O Quixote de Cervantes, então, pondo-se em brios, declara-se como o verdadeiro Quixote e leva Álvaro a um escrivão para que fique registrado que é falso o Quixote da "Segunda parte de Dom Quixote de la Mancha, composto por um tal Avellaneda, natural de Tordesilhas".

A partir dos anos 1970 vulgarizou-se a citação de um conto de Borges (autor que parece personagem de Cervantes), no qual Borges fala de um tal Pierre Menard que queria reescrever o *Quixote*, mas não consegue, a não ser copiando-o identicamente. À revelia de Borges, a pós-modernidade tentou se apoderar desse conto para, distorcendo-o, fazer o elogio do falso. Assim, autores incapazes de criações maiores transformam em pastiche aquilo que Cervantes ironizava.

Entre os inúmeros e inesgotáveis temas nessa obra, um dos mais intrigantes é o fato de Quixote, no final, enfermo, recuperar a razão, reconhecer que vivia na fantasia e condenar acerbamente os livros de cavalaria. Sobre isto, pode-se pensar que ele estaria fazendo concessões aos censores religiosos e políticos da época. Quem examina a abertura do livro vê quantas autorizações eram necessárias para se publicar uma obra. Mas pode-se entender também como a última peça que o autor está pregando no seu leitor, para que ele mesmo escolha com quem ficar, ou com o alucinado Quixote ou com o razoável Alonso Quijano.

Mas seria talvez pertinente introduzir uma outra via de interpretação. Quando Dom Quixote renega suas fantasias, é de notar que ele está enfermo e com febre. Estranha febre é essa que faz delirar a razão. Que febre de lucidez é essa, que empobrece a vida e a visão do nosso herói?

Então é legítimo supor que, ao afastar-se do sonho e aproximar-se da razão, o personagem começa a morrer. Por isso, quando ele abomina suas fantasias, os amigos ao pé do leito estranham. E o narrador enfatiza: "Quando o ouviram falar, os três, acreditaram que alguma nova loucura havia se apoderado dele." Portanto, é preciso cuidado também com os surtos racionalistas. Em *Quixote*, a razão é a véspera da morte.

TIRANT LO BLANC
E DOM QUIXOTE

Quem tiver fôlego e curiosidade pode aproveitar esse quarto centenário da publicação de *Dom Quixote* e ler também um livro que mereceu de Cervantes o seguinte comentário: "Digo-vos em verdade, senhor compadre, que, por seu estilo, é este o melhor livro do mundo: aqui os cavaleiros comem, dormem e morrem em suas camas e fazem testamento antes de sua morte, com tudo o mais que carecem os demais livros deste gênero."

Trata-se de *Tirant lo Blanc*, de Joanot Martorell, escrito em 1460, portanto 145 anos antes do *Quixote* e publicado só em 1490. Em 1998 o bibliófilo Cláudio Giordano o traduziu do catalão para o português, e em 2004 saiu nova edição pela Ateliê Editorial. É obra monumental, já pelas suas mais de oitocentas páginas, já pela importância que tem na história da narrativa ocidental. E é de leitura agradabilíssima, fazendo-nos docemente repousar das narrativas modernas que entraram numa olimpíada de quem escandaliza e agride mais o leitor. Carecia, aliás, de que algum Cervantes de nossos dias fizesse um outro *Quixote* satirizando os atuais romances de anticavalheirismo, pois essas novelas da grossura explícita estão no espaço do decadentismo desta nova Idade Média que alguns apropriadamente chamam de "idade da mídia".

Assim como o *Quixote* é uma narrativa onde há um jogo de espelhos simulando vários narradores e vários autores, também assim o é *Tirant lo Blanc*. Pois Joanot Martorell, antecipando a estratégia de Cervantes e Borges, descentra a autoria do texto: diz que traduziu seu livro do inglês para o português a pedido do príncipe dom Fernando de Portugal, e depois para o valenciano. São falsas pistas, jogos e sortilégios do narrador. O fato é que não se tem notícia dessa tradução portuguesa. Por isso, Cláudio Giordano resolveu perpetrá-la quase 600 anos depois. E a autoria deste livro também é múltipla. Martorell assimila lendas, como as do rei Arthur e Morgana, ou a pitoresca origem da famosa "Ordem da Jarreteira", e incorpora textos de vários autores usando a técnica da apropriação, que a modernidade alardeou ter inventado. Enfim, a parte final foi escrita por outro autor, pelo cavaleiro Martí Joan de Galba.

Portanto, dentro deste livro há vários livros. Primeiro há a narração da vida de Guilherme de Varoic, que seria o modelo e mestre de Tirant. Deliciosamente medieval e romântica, a história nos conta do intrépido cavaleiro Guilherme que, cansado de batalhas e sangue, vai em peregrinação a Jerusalém. Convertido, faz com que espalhem a notícia de que morreu e decide tornar-se um eremita. No entanto, volta a viver na Inglaterra, na região de suas posses e de sua mulher – a condessa que, "viúva", continua-lhe fiel. Guilherme, disfarçado de eremita, vive "encoberto", ilustrando um tema que aparece recorrentemente em tantas narrativas. Religioso e virtuoso cavaleiro, Guilherme é que vai salvar o rei inglês nas batalhas com os mouros. E é ele o mestre que, de alguma maneira, faz a cabeça de Tirant, que, se metendo em rocambolescas aventuras em torno do Mediterrâneo, termina "príncipe e César do Império Grego de Constantinopla".

Curiosamente para quem espera de romances de cavalaria apenas fantasias quixotescas, este livro nos entrega algo insólito. Tem partes realistas e ousadas. Deve ser por essas e outras que Cervantes via nele qualidades raras. Embora tenha trechos em que descreve pormenorizadamente uma espécie de tratado dos deveres do cavaleiro, há trechos que não conferem com as leis do "amor cortês" como eram praticadas na Idade Média. De repente, o texto está mais para *Decamerão* do que para *Amadis de Gaula*. Num instigante prefácio, Mario Vargas Llosa revela que "Tirant lo Blanc" o seduziu desde a juventude. E anota que as cenas amorosas entre Tirant e a princesa Carmesina transcorrem "sob", "sobre" e "entre palavras". No primeiro assalto amoroso, repelido, Tirant diz à amada: "Senhora, esperei demais para ver-vos de camisola ou nuinha na cama." E o texto prossegue: "A esta altura, Tirant acabara de despi-la e levou-a nos braços para a cama. Vendo-se em situação tão apertada e que Tirant, nu, estava a seu lado e trabalhava com a artilharia para entrar no castelo, e sentindo que não poderia defendê-lo pela força das armas, refletiu que talvez pudesse preservá-lo com as armas próprias das mulheres – derramando lágrimas, pôs-se a lamentar-se."

A consumação amorosa vai se dar mais de duzentas páginas adiante, quando a rainha e amiga de Carmesina, com o sugestivo nome de Prazerdeminhavida, convence a princesa a ir à sua cama para conversar, mas, enquanto a princesa não chega, ela traz Tirant despido e descalço e lhe diz: "Atacai violentamente com as esporas, como é próprio de cavaleiro, afastando toda piedade. E não me vindes com explicações", adverte Prazerdeminhavida, a rainha alcoviteira.

Prazerdeminhavida apenas se desloca para uma cama ao lado, no mesmo quarto, e enquanto a princesa descobria o ardil da amiga e aflita falava, as mãos de Tirant "cumpriam seu dever" posto que estava "empenhado em seu duro combate".

Enquanto isto, Carmesina fala-fala-fala exclama "Ai, Senhor!", "Ai, cavaleiro cruel e falso", e, enfim, depois de quase uma página de suspiros, desmaia. Atemorizado, Tirant procura a rainha ao lado, que "levantou-se prontamente e, apanhando um vidro de água de rosas, borrifou o rosto de Carmesina, e esfregou-lhe os pulsos. Ela voltou a si suspirando e disse: 'Ainda que estas sejam as manifestações do amor, não devíeis cumpri-las com tamanha violência e crueldade.'"

A história caminha para o fim. Os amantes se casam e, um dia, como ocorre nos romances de cavalaria, sentindo a morte aproximar-se, o herói tem ainda tempo para proferir discursos, orações, organizar testamentos. Por isso, complementando aquela falação amorosa a que se referia Vargas Llosa, diria que há também longos discursos diante da morte. Carmesina, que vai também morrendo de amor (entre os corpos do marido e do pai já mortos) enquanto expira, fala-fala-fala. Assim, ao amor palavroso, sucede a palavrosa morte.

Falar enquanto se ama. Falar o amor.

E a fala não apenas para retardar, mas para organizar a morte.

CRÍTICA DE TRADUÇÕES

Houve um tempo (entre 1944 e 1946) quando quem traduzia livros para o português vivia atemorizado. É que havia um crítico de traduções chamado Agenor Soares de Moura, que não perdoava. O homem dominava o inglês, o alemão, o francês, o espanhol, o italiano e quando pegava uma tradução que não lhe agradava depenava a vítima. Monteiro Lobato, Oscar Mendes, Tasso da Silveira, Adonias Filho e outros sofreram na sua mão.

Um desses artigos começa logo assim: "Do romance de Jakob Wassermann, *Caspar Hauser*, existe uma tradução de Adonias Filho (Pan-Americana). A versão absolutamente não se recomenda. O tradutor não declara de que idioma a fez, mas vamos provar que foi um texto francês, embora na folha de guarda apareça o seguinte: Título do original em alemão *Gaspar Hauser* – no que deve haver um ligeiro engano, mesmo que seja tipográfico, porque '*Gaspar*' em alemão se escreve com K ou com C."

E dito isto, recolhe as imperfeições gramaticais do tradutor assinalando: "O sr. Adonias Filho se mostra quase absolutamente incapaz de usar corretamente os pronomes 'lhe' e 'o' com os verbos de que são complemento, podendo-se-lhe aplicar isto que se lê na página 251 do seu livro: 'Quanto sofria sinceramente ao verificar que um homem não sabia distinguir o dativo do acusativo.' É precisamente o que se dá com o tradutor, que baralha constantemente (48 vezes, pelo menos) o dativo representado por 'lhe' com o acusativo representado por 'o', chegando a errar duas vezes na mesma linha, e três ou quatro na mesma página, com verbos diferentes. São coisas comuns no seu trabalho: 'O céu lhe proteja: a sua mãe lhe pôs no mundo: o tenente lhe quer ver' – ao lado de: 'Eu pedi que terminassem o cavalinho que o carcereiro o havia dado.' Não se exige purismo da parte de quem traduz, exige-se apenas decência."

O homem era mesmo "brabo". E o pior é que parecia ser também competente, pois quando, diante desses artigos que demonstravam tanta perícia, o convidaram para traduzir os quatro livros de Thomas Mann onde este fabulava a história bíblica de José no Egito, ninguém ousou apontar qualquer falha em sua tradução. Por isso é que Paulo Ronai, lamentando a morte de Agenor, em 1957, disse: "Se eu tivesse de exemplificar as qualidades do tradutor ideal, reunidas num brasileiro, apontaria sem hesitação a pessoa de Agenor Soares de Moura." Pois o trabalho desse exigente tradutor e gramático acaba de ser revalorizado num volume preparado por Ivo Barroso, *À margem das traduções* (ARX), com a colaboração de Afonso Siqueira Soares, filho de Agenor.

É interessante saber que, há quase 60 anos, havia nos suplementos, o que não há hoje, um lugar para crítica de traduções. Um espaço que foi conquistado pela competência de Agenor, que não frequentava as rodas literárias cariocas, nem era da Academia Brasileira de Letras, senão um professor que morava lá em Barbacena. E que foi descoberto quase que por acaso, pois, como lembra Ivo Barroso: "Aí por volta de 1942, Guilherme Figueiredo, já então renomado teatrólogo, ator da comédia *Lady Godiva*, foi convidado por Raul Lima, redator-chefe de *O Diário de Notícias*, para dirigir o suplemento daquele jornal e nele assinar um rodapé de crítica literária. De certa feita, já meio cansado de comentar os maus romances que apareciam no mercado, Guilherme resolveu mostrar a fragilidade de nossos tradutores, mesmo quando se tratava de ilustres figurões. Saíra a lume uma tradução de *O livro de Jó*, assinada por Lúcio Cardoso, e nela Guilherme viu erros tão palmares que se saiu com esta frase de espírito: "Os padecimentos de Jó foram acrescidos de uma tradução do sr. Lúcio Cardoso."

Como desdobramento das discussões em torno deste fato, o jornal resolveu criar uma seção de crítica de traduções, e o escolhido foi o remoto Agenor, que havia enviado ao jornal uma carta também apontando erros de toda espécie nas traduções recentes.

Ele não poupava ninguém. Até Leonel Valandro, autor de dicionário de inglês, foi acusado de "traduzir a martelo", de confundir "pereira" com "abacateiro" ao mencionar "as pereiras 'aligátor'", quando o texto em inglês dizia: "'alligatorpear trees', ou seja, os nossos abacateiros". De igual modo, Alex Viany sofria nas mãos do crítico. Igualmente Tasso da Silveira. Nem Monteiro Lobato escapou. Às vezes, cortava ou acrescentava algo ao original. Quer dizer, uma pequena colaboração. Com efeito, há tradutores com mania de "melhorar" o original.

Em geral tenho a maior reverência por tradutores e revisores, quando bons. São miniaturistas, perfeccionistas, e a eles a cultura e língua muito devem. Houve um tempo em que fazendo parte de um conselho editorial sugeri que a editora, para ser mais justa e valorizar mais o trabalho dos tradutores, começasse a lhes pagar 1% do valor de capa a partir da segunda edição. Afinal, o trabalho deles continua a circular. Assim como o autor segue ganhando, por que não o tradutor? E, além do mais, isto não seria nada para o editor, porque a partir da segunda edição ele já não tem os gastos da primeira. Isto fora o fato que os editores mais espertos poderiam embutir esse 1% no preço do livro e o leitor, em última instância, é que ia pagar.

Não obtive êxito na sugestão.

Mas torno a fazê-la. E a isto acrescentaria algo: em homenagem ao pioneiro Agenor Soares de Moura, creio que a cultura brasileira teria muito a ganhar se, de novo, abrissem espaço para a crítica e análise das traduções.

NERUDA: MUSEU DE AFETOS

Estava percorrendo a reedição do *Canto geral*, de Neruda (Bertrand Brasil), traduzido por Paulo Mendes Campos, e a sensação era de estar revisitando um lugar amoroso onde se passou a infância e a juventude. Sentimento de quem voltasse a uma antiga propriedade ou museu de afetos.
Quem ainda lê Neruda?
Como líamos Neruda naquele tempo?
Quem, de minha geração, não sabia de cor o *Poema 20*, escrito, na verdade, por um rapazola com menos de 20 anos? *"Puedo escribir los versos más tristes esta noche."* Versos simples, com a naturalidade de certas canções populares, versos em forma de conversação, exalando confissão: *"Yo no la quiero, es cierto, pero tal vez la quiero./ Es tan corto el amor, y es tan largo el olvido."*
Isto me remete para uma sábia crônica do sabiá Rubem Braga, *O mistério da poesia*, onde revelava que os versos de um poeta (que ele achava fosse boliviano, quando na verdade era do colombiano Aurélio Arturo), versos tão simples que ficaram para sempre ressoando em sua cabeça "produzindo uma espécie de consolo e de saudade não sei de quê". Os versos eram esses: *"Trabajar era bueno en el sur, cortar los árboles,/ hacer canoas de los troncos."* Intrigado, Rubem se indagava: "De onde vem o efeito poético? É fácil dizer que vem do sentido dos versos; mas não é apenas do sentido. Se ele dissesse *'era bueno trabajar en el sur'*, não creio que

o poema pudesse me impressionar. Se no lugar de usar o infinitivo do verbo 'cortar' e do verbo 'hacer' usasse o passado, creio que isto enfraqueceria tudo. Penso no ritmo; ele sozinho não dá para explicar nada. Além disso, as palavras usadas são, rigorosamente, das mais banais da língua. Reparem que tudo está dito com os elementos mais simples: 'trabajar', 'era bueno', 'sur', 'cortar', 'árboles', 'hacer canoas', 'troncos'."

Neruda pertence a essa estirpe de poetas, como Walt Whitman (a quem reverencia muitas vezes) e Fernando Pessoa, que se inscrevem na difícil faixa entre a oralidade prosaica e a poesia. Daí, uma série de mal-entendidos. Daí que há uns 40 anos, durante o surto neoparnasiano *subespécie* vanguardista, tivesse virado moda no Brasil falar mal de Neruda. Neruda virou quase palavrão, virou adjetivo de poesia oral e palavrosa.

Claro que ele tem versos fracos e prosaicos. Mas versos fracos e prosaicos estão no *Os Lusíadas*, na *Eneida*, na *Ilíada* e *Odisseia*. E esse *Canto geral*, com suas seiscentas páginas, é uma espécie de poema épico, embora feito de fragmentos líricos. E como é um poema também ideológico, pois Neruda era comunista engajado na luta anti-imperialista contra os Estados Unidos, volta e meia há discursos mais políticos que poéticos.

Entre tantas coisas a dizer sobre esse livro, escolho algumas. Primeiro: é uma das raras obras de autor latino-americano onde o Brasil está presente. É um raro momento em que a cordilheira e o idioma não nos separaram. Está lá o poema lido no estádio do Pacaembu, em homenagem a Prestes, em 1945; está lá a homenagem a Castro Alves (outro que andaram tentando desmerecer junto com Neruda). Está lá, imaginem, e em péssima situação, o general Eurico Gaspar Dutra, presidente que botou o Partido Comunista na ilegalidade. Fazendo a *Crônica de 1948*, Neruda cruelmente descreve Dutra com seus "olhinhos de rato cinzento-arroxeado".

A segunda observação é que, publicado em 1950, *Canto geral* pertence à safra de poemas longos que ressurgiram nessa época. No Brasil, os grandes poemas drummondianos de *Rosa do povo*

(1945), o compacto *Invenção de Orfeu* (1952), de Jorge de Lima, o *Romanceiro da Inconfidência* (1953), de Cecília Meireles, e mesmo *O cão sem plumas* (1950), de João Cabral, ilustram o movimento de sístole e diástole da poesia. Sempre que alguém decreta a morte do verso e da poesia, o verso e a poesia contra-atacam amplamente. Ou seja: depois que o modernismo de 1922 encurtou o poema, quase resumindo-o ao título, daí a pouco o poema voltou a jorrar lírica e epicamente. A mesma sístole e diástole se deu de novo quando as neovanguardas parnasianas nos anos 1950 concretizaram o horror ao poema longo, que voltou arrebentando as margens nos anos 1970 e irrigando de novo a poesia. Mereceria alguns estudos este levantamento histórico contrastando autores de poemas longos de vários períodos. Há um tipo de poesia, e *Canto geral* está nessa linha, onde o poeta, embora moderno, se introduz como o xamã de sua tribo criando e recriando o mito da América. Aí se louva a natureza, a exemplo dos barrocos, como Manuel Botelho em *À ilha de Maré*, e aí desfilam os cruéis Cortés, Pizarro, os heroicos Atahualpa, Zapata, Sandino, Artigas ou os resistentes da geração de Neruda. A América utópica de Neruda inclui o lenhador Abraham Lincoln e necessariamente o profeta Walt Whitman.

Quando eu disse que reler *Canto geral* é visitar um museu de afetos, estava me referindo também a certos temas comuns à poesia de então. Temas que estão em praticamente todos os grandes poetas da época, como a resistência de Stalingrado, o louvor a Miguel Hernández e Lorca – sacrificados na Guerra Civil Espanhola. É uma poesia utópica, com uma visão ingênua de povo e de poder. Isto levou Neruda e tantos outros a louvar Stalin. Picasso, na pintura, fez o mesmo. No Museu Picasso, em Paris, um dos piores quadros jamais pintados pelo gênio espanhol é um de louvor a Stalin.

Este é um poema da Guerra Fria, antes que o mito de Stalin começasse a se desintegrar a partir de Kruschev. Poema de quando o mundo se debatia entre comunismo e capitalismo. Que forças então tinham as metáforas poeticamente desencadeadas. A metáfora comandando amorosamente o mundo, como Skármeta mostrou didaticamente em *O carteiro e o poeta* (Record). Foi-se o poeta. Mudaram-se os tempos. Ficaram as metáforas. Ao poeta, não podendo mudar o mundo, talvez lhe caiba essencialmente metaforizá-lo.

NERUDA ENTRE PROSA & POESIA

Comecemos logo com este texto:

"*Esta mulher cabe em minhas mãos. É branca e ruiva, e em minhas mãos a levaria como uma cesta de magnólias. Esta mulher cabe em meus olhos. Envolvem-na os meus olhares, meus olhares que nada veem quando a envolvem. Esta mulher cabe em meus desejos. Desnuda está sob a anelante labareda de minha vida e o meu desejo queima-a como uma brasa.*

Porém, mulher remota, minhas mãos, meus olhos e meus desejos guardam inteira para ti a sua carícia porque só tu, mulher remota, só tu cabes em meu coração."

Este é o poema em prosa intitulado "Mulher remota", com o qual Pablo Neruda abre o livro *Para nascer nasci* (Bertrand Brasil). Traduzido por Rolando Roque da Silva, é de leitura agradável, porque diversificado em crônicas, lembranças de viagens e de personalidades, documentos e poemas de um dos mais fascinantes autores do século passado. Entre tantos, lá estão alguns brasileiros, como Jorge Amado, Vinicius, Burle Marx, Niemeyer e o "deputado" Márcio Moreira Alves.

Assinale-se que, com essa obra, a Bertrand lançou também de Neruda o famosíssimo *Canto geral* (que comentei na crônica anterior), em tradução (imaginem!) daquele arredio Paulo Mendes

Campos – um poeta a ser descoberto pela universidade. E a José Olympio também relançou de Neruda um dos seus últimos livros de poemas, *Ainda*, em tradução de Olga Savary.

Portanto, três vezes Neruda. Pano pra manga. Assunto que não acaba mais. Pinço, no entanto, alguns fios desse vasto tecido poético. A começar com aquele poema "A mulher remota".

Por que sabemos que é poesia? Primeiro, como nas canções populares, pela repetição rítmica, com as mesmas palavras iniciando cada frase, empregando aquilo que tecnicamente se chama anáfora. Mas, além disto, a poesia se insinua como tal pela ilogicidade perturbadora, mas cativante: uma mulher que cabe nas mãos do amado e que poderia ser levada airosamente como uma cesta de magnólias. O paradoxo envolvente continua, pois aquele que a vê, a vê de maneira tão envolvente que seus olhos "nada veem quando a envolvem". E para falar de seu desejo, em vez de usar o lugar-comum "estou ardendo de paixão", Neruda retrabalha essa metáfora e vê a mulher amada nua "sob a anelante labareda" de sua vida, enquanto o seu desejo "queima-a como uma brasa".

O poema se encerra recuperando a construção ternária anterior ("minhas mãos, meus olhos e meus desejos"), retomando os temas das três estrofes anteriores, cadenciando o ritmo, introduzindo vocativos, ao mesmo tempo que resolve a contradição básica: a "mulher remota" não está mais distante, está dentro do poeta: "Porque só tu, mulher remota, só tu cabes em meu coração."

Esse é o mistério da poesia (e da arte), alcançar o inalcançável, aproximar o distante. Vou fazendo essas leves anotações, quando no texto "Nego-me a mastigar teorias", encontro Neruda comentando que seu editor brasileiro, o histórico Ênio Silveira, pediu-lhe umas palavras introdutórias para uma de suas obras traduzidas aqui. "Não sei o que dizer, nem por onde começar", diz Neruda. "Tenho 53 anos e nunca soube o que é poesia, nem como definir o que não conheço. Tampouco pude aconselhar alguém sobre essa substância obscura e ao mesmo tempo deslumbrante."

Estaríamos realmente diante de um poeta que não sabe o que é poesia? Ou estaríamos, uma vez mais, diante de um tipo de artista, que sempre prefere desconversar, seja por charme, seja por comodidade ou até por ojeriza a teorizações? Seja como for, no discurso proferido em 1971, quando o laurearam com o Nobel, de novo reiterou: "Não aprendi nos livros nenhuma receita para a composição de um poema; e, por minha vez, não deixarei impresso sequer um conselho, modo ou estilo para que os novos poetas recebam de mim alguma gota de suposta sabedoria."
É uma opção legítima. A história da literatura e as salas da universidade estão cheias de professores que sistematicamente sufocam e matam a poesia e o romance por excesso de zelo e por acreditarem na racionalidade da razão.

Instigante nessa mesma linha é o texto "Robert Frost e a prosa dos poetas", onde Neruda, além de fazer uma (às vezes) injusta e generalizada crítica à crítica, critica o poeta americano, num tom que chega a lembrar as hipérboles de Nelson Rodrigues: "Para mim, o espírito crítico, quando se aguça em demasia, chega à obscenidade intelectual, ao descaramento sangrento." E a seguir ironizando a si mesmo e aos inimigos, pespega: "No que me diz respeito, sou acérrimo inimigo de minha própria prosa. Mas que fazer? Se falamos em prosa, teremos também que escrevê-la. Juan Ramón Jiménez, esse pobre grande poeta demasiadamente consumido pela inveja, parece ter dito certa vez que eu não saberia escrever uma carta. Nisto não creio que se equivocasse."

O que é prosa? O que é poesia? Quais os seus não limites, e como poetas e prosadores se saem disto?

Ainda agora prefaciando a edição argentina de um eruditíssimo ensaio de Manuel Graña Etcheverry sobre ritmo e poesia, descubro que a etimologia de "verso" está ligada a "voltar" e a etimologia de "prosa" está ligada a "dirigir-se para frente". Isto não esgota o assunto, mas explica como os racionalistas da prosa pretendem caminhar em linha reta, enquanto a irracionalidade poética descreve elipses.

Neruda, mesmo fazendo prosa, volta à poesia.

Daí que "voltamos" à "Mulher remota", onde o verso lançado "volta" se entrelaçando num vai e volta anafórico. A poesia é o retorno possível. Palavra enovelada, dobra do verso sobre si mesmo, casulo de metáforas pungentes e radiosas. Mesmo na prosa Neruda é um ciclone de imagens, seja descrevendo o homem "vestido de violenta camisa azul", seja ao descrever os desertos africanos na Abissínia, sob o sol terrível da poesia, "cujas patadas de fogo quebraram a vida de Arthur Rimbaud".

NO CHILE DE NERUDA

Estou sentado no El Mesón Nerudiano, aqui em Santiago do Chile, e sob o prato está uma folha de papel, tipo serviço americano, que traz um poema de Neruda. Por coincidência, o poema "Caudillo de congrio", sobre essa delícia chilena, que já comi várias vezes nessa viagem. Como se sabe, Neruda fez vários poemas dedicados às comidas e aos temperos que adorava. Parece que sobraram peixes e mariscos que o poeta, em sua gula poética, não exauriu de todo na costa chilena. Estou conversando com David Valjallo, hoje com 80 anos, poeta que conheci na Califórnia, em 1966, quando convidou-me para apresentar-me com atores e poetas um espetáculo de poesia latino-americana em Hollywood. Ora, vejam só! Estou também com o poeta José Maria Memet e sua esposa, a atriz colombiana Ana Paula. José Maria, que realiza encontros poéticos que reúnem quinhentos mil e até um milhão de pessoas, convidou-me para, durante dez dias, percorrer cidades chilenas declamando poemas. Isto faz parte das comemorações do centenário de Pablo Neruda, que nasceu em 12 de julho de 1904. Uma hora atrás estava fazendo leitura de meus poemas no Instituto Goethe. Mas o mais insólito é que, antes, às cinco horas da tarde, fui dizer poemas no metrô, instalado na cabine do condutor. Tenho dito poemas em lugares assaz estranhos, mas essa foi uma leitura realmente *underground*.

    Perguntei ao condutor se as janelas dos vagões estavam bem fechadas, porque temia que algum passageiro tentasse escapar desastradamente de meus versos. Para meu consolo, ele acabou pedindo-me a cópia do poema "Os desaparecidos", que trata de uma tragédia durante a última ditadura, que os chilenos conhecem amargamente. Não só isso, de repente, ao sair da cabine para a estação, após ecoar poesia pelos vagões diante de passageiros perplexos, uma moça surge correndo atrás de mim e me dá um bilhete. *"Quise escuchar. Sí, pero las voces interrumpieron. Quiero oír tus cuentos, odas a la infancia. Me trajiste en este instante al mundo atento, imaginé tu rostro y no puedo ir sin verlo."* Que consolo para o poeta cujo primeiro livrinho adolescente se chamava *O desemprego do poeta*! Noutra estação, vejo um passageiro batendo no vidro e insistindo para falar conosco e já passando um bilhete. Era um brasileiro há 15 anos ali, e que queria falar-falar-falar da vida e do Brasil.

    Mas como lhes dizia no princípio, estou à mesa deste El Mesón Nerudiano e aproxima-se uma simpática figura – Eduardo Peralta – que "en el año nerudiano canta a Brassens todos los lunes". Ele nos convida a passar para a parte de baixo daquela casa, onde dezenas de pessoas o ouvem cantar. São canções inteligentes e críticas, com grande variação rítmica e melódica, enquanto ele vai, com uma vitalidade contagiante, comentando o que canta. De repente, anunciam meu nome e convocam-me ao palco. Não tem jeito. Não sou nenhum Maiakovsky falando para multidões, não sou nenhum Neruda falando para trabalhadores em mina de salitre, mas também não sou mudo.

    Comecei esse giro poético, lá embaixo, quase na Antártida, em Valdivia, cinco graus, vento e chuva. E mais: um terremoto que chacoalhou-me os ossos da alma às sete horas da manhã. Coisa de rotina, dizem, porque, além do mais, aquela região é cercada por quatro vulcões ainda em ebulição.

    Tudo no Chile exala o vulcânico Neruda. Em Temuco levam-me a almoçar no hotel Continental, o mais antigo do país. E ali conduzem-me a ver o quarto em que Neruda pernoitou uma ou outra vez. Subi as velhas escadas, fui testemunhar e, claro, fotografar a porta de entrada com a devida placa. Diverte-me e é uma homenagem. Escritores às vezes fazem isto. Enrique Lafourcade, romancista e polêmico jornalista, que conheci também nos anos 1960 na Califórnia. (Não estranhem, nos anos 1960 todo mundo ia à Califórnia. Vi os Beatles lá. Vi Pelé. Vi Jobim. Vi Carlos Lacerda. Vi Gregory Peck. Vi Guinsberg e Belafonte. Dizem que até Cristo foi visto perambulando entre a Height e a rua Ashbury, em San Francisco.) Pois, voltando ao querido Lafourcade, ele me mostraria em sua casa, em Santiago, duas rosas de metal e plástico, que surrupiou do túmulo de Rimbaud. Estranho? Nem tanto. Pois o Décio Pignatari não arrancou um pedaço de ferro da sepultura de Mallarmé?

Numa dessas cidades, creio que em Concepción, verei dupla exposição: obras de Roberto Matta, conhecidíssimo pintor chileno que em Paris conviveu com Chagall, Breton, Tanguy e outros (é melhor nessas obras em água-forte e água-tinta que como pintor). E também uma surpreendente exposição de tapetes bordados feitos com a técnica de *arpillera*, por Violeta Parra – a ensandecida apaixonada que se matou cedo. Seu irmão, Nicanor Parra, hoje com uns 90 anos, segue vivo com sua poesia meio debochada. Vivo dizendo aos chilenos que Nicanor é o mais brasileiro dos poetas chilenos.

Depois de Santiago, vou a Valparaíso para participar de uma "oficina literária" com jovens poetas, sob a orientação de Sergio Muñoz, e para falar mais poemas no auditório de "La Sebastiana", uma das muitas casas-museus de Neruda. Acolhe-me na entrada Elisa Figueroa, mostrando seu desvelo para com tudo que ali está. A casa está lá em cima na encosta, olhando o mar. De fora não é bonita. Mas o poeta foi pedindo ao arquiteto para fazê-la crescer para cima, por isso tem cinco andares engraçadíssimos, com cômodos surrealistas, peças que ia recolhendo mundo afora – uma pia antiga, um cavalo de madeira, um quadro barroco, fotos de navio, retrato de Whitman, tetos pintados com figuras, enfim, um verdadeiro bazar ou loja de decoração. Aqui, com Matilde, o poeta recebia amigos do mundo inteiro. Numa das fotos está lá o nosso Thiago de Mello.

Parece um labirinto. Parece um observatório. Passeio entre os objetos do poeta, absorvo um pouco mais de sua vida e seus amores. Vivem dizendo por aí que a poesia não serve para nada. E, no entanto, o Chile não seria o mesmo sem Neruda.

REAL ROMANCE
DE M. HARITOFF 1

Esta é uma história romântica. E patética. E se eu tivesse alguma competência, deveria escrevê-la no ritmo de um folhetim, que era a nova forma narrativa mobilizadora do imaginário dos leitores à época em que ela ocorreu. Sim, esta história é romântica, primeiro porque é típica do século XIX, romântico, em grande parte; século de melancolias e arrebatamentos, com Chopin e Victor Hugo, com Alexandre Dumas e Verdi, quando amores e guerras, heroísmos e canalhices se mesclavam em turbilhões literários. Mas se digo que é também uma história patética é porque, dos momentos de esfuziante glória de seus personagens principais pervagando nas cortes russa, francesa e brasileira, chega-se à decadência econômica abraçada à indigência social em que terminou um de seus principais personagens na região de Barra do Piraí.

Por isto, Elio Gaspari, cutucando-me para que trouxesse à luz documentos que vieram às minhas mãos, ele, que conhece a história do Brasil como poucos, chegou provocativamente a adiantar que esse drama glorioso e patético, na sua vertente macunaímica, bem poderia ser também o enredo de uma escola de samba, tais são os seus ingredientes reveladores do que ocorre no segundo andar e nos porões da alma brasileira. E se alguma escola carnavalesca se animar, isto vai dar samba.

Mas pode, igualmente, ser o tema para uma bela novela das "seis", das "sete", das "oito" ou para uma minissérie ou filme in-

teressado em recriar, espetacular e romanticamente, fatos que
aconteceram ontem. Ontem, porque começam na segunda metade do século XIX e cobrem parte do século XX. E alguns desses
fatos estão na memória de descendentes da nobreza cafeeira do
século passado que carregam orgulhosos sobrenomes.

Na verdade, deveria pedir às filhas – Fabiana, que está fazendo
um curso de roteiro e sinopses com Maria Carmem Barbosa,
e Alessandra, que já fez semelhante curso com Luiz Carlos Maciel
– para me ajudarem. Mas essa crônica tem que ser entregue e já
passei do tempo de aprender tais misteres.

Portanto, esta é a história de amor entre Maurício Haritoff, às
vezes tratado como "conde", como "barão" e "comendador", e que
vindo da nobreza russa, ao tempo do czar Alexandre II, e dos salões parisienses, ao tempo de Napoleão III, e Ana Clara Breves de
Moraes Costa, de apelido Nicota, linda mocinha de 17 anos, que
tocava piano, cantava e falava fluentemente francês, de riquíssima família de fazendeiros pertencente ao clã dos Breves, no
qual distinguia-se o comendador José Joaquim de Souza Breves
– "o rei do café", dono de 37 fazendas que começavam nas águas
da restinga da Marambaia e iam pelo estado do Rio adentro, com
seus seis mil escravos e até mesmo dois navios. Num segundo
estágio, depois do fausto, viagens, guerras, já viúvo e arruinado,
procurando emprego público para sobreviver, o nobre russo totalmente entregue aos trópicos casa-se com uma mulata pobre, filha
de uma escrava, com o belo nome de Regina Angelorum, com
quem teve um filho que morreu cedo e mais dois – Alexis e Bóris –, que tiveram também uma vida igualmente difícil. Segundo
a imprensa, um deles, Bóris, morreu recentemente e dizem que
ele alegava ser mentira toda a história mítica que contam sobre
seus familiares. Seu pai, Maurício, deixou a respeito duas longas
e belas cartas onde, com a nobreza ainda de um cavalheiro, conta
sua relação com Regina, assumindo-a como esposa a despeito da
hostilidade preconceituosa de seus parentes aristocratas.

Mas antes de se chegar ao lado trágico e patético, a narrativa teria que recuperar a história daquele amor "fulminante", entre o vivido Maurício Haritoff e a jovenzinha de 17 anos, cujas cartas de amor ao seu príncipe tenho em minha frente. Haveria que narrar como se viram pela primeira vez numa recepção na elegante fazenda do Pinheiro, e, se apaixonando, se casaram e foram viver na fazenda Bela Aliança, propriedade que recebia inúmeras personalidades da época, tanto Joaquim Nabuco (numa missa no dia mesmo da libertação dos escravos) quanto o grão-duque Alexandre da Rússia, sobrinho do czar Alexandre II, quando veio visitar a corte de Pedro II.

A sinopse talvez pudesse ir sugerindo que através dessas cenas se recriará toda a história do fim da escravidão negra, sobretudo entre 1871 (Lei do Ventre Livre), mostrando o cotidiano da escravaria e dos senhores, as cenas de festas na casa-grande e na senzala, e até as cenas em que a mocinha – a Nicota – participa, insolitamente, de trabalhos de colheita com as escravas.

A parte mais difícil e cara será recriar a atmosfera da corte russa, onde a figura de Rasputin siderava o imaginário no final do século XIX, e quando começaram a ocorrer os primeiros atentados contra o czar. Estratagemas deverão, igualmente, ser encontrados para retratar a guerra turco-russa de 1877, pois o nosso herói, Maurício Haritoff, sentindo arder-lhe no peito o dever patriótico, largou tudo – a bela e jovem Nicota, a vida mundana de Paris com jogos e festas –, indo participar desse conflito como ajudante de campo do general Alexis.

Ainda nesse espaço de guerras românticas, necessário será apresentar de alguma forma o cerco de Paris pelas tropas prussianas, em 1870, pois, segundo algumas afirmativas, lá estavam Maurício e Nicota sujeitos a todos os perigos.

Ao final, depois das vindas e idas à Europa, depois da fulgurante mundanidade, a parte última desse folhetim se transforma num drama dostoievskiano, onde na sombra se arrasta a solidão do ex-nobre Maurício Haritoff, dedicado a criar seus dois filhos, até que morre em 1919.

Como contar toda essa epopeia, todo esse lirismo, toda essa tragédia, toda essa comédia humana? Como narrar o contexto sócio-histórico das estepes russas ao Vale do Paraíba? Nos grandes poemas de antigamente os poetas invocavam as Musas para que os inspirassem. Aqui esse apelo é desnecessário, porque me limitarei a pontuar alguns aspectos que, um dia, alguém com mais competência e fôlego retomará para alimentar com um pouco mais de verdade o nosso insaciável imaginário.

REAL ROMANCE
DE M. HARITOFF 2

Estou olhando retratos de Regina Angelorum com seus dois filhos, Alexis e Bóris. Neste, ela, morena (ou mulata clara, como se diz na "nuançada" visão racial brasileira), está sentada e ladeada pelos dois filhos que portam chapéu, borzeguim e roupas que cobrem todo o corpo. Vestido longo com mangas longas com babados e rendas, Regina tem o ondulado cabelo partido ao meio e usa pequenos brincos. Noutra foto, com os filhos num cenário ao ar livre, ela está de pé, dando as mãos aos dois, que teriam três e seis anos, e veste uma manta que parece peruana. Mas noutra fotografia ela está de pé, saia longa, peitilho de renda, casaquinho, também com seus pequenos brincos, porém, ao seu lado, classicamente sentado numa cadeira de vime e ladeado pelos dois meninos de terninho, está o nosso conde ou comendador Maurício Haritoff.

Maurício, de cabeleira branca, ostenta um bigode no rosto largo e severo. Traja um jaquetão escuro, calça branca e, no peito, uma exuberante gravata com quatro grandes laços. É uma família brasileira. Ela, filha de escrava, ele, descendente da nobreza russa. Vou pegar uma lupa para ver melhor alguns detalhes dessas fotos centenárias. Sinto ímpetos de ver dentro e atrás dessas figuras, por isso tomo mais essa outra onde Maurício aparece sozinho. Aqui está de jaquetão, meio reclinado em seu assento, apoiando a cabeça na mão direita, meio pensativo, enquanto a mão esquerda, pousada sobre a perna, mostra um charuto entre os dedos. Maurício Haritoff, com os bigodes cuidadosamente cofiados, olha numa vaga e longínqua direção para fora da fotografia.

Talvez recordasse da corte russa, quando só os palácios de São Petersburgo e Moscou tinham dez mil funcionários, e quando todos os servidores da corte recebiam presentes duas vezes por ano, um durante o Natal, outro no aniversário do czar. Como dizia o grão-duque Alexandre, sobrinho do czar que visitou Haritoff na fazenda Bela Aliança, em 1886, cada ano, nessas festas, uma fortuna era gasta em monogramas imperiais em diamantes, em porta-cigarretes de ouro, em broches em bagas e mil joiazinhas, porque os grandes marechais da corte, mestres de cerimônias, chefes de caça, pajens, caçadores, cocheiros, *maîtres* dos restaurantes, choferes, valetes, jardineiros, cozinheiros, ajudantes de cozinha, arrumadeiras, enfim, todos eram presenteados. Ou, talvez, se lembrasse dos elegantes passeios, à tarde, no Bois de Boulogne, em Paris, onde a aristocracia e alta burguesia se exibiam ao tempo de Napoleão III.

Agora, no entanto, Maurício Haritoff, em Barra do Piraí, estava mais para um daqueles mujiques pobres descritos por Tolstoi em *Guerra e paz* do que para príncipe André ou Pedro Bezukhov.

Tomo, nessa pilha de documentos desconhecidos do público, mais uma coisa sintomática. Uma *correspondenz-karte*, vinda de Karlsbad, datada de 24/7/1907. É um cartão pouco maior que um polegar, mas, curiosamente, como se já estivessem usando técnicas modernas de reprodução, é uma carta-fotografia personalizada que tem, de um lado, a elegante foto do casal que a envia a Maurício Haritoff e sua senhora e, do outro lado, um curto texto. A assinatura do remetente é de Edmundo de Bittencourt, padrinho de casamento de Maurício, 62 anos, com Regina, 39 anos, um dos raros amigos do *grand monde* que não o abandonaram quando, arruinado economicamente, decidiu assumir, junto com os filhos, a dedicada amante e mulher de outra extração social e racial.

Encontro, nessa arqueologia de grandezas e misérias, a "Escritura do Contracto antenupcial que entre si fazem o comendador Maurício Haritoff e dona Regina Angelorum de Souza", firmado em 1906, e lá, além do reconhecimento dos filhos Alexis Alexandre, com oito anos, e Bóris, com cinco anos, fica outorgado à esposa os últimos bens do Haritoff, o que restou dos áureos tempos na fazenda Bela Aliança. Aí estão desde os "sete pratos de Christofle de diversos tamanhos, tendo alguns a referida marca M. H.", até "candelabros de prata", "12 painéis e reposteiros de veludo bordados a ouro e seda", uma "coleção de armas antigas", "duas jarras chinesas antigas", "uma cama de bronze para casados", um "cofre de ferro", "quatro gravuras inglesas" e muitas outras coisas, incluindo "diversos objetos de luxo que nunca pertenceram à casa de sesmaria da fazenda Bela Aliança". Isto tudo iria para a modesta habitação em que ele se alojava agora com Regina Angelorum, filha de uma vaga escrava Izabel, a quem dedicou seus últimos anos.

Pego agora uma "carta-bilhete" com selo de cem réis, mandada do Rio, que começa assim: "Regina, Agora mesmo estive na Agricultura e de lá com Palma. Ele me disse que esteve com o ministro Calógeras e que aquele ministro mandou me dizer que esteja completamente tranquillo, que eu ficara como traductor ou como adido no Ministério, que teria os mesmos ordenados que percebia até hoje com abatimento de 10% como todos. É boa notícia porque em todo caso vou receber os meus ordenados e para traductores é a mesma coisa ser adido ou ser do quadro."

Melancólico episódio da impotente decadência do nobre e rico Haritoff rogando para ser funcionário público utilizando o conhecimento de línguas, que anos antes lhe serviam para circular e seduzir nas cortes em que circulava.

Que documentos são esses que vou debulhando como se estivesse num cafezal ou milharal decadente? Como a mim chegaram? Onde começa essa história e minha episódica inserção nela?

Eu havia lido, como muitos de vocês, o delicioso e ilustrativo volume escrito por Jose Wanderley de Araújo Pinho, *Salões e damas do Segundo Reinado* (Martins, 1959). Quem não o conhece trate de lê-lo imediatamente. E, se está esgotado, algum editor deveria reeditá-lo urgentemente. De repente, ali, o século XIX, o brilho da corte, o fausto das fazendas do Vale do Paraíba irrompem em toda sua glória. Lá está a matriz da história do nosso conde russo Maurício Haritoff e da sinhazinha Nicota. Mas faltava (e ainda falta) algo. A história de seu segundo casamento com Regina Angelorum. A maneira como esse novo capítulo desse folhetim veio às minhas mãos é o que revelarei na próxima crônica.

REAL ROMANCE
DE M. HARITOFF 3

Agora, não estamos mais no século XIX, na Rússia do czar Alexandre II, nem na França de Napoleão III, nem no Brasil de Pedro II – cenários onde o conde Maurício Haritoff e Ana Clara desfilavam ostentando beleza, elegância e luxo.

Estamos em Copacabana, 1975. Yedda Borges, distinta senhora, que fala francês, pinta e coleciona coisas antigas, de bules e xícaras a cartas e documentos, tem uma massagista "de cor" chamada Maria Luiza. Um dia Yedda recebe dela um cartão enviado de Foz de Iguaçu, assinado Maria Luiza Haritoff. Como Yedda havia, em 1960, lido o fabuloso *Salões e damas do Segundo Reinado*, de Wanderley Pinho (relançado pela GRD), ficou intrigada, e quando sua massagista voltou da viagem ouviu que ela havia sido casada com um dos filhos de Haritoff. Diz Yedda: "Já estava ela viúva, e quando viu meu interesse pelo assunto, e sabendo que eu falava francês, perguntou se eu gostaria de possuir as cartas, fotos, documentos, enfim, todo este acervo maravilhoso que eu tenho. Ela me contou que o barão tinha hábitos aristocráticos, e mesmo pobre mantinha um *valet de chambre* para cuidar de suas roupas e servi-lo. Disse-me também que foi muito feliz com as duas esposas e ótimo pai."

A nora de Haritoff, então, doou a Yedda dezenas de cartas de amor, a maioria em francês, mandadas por Nicota a Maurício. Cartas escritas em Paris, cartas escritas em Berlim, cartas escritas no Brasil. Mas cartas e fotos também da relação de Haritoff com Regina Angelorum. Deu-lhe também um volumoso álbum, com veludo vermelho, com o brasão M/H inscrito e fotografias de família e de nobres. Yedda comprou-lhe um quadro e alguns objetos que pertenceram a Haritoff, mas, por não ter onde colocar, não adquiriu uma bela mobília de varanda, que teria pertencido à fazenda Bela Aliança.

Veja agora, minha querida leitora, como se diria em estilo machadiano, há 100 anos, veja que escrever crônicas pode não ser uma coisa tão inútil e leviana. Pode até ter algum interesse histórico. Constate como é verdadeira a teoria do acaso, aquela que Machado de Assis comparou a um jogo de bilhar em que uma bola vai batendo noutra, que bate noutra até que, de repente, arma-se um sentido. Pois, em 1998, fui à fazenda Bela Aliança, hoje propriedade da pintora Maria Luiza Leão, bisneta de Rodrigues Alves, intelectual sofisticada, artista que estudou com Portinari e, recentemente, nos Correios, no Rio, fez uma grande mostra retrospectiva de sua obra de gravadora e pintora. Depois da visita àquela histórica fazenda fiz uma crônica onde recontei toda a legendária história de Haritoff e Ana Clara ("O século vai acabar" – 18/8/98). Foi quando Yedda, que eu não conhecia, ao ler a crônica comunicou-me que tinha aquele precioso material que poderia ajudar a reconstituir o perfil de Maurício Haritoff.

Daí a semanas, na casa de Yedda, estávamos reunidos Maria Luiza Leão, este cronista, o embaixador João Hermes Pereira de Araújo e sua esposa, Maria Amélia. E isto não é por acaso, mas por aquilo que Jung chamaria de sincronicidade. Maria Amélia é descendente da dinastia dos Breves, e o embaixador João Hermes, conhecedor de nossa história e de genealogias, tem três álbuns de fotos da família Breves-Haritoff, que lhe foram doados por Joaquim Monteiro de Carvalho.

Aos poucos vou descobrindo que esse assunto interessa a muitos. Porque a história dos Breves e de Haritoff, além daquele amplo cenário de fundo com o czar Alexandre II, Napoleão III e Pedro

II, inclui coisas como essas: a irmã de Haritoff, Helena, foi casada com Leopold Magnan, filho do marechal Magnan, um dos braços direitos de Napoleão III. Ou, então, esse outro fato: outra irmã de Haritoff, Vera, foi casada com o diplomata brasileiro Luiz Lima e Silva, por sinal sobrinho de Caxias, e foi através deles que Haritoff se interessou pelo Brasil. E nesses entroncamentos chego a saber que Leopoldo, filho de Vera e Luiz, teve não só um caso como um filho com a famosa Mistinguetti. Entrar por essa história é esbarrar em condes, viscondes, barões, grão-duques e imperadores e embrenhar-se pela genealogia da aristocracia brasileira. O padre Reynato Breves, o mais tenaz pesquisador do assunto, tem vários livros sobre esse vasto tema. Na internet há vários sites a respeito, sendo o de Aloysio Clemente Maria Infante de Jesus Breves Beiler talvez o mais completo: http://www.brevescafe.oi.com.br.

Assim vão se juntando os extremos de uma vida fascinante e patética. No livro *Le fête imperiale* (A festa imperial), Federic Lolié, descrevendo os Haritoff em Paris, assinala que a riqueza deles teria vindo de fornecimento de armas durante a Guerra da Crimeia. Diz-se ainda que Eugênio – o *bon-vivant* irmão de Maurício –, "o mais belo jogador do mundo" – era capaz de entrar num cassino com "um luz" no bolso e sair com "180 notas de mil francos", e, de novo, voltar, jogar, perder tudo e ter que pedir dinheiro emprestado para tornar à casa em Bruxelas. E a descrição da cena parisiense que Wanderley Pinho toma de Artur Mayer em *Ce que mes yeux ont vu* (O que meus olhos viram) é mais requintada ainda. Ao tempo de Napoleão III, no Bois de Boulogne, entre as três e seis da tarde, a aristocracia desfilava em carruagens tipo *daumont à quatre, phaeton à deux* com serviçais em vistosos uniformes. Além das mulheres, ali estavam os homens mais elegantes da época, entre eles o jovem e belo Maurício Haritoff.

Viria para o Brasil. Ele se casaria com Ana Clara. Voltaria para Paris. Iria para a guerra turco-russa. Viveria em festas na corte brasileira. Daria festas até as cinco da manhã em sua mansão nas Laranjeiras. Seria dos primeiros a libertar escravos aqui. Iria aos poucos se arruinando, se casaria com a filha de uma escrava e morreria, em 1919, como funcionário público numa casinha na rua General Severiano.

Alguém se lembrou de homenageá-lo dando a uma rua de Copacabana o seu nome: rua Haritoff. Alguém se encarregou de apagar seu nome e renomear a rua como rua Ronald de Carvalho.

REAL ROMANCE
DE M. HARITOFF 4

Quantas cartas teria Ana Clara escrito ao seu amado marido, Maurício Haritoff, se numa delas diz que lhe escrevia "todos os dias", noutra que "fiquei dois dias sem te escrever", noutra "te escrevo de seis em seis dias" e noutra reafirma que lhe escrevia "todos os dias"?

Em geral, sem data, entre 1870 e 1890, transitam entre Paris, Rússia, Berlim, Portugal e Brasil. Como ela mesma revela, "digo-te tudo o que sinto e o que me passa pela cabeça, sem fraseado nem estilo". E, no entanto, são escritas num correto francês.

E as cartas de Maurício para ela? Perderam-se nas frestas da história? Havia alguma naquele incêndio, há três meses, quando (conforme nos informa, lá de Piraí, Anna Maria Sloboda Cruz) o último filho de Haritoff, Ivan, aos 92 anos, "na hora de dormir deixou uma vela acesa sobre a televisão, que explodiu pegando fogo nos móveis destruindo seus queridos livros, documentos, retratos, quase tudo o que possuía", morrendo poucos dias depois?

Tomo as cartas restantes, com reiteradas declarações de amor, escritas por Ana Clara ao marido: "Creia-me que ninguém nunca te amará como eu"; "Meu coração sofre até à morte por estar separada de ti"; "Amor, bem sabes como te amo; não podes, no entanto, compreender o que sofro longe de ti; pergunto-me como fazem estas pobres mulheres que passam a maior parte do tempo separadas de seus maridos; eu confesso que não suportaria esse sacrifício por muito tempo". E era tanta a solidão que ela, deprimida, confessaria: "Não posso te dizer o quanto estou desgostosa da vida, mais eu vejo, mais eu vivo, mais a desprezo! Assim, se não fosse por ti, meu amor, que amo de todo o coração, teria implorado a Deus que me levasse, pois a não ser de ti, de ninguém mais sentiria saudade nesta terra."

Mas o perfil de Ana Clara se desdobra em outras faces: "vou estudar piano e canto para ver se alegro a minha solidão, pois prefiro muito mais estar só do que receber visitas com as quais me aborreço. (...) Escreve-me sobre moda e aconselha-me a ler, cantar ou tocar algumas das últimas novidades."

Surpreendentemente, surge a administradora, que, na ausência do marido, se manifesta: "Colhemos muito pouca cana neste ano. O açúcar está muito caro, Rocha me escreveu a este respeito e o açúcar branco custa 480 o quilo no mercado"; "Manuel manda te comunicar que já tem três mil arrobas de café despolpado, e se o tempo continuar bom, será logo enviado ao Rio. Por mim, penso que seria melhor se nós pudéssemos despolpar toda a nossa safra este ano, dizem que o café atingiu nos últimos dias nove mil réis".

E reafirmando seu pulso de dona da fazenda, informa: "Nos momentos mais necessários pela manhã e à tarde, vou e mando todo mundo para baixo, para o trabalho, e só fica em casa Emília, porque já está com uma barriga enorme." Mas o mais insólito é essa declaração acima dos preconceitos e que mostra a singularidade dessa bela sinhazinha: "Imagine só que eu me divirto em trabalhar com as negras no cafezal; estou mais habituada com a fazenda e a deixo com tristeza."

E, além dessas, encontramos informações sobre o escravagismo na época: "Imagina que Sinhazinha me propôs acompanhá-la à Grama, onde quer ficar quatro ou cinco dias, e eu estou furiosa porque bem sabe o que isso me custa; não podendo ir a cavalo, tenho que me fazer carregar pelos negros que colhem café, e que neste momento estão ocupados." Ou, então, comentários como esse: "Tereza surpreendeu o pequeno mulato carpinteiro Ernesto com Gabriela; ele a violou, que horror! Eu disse ao Manuel para puni-lo com rigor, a pequena está recolhida ao hospital."

Misturado com isto transparecem questões de briga de família, entre os "Breves graúdos" e os "Breves miúdos": "O senhor Breves vai gritar com seus filhos que não fazem nada. Eles trocaram de residência sem sua autorização e continuam a não fazer nada." Questões nas quais os escravos acabavam se envolvendo: "Parece que Raymundo, o negro, foi posto a ferros depois de ser duramente castigado porque contaram a Né que ele havia vindo nos ver, o que é uma mentira! Ricardo está sendo vigiado por dois escravos de confiança para que não possa vir ver-nos."

Quando o marido estava na guerra turco-russa de 1877, aquartelado em Tcharcosolle, ela, de Berlim, montando casa, lhe escrevia: "Tenho um criado em vista, ele fala alemão, inglês e italiano. Foi empregado em casa de um russo de quem não me lembro o nome, parece Comandante Strogonoff." E arrematava: "Em Berlim estarei mais perto de ti, as cartas levam menos tempo a chegar, e a distância entre nós é de somente 38 horas de viagem." Revela ter contato com um superior militar para que não mandem Maurício para zonas perigosas do *front* "evitando assim que te exponhas demasiado". E comunicava que o amigo Federic "mandou-te mil cigarros; são de marca para que tu fumes, e ele pagou todos os fretes para ti". E com esses cuidados amorosos chega a fazer essa curiosa recomendação a quem está no campo de batalha. "Sua saúde está boa, não sentes mais dores do lado, e teus males de estômago? Estão melhorando? Não comas coisas indigestas."

Outras cartas referem-se aos objetos preciosos que vindo da Europa ornariam a mansão de Laranjeiras, que seria cenário de recepções históricas, como a oferecida a Tom King Sing, o chinês que veio discutir com as autoridades brasileiras e Haritoff a importação de mão de obra chinesa para substituir o escravo negro. Chinês que, paradoxalmente, tinha um escravo negro que o acompanhava, e era americano, Mr. Bulter.

Ana Clara – a nossa Nicota – refere-se muito à precariedade de sua saúde: "Acabei de passar oito dias de cama com febre. Werneck veio uma porção de vezes e me fez tomar muito sulfato de quinino." As decadências física e econômica viriam juntas. Feneceria aos 44 anos a mais bela flor dos Breves, linhagem que começa na França com François Savary, conde de Brèves, embaixador de Henrique IV (1629), continua nos Açores e de lá chega a Sant'Ana do Piraí. Com a história de Nicota e Haritoff cruzam-se as histórias de muitos sobrenomes de nossa elite. Rastrear isto, mais do que retraçar árvores genealógicas, é reencenar, talvez com algum acréscimo, a história do país.

REAL ROMANCE
DE M. HARITOFF 5

Há rascunhos de três longas cartas, em francês, nas quais o conde Maurício Haritoff discute com seu amigo Meira e com seus familiares as razões morais e afetivas que o levaram, depois da morte de Ana Clara, a casar-se com Regina Angelorum, filha de escrava e que ele viu crescer. São textos valiosos sobre o conceito de honra e dignidade desse aristocrata russo, sobre o conceito de filhos bastardos, sobre o racismo e uma análise ética de nossa sociedade.

À sua irmã Vera, diz: "Tudo o que vou lhe dizer é a verdade mais pura; eu me confesso a você como o faria a Deus. (...) Como você sabe, tornei-me um viúvo há dez anos (1894). Um ano depois da minha viuvez, mantive relações com Regina, a quem você conheceu. Como isto sucedeu, nem eu mesmo sei... O isolamento, a necessidade de uma companheira, um resto de juventude, a solidão, a convivência permanente com uma menina tão gentil – que eu mesmo criara –, enfim, eu me deixei levar. (...) O fato é que isto aconteceu; eu tirei a sua virgindade! É preciso que eu insista neste ponto. Perdoe-me. Se Regina, antes de mim, tivesse pertencido a outro homem, eu não teria nenhuma responsabilidade, e é provável que meus sentimentos e intenções a seu respeito fossem outros."

A literatura do século XIX seja em *A dama das camélias*, de Dumas, ou *Lucíola*, de Alencar, está cheia do conflito amoroso masculino entre mulheres "santas" e "perdidas". Haritoff assume uma posição ousada contra "o ponto de vista social mundano, corrompido, injusto e egoísta" da época, "a moral fácil das classes privilegiadas". E traz fortes argumentos a seu favor: "Pedro, o Grande, por exemplo, casou-se com uma serva, e, para não ir mais longe, Rio Branco casou-se com a mãe de seus filhos, e a comparação é a meu favor. Pois os dois sabiam que as mulheres, antes de seus casamentos, pertenceram a vários homens."

"Teu cavalo de batalha", diz ao amigo Meira, "é a origem desta pobre Regina – mas não se deve remexer muito nos ancestrais em um país onde existiu a escravidão. Após 25 anos de estar no Brasil, conforme me confessou alguém, todo brasileiro se considera branco, mas seus vizinhos são duvidosos (...) de modo que não fiquei sabendo se todos são brancos ou negros. Somente um francamente me confessou não ser branco – foi Patrocínio! Permita-me que te cite um outro exemplo: Braz Monteiro de Barros casou-se exatamente nas minhas mesmas condições. Vive em Paris; ele e sua esposa são recebidos na melhor sociedade; têm um filho que também frequenta os mesmos salões que ele. Na verdade ele é muito rico."

Ao interlocutor Meira, que numa carta "nervosa, quase violenta", lhe havia dito que só um "criminoso ou idiota" se casaria com Regina, Haritoff responde com firmeza ironizando o amigo que parecia defender o "Direito do Senhor" de possuir as virgens da aldeia antes do noivo. E acrescenta: "Estas teorias de tempos feudais, onde a humanidade era separada em duas castas, a nobreza e a ralé, seriam ridículas em nossa época e, sobretudo, na América, onde a nobreza hereditária jamais existiu. Mas se Regina amanhã fosse muito rica, ela não só se transformaria em branca da noite para o dia, mas haveria pessoas que afirmariam ser eu o mulato." E num gesto raro, de causar inveja a heróis românticos, reafirmando sua decisão de esposar Regina, exclama: "Ofereçam-me hoje a mulher mais linda e mais rica do universo e eu não a desposaria."

Na carta à sua irmã Vera, além de explicações éticas, dá argumentos afetivos: "Um ano depois de minha ligação com Regina, tivemos um filho, o pequeno José. (...) Eu não amava as crianças, os seus risos e choros me eram insuportáveis. Mas é preciso ver como a Providência a tudo provê; um ano depois era eu a ama do meu pequeno José, eu que lhe dava mamadeira, eu que o adormecia com mil cuidados todas as noites; eu tinha ciúmes até da mãe, eu não saía mais da fazenda para não deixá-lo, e às vezes ficava horas perto de seu berço vendo-o dormir. Com dois anos e meio de idade ele teve uma broncopneumonia e foi arrebatado da minha ternura pela morte inexorável em oito dias. Escapei de morrer também; tive uma espécie de paralisia. O médico que me tratava fez vir por telefonema o dr. Meira, do Rio, acreditando que eu não sobreviveria a tamanha dor! O que sofri foi inenarrável! (...) A mãe tinha mais energia do que eu; ela me tratou como se cuida de uma criança, dormia aos pés do meu leito, e só chorava quando eu fingia que estava dormindo."

A seguir, relatando o nascimento dos filhos Alexis ("uma criança delicada, muito nervosa") e Bóris ("forte e robusto, o retrato do pai"), conta as agruras de quem está na bancarrota: "Aqui não tenho quase família; aquela da minha falecida mulher, você sabe, afastou-se de mim. Não tenho mais quase nenhum amigo." Revela, então, que Regina Angelorum, que não era sequer uma pessoa remediada, entregou-lhe "as poucas economias que possuía". E repudia os que o aconselharam a se casar "só no último momento da minha vida" e a sobrinha Ana, que sugeriu: "Toma as crianças e indeniza a mãe."

A análise que Haritoff faz da sociedade nas cartas ao amigo Meira é impiedosa: "Que devo eu a esta sociedade de quem tanto falas? Que fez ela por mim? Enquanto fui rico e tive uma bela casa, ela me adulou, procurou e cumulou de atenções – e no dia em que me tornei pobre, só o pontapé de um asno. (...) Tu me falas de filhos naturais que alcançaram lugares proeminentes na sociedade – mas saberás o que sofreram em seu amor-próprio de homens e filhos? Recebidos nos mais finos salões da sociedade, caso se apresentassem com suas mães, elas deveriam permanecer na antessala (...) comer na cozinha com os serviçais."

E terminava uma das cartas dizendo: "Enfim, meu bom Meira, minha convicção de que cumpro o meu dever é tão forte que pela primeira vez, depois de nossa longa amizade, não posso seguir os conselhos do melhor de meus amigos." E conclui com esse parágrafo grifado: "A inteligência tem o instinto da verdade, a consciência, o instinto da justiça, o coração, o instinto do amor."

REAL ROMANCE
DE M. HARITOFF 6

O capitão-mor José de Souza Breves acabou de morrer. Tinha 97 anos. Mas a família não quer que sua imagem desapareça da face da Terra. Mandam buscar na corte um pintor francês para retratá-lo. Mas ele está morto. Deitado. Não tem importância. Vamos colocá-lo sentado. Vamos vesti-lo com sua farda. E chamar o pintor. No entanto, o pintor tarda dois dias a chegar. Não tem importância, o morto fardado e sentado pode esperar uma eternidade. O pintor chegou. O retrato foi feito. Mas um problema surgiu depois. Não dava para estirar o morto no caixão. Resultado: o capitão-mor José de Souza Breves foi enterrado sentado.

Não é história de García Márquez ou de Jorge Amado. O retrato do defunto, pode-se assim literalmente dizer, pintado no dia 10 de janeiro de 1845, está na casa do embaixador João Hermes de Moura, lá em Laranjeiras, não muito longe da mansão onde Maurício Haritoff e Ana Clara davam soberbas recepções ao tempo de Pedro II.

Este nosso folhetim está chegando ao fim. Provisório. E coisas espantosas ainda podem ser narradas, reveladas. Esta história do clã dos Breves e sua escravaria em 70 fazendas é inesgotável. Pode entrelaçar-se até com fatos macabros modernos, como o insolúvel assassinato de Dana de Teffé, que durante décadas ocupou o noticiário policial. Como? O que tem uma coisa a ver com outra? Nada e tudo. Acontece que, um dia, de repente, os túmulos onde jaziam restos dos parentes dos Breves em Barra do Piraí amanheceram profanados. Diz-se que havia suspeita de que o cadáver de Dana de Teffé havia sido posto num deles. O fato é que depois desse infausto acontecimento a família transportou os restos dos familiares para outro lugar.

De embaixadores estrangeiros na corte do Segundo Reinado, de visitantes eventuais, como o grão-duque, primo do czar, até o sábio Agassis, suíço que esteve nas fazendas dos Breves, em 1865, ou Assis Chateaubriand e Agrippino Grieco, pessoas as mais díspares escreveram sobre os Breves, Haritoff e Bela Aliança. Agassis, por exemplo, descreve sua viagem por aquela região: "Em quatro horas, a estrada de ferro Dom Pedro II nos leva a Barra do Piraí; depois continuamos mansamente nossa caminhada, montados em burros, ao longo das margens do Paraíba. (...) Ao pôr do sol chegamos à fazenda situada numa esplanada que domina o rio e donde se abrange encantadora perspectiva de águas e florestas. Acolhem-nos com uma hospitalidade que dificilmente, penso, encontrará equivalente fora do Brasil. Não se pergunta quem sois, donde vindes e abrem-vos todas as portas. Desta vez éramos esperados, mas não é menos verdadeiro que, nessas fazendas onde há lugar à mesa para cem pessoas, se necessário for, todo viajante que passe é livre de parar para ter pouso e refeição."

E continuando a narrativa, descreve a cena de apresentação da orquestra de escravos, coisa que ocorria em várias fazendas da época: "À noite, quando depois do jantar tomávamos o café na varanda, uma orquestra composta de escravos (Banda do Pinheiro, onde tocavam os escravos Bruno, Bevenuto, Brás, entre outros) pertencentes à fazenda nos proporcionou boa música. A paixão dos negros por essa arte é fato notado em toda parte."

Assis Chateaubriand, em texto de 1927, exercitando seu veio de repórter, depois de visitar o "reino da Marambaia" que pertencia ao "rei do café", entre outras coisas narra conversa que teve com ex-escravos do senhor dos Breves: "Perguntei-lhe que tal era o seu antigo senhor, e ele me retrucou: 'Era um veio bão. Quando via nego assentado, despois do serviço, apreguntava se nego tava triste. E mandava reunir a senzala para dançar o cateretê e o batuque, fazendo tocar o bumba da barriga."'

Outro informante lhe diz: "Gente vinha da baía dãngola premero pra aqui. Engordava, e despois ia pra roça, trabaiá no cafezá."

Sobre a fazenda Bela Aliança, onde viveram Haritoff e Ana Clara, há coisas sabidas e por saber. Há até suposições. Por que teria o mesmo nome de uma histórica fazenda, em Waterloo, onde Napoleão foi derrotado? Por outro lado, sobre a fazenda brasileira sabe-se que tinha muitos escravos e que Haritoff e Ana Clara foram dos primeiros a libertá-los. Sabe-se também que Haritoff e outros estavam interessados na mão de obra chinesa em substituição ao trabalho dos negros. O que não se sabia até agora é que muitos franceses foram trabalhar naquela região no final do século XIX. Segundo pesquisas realizadas por Pascale Lagauterie, estudando a imigração francesa do Périgord para o Brasil e registrada em livro publicado em 1995, cerca de quatrocentos franceses foram para Barra do Piraí em 1889. Muitos morreram de febre amarela e tifo, e alguns foram enterrados no cemitério dos escravos na Bela Aliança.

Por outro lado, há registros de que foi na região do Piraí, onde pela primeira vez se tentou o cultivo de chá no país, mas há uma carta de A. Gomes de Carmo, datada de 28 de outubro de 1907 e dirigida ao comendador Maurício Haritoff, com uma informação insólita: "Quero vos comunicar que as amostras de plantas de seringueira que mandei para Nova York deram um resultado muito encorajador. Pedem-me agora explicitamente mudas e folhas destas plantas lactíferas. Cinco quilos de cada espécie, cada uma bem etiquetada. Creio que o senhor tem três vegetais nas condições requeridas: a maniçoba, a cangarana e o pau-de-leite. Poderia enviar-me destas três espécies e de outras também ricas de látex?" E o remetente se propunha alugar a plantação de maniçoba de Haritoff para produção industrial.

Se Joaquim Nabuco esteve na Bela Aliança assistindo à libertação dos escravos, foi ali também que morreu Theophilo Ottoni – presidente da província de Minas Gerais e casado com Rita, irmã de Ana Clara, a nossa inefável Nicota que viveu com Maurício um romance típico do século XIX. Este folhetim se interrompe aqui. Olho esses documentos, cartas de amor, a relação dos últimos objetos deixados por Haritoff já arruinado. A história continua à nossa revelia. Ergo uma taça de vinho à memória de Haritoff, Ana Clara e Regina Angelorum. Passo um patê no pão usando uma espátula de prata, que me foi dada por Yedda. Ali está inscrita a sigla M/H de Maurício Haritoff. Saúde! A vida é breve. Ou melhor, Breves.

ULISSES E ESSE "MAL-ESTAR"

Poderia começar relatando a história de Ulisses e Circe, mas, para maior eficácia da leitura, deixo-a para daqui a pouco e, preparando sua interpretação, adianto que um dos argumentos mais banais dos que estão se espostejando no pântano da ideologia contemporânea, chamada pós-modernidade, é dizer: *estamos gostando muito da lama, do lixo, da porcaria em que estamos metidos.* E dito isto, ajuntam: *não temos que analisar nada, as coisas não fazem mesmo sentido, gostamos da superficialidade, do provisório, da confusão entre marginal e mocinho, de apropriação procedente e indébita, da transgressão pela transgressão, do brilho instantâneo das drogas ou dos flashes.* Enfim, estamos sadomasoquisticamente achando um barato o "mal-estar" da contemporaneidade.

Às vezes tentam dizer isto de forma mais sofisticada, citam um filósofo ou outro, mas no fundo é o mesmo discurso sintomático. Por isso, a maneira mais didática de ilustrar a cena que estamos vivendo é usar uma alegoria.

O que a história de Ulisses e Circe tem a nos dar como parábola da contemporaneidade? O que esse mito grego apropriado por Homero e revisto por autores modernos tem a nos dizer sobre os que estão chafurdados na aporia, no nada, no não sentido, numa jubilosa impotência se contentando apenas de trocar de cadeira no convés do *Titanic*?

Diz o Canto X, da *Odisseia*, que Ulisses, após perder 11 navios, chegou à ilha onde a feiticeira Circe forneceu aos seus marinheiros uma bebida que os metamorfoseou em porcos. Ulisses, porém, conseguiu de Hermes uma droga que o protegeu dessa magia e convenceu Circe a dar de novo forma humana aos seus companheiros, tirando-os da pocilga em que jaziam.

Quem tem acompanhado minhas críticas à modernidade e à pós-modernidade deve ter notado que volta e meia uso metáforas náuticas: falo de naufrágio, da garrafa lançada ao mar, do *Titanic* (e, coincidentemente, Ulisses e seus companheiros foram náufragos). Por outro lado, tenho falado também do ilusionismo artístico, da alucinação ideológica, do autoengano (e, coincidentemente, Circe era uma bruxa, capaz de modificar a realidade e metamorfosear as pessoas em criaturas "infra-humanas").

Pois peguem *Contos dispersos*, de Alberto Moravia (Bertrand Brasil), e detenham-se na narrativa "Recordações de Circe". Impossível não ler esta alegoria sem pensar naqueles que se convertem em outros seres por causa de uma ideologia política, estética, econômica etc. O narrador é Euríloco, um dos companheiros de viagem de Ulisses. Ele se apresenta para dar uma outra versão dos fatos que se passaram na ilha de Circe.

Euríloco "desconstrói" a versão original da lenda. Vai logo dizendo: "Antes de mais nada, não é verdade que Circe tenha transformado nossos companheiros em porcos com um simples golpe de sua varinha. Eu não vi varinha nenhuma; nem senti no vinho que ela nos deu a beber o sabor da mágica beberagem de que tantos falam. Ao contrário, a verdade é que a metamorfose foi muito mais lenta e gradual do que geralmente se crê; em outras palavras, não virou porco quem não quis."

O narrador é enfático. Não adianta jogar a culpa em elementos contextuais e se instalar passivamente no drama dizendo: Ah! É o destino, o mundo é assim mesmo. "Desejo que se registre esta observação porque a considero de suma importância. Apesar de dispor de todos os meios para fazer de nós os animais que quisesse, Circe se absteve de intervir; e isto pela simples razão de que sua intervenção não era de fato necessária. Ela deixou que as vontades – quase ia dizendo 'as vocações' – se orientassem livremente, pois não ignorava que na sua terra a transformação do homem em porco, no caso de alguns de nós, era fatal."

Estou me lembrando aqui daquela frase de Machado de Assis assinalando que a ocasião não faz o ladrão; a ocasião faz o furto, o ladrão já nasce feito. Costumo dizer que há dois tipos de artistas, os predominantemente "sintomáticos", tipo maria vai com as outras, que vão surfando na onda do instante, e os artistas realmente criativos, autênticos, com uma noção mais consequente de vida e obra.

Contrariando a versão oficial de que os marinheiros de Ulisses eram vítimas, Moravia descreve uma constrangedora "corrida para a pocilga" e a conversão da "repugnância" em "alegre e triunfante participação". Até parece que, ao escrever isto, estava lendo uns textos autocomplacentes que andam por aí, mas vejam bem, esses contos foram escritos entre 1928 e 1951, portanto não é de agora, mas de mais de 50 anos, ou melhor, desde os tempos de Homero, o fato de que alguns "viravam porcos, mas acreditavam estar progredindo como homens. Tinham já um pé no estábulo, mas tinham falas desvairadas sobre novidades, sobre progresso, até sobre palingenesia. Tanto é verdade que procuravam levar os outros que haviam ficado homens para o cocho fatal, e isto não mais por um malévolo neofitismo comum a todos os viciados, mas por um amigável desejo de vê-los, e a eles próprios também, gozar das novas delícias que acreditavam ter descoberto".

O narrador nos diz que diante dessa situação algumas pessoas tentavam dissuadir os porcos, alertando que eles estavam comendo lavagem, mas não tinha jeito, pois "os do pântano respondiam que aquela delícia não era de porcos, nem de homens, mas de deuses".

E o pior é que a coisa não parou por aí. Assim como uma pessoa pode olhar uma tela em branco e ver ali grandes metafísicas ou ver uma latinha contendo merda do artista, no Beaubourg, e ficar intelectualmente excitadíssimo, ou olhar pedaços de unhas

cortadas de Joseph Beuyes e jurar que é mais comovente que as íris de Van Gogh, diz o narrador, que um dos companheiros "afirmava com convicção que a água limpa era repugnante para quem, como eles, tinha descoberto as novas delícias do lodo; ora outro punha-se a afirmar que a limpeza é coisa insípida e tediosa em comparação com a sujeira". Lenda é lenda? Realidade é realidade? Uma coisa é uma coisa e outra coisa é outra coisa?
Não percam o próximo capítulo.

A ANTIDROGA DE ULISSES

Conforme vimos no capítulo anterior deste livro, Alberto Moravia, em "Recordações de Circe", apresenta a revolucionária versão de que os marinheiros de Ulisses foram se transformando em porcos por opção pessoal e que achavam uma maravilha comer lavagem. Enfim, Circe não os obrigou a nada, não fez nenhuma mágica com aquela varinha ou bebida. Apenas lhes deu a chance. Certas pessoas têm mesmo a vocação para a pocilga.

O pior, diz o narrador, é que os que optavam pela imundície alegavam que "não passava de um preconceito antiquado e absurdo aconselhar o homem a manter-se limpo e a sentir nojo da sujeira". (Observe-se como vem desde Homero essa antiquíssima estratégia de acusar o outro de "preconceito". É como lançar um gás paralisante para desqualificar o adversário, o diferente.)

Diante da pecha que recebeu, de preconceituoso, o narrador, por sua vez, explica: "Naturalmente nós, horrorizados, procurávamos por todos os meios demonstrar-lhes o quanto estavam equivocados. Mas era um trabalho perdido. Eles zombavam de nós, chamando-nos de velhuscos, senis, medrosos."

Agora, vejam como Moravia (escritor que enfrentou o fascismo, que se bateu para que as pessoas fossem consciências pensantes e não parte de um rebanho), através do narrador Euríloco, parecia estar querendo ilustrar até mesmo isto, que na arte moderna e contemporânea instituiu-se como a lenda do imperador nu. Imperador que, eu diria, de tão nu, pegou pneumonia e já morreu. Pois

fazer as pessoas perceberem o óbvio é mais difícil que enganá-las com uma fantasia. Ao real, os indivíduos preferem a realidade alucinada. Daí que diante dos marinheiros convertidos em porcos o perplexo narrador diga: "Gritávamos, exasperados: 'Lama é sempre lama... Experimentem chamá-la de modo diferente.' A isso eles respondiam que podia ser verdade, mas a sensibilidade havia mudado. Terminavam essas discussões de um jeito que nós é que parecíamos os furiosos, os frenéticos, os loucos. Eles, ao contrário, assumiam um tom comedido, racional, didático, como o dos mestres com alunos rebeldes e desatentos."
O conto tem outros lances ironicamente pungentes, que aqui não cabe relatar. Mas anote que Circe continua sem interferências diretas. Ela apenas cria condições para que, entre seus convivas, os porcos se manifestem. Diante dos que vão deixando o focinho se alongar, os pelos crescerem e seguem devorando bolotas que lhes são jogadas, Circe, ao final da narrativa, apenas faz um sinal, enquanto do fundo do pátio um pastor avança vestido de peles e, com dupla batida do cajado nodoso, vai encaminhando os porcos que já tinham sido homens na direção das pocilgas próximas.

Mal tomei conhecimento dessa desconsertante versão, leio o livro que tem um sugestivo título para se estudar o pântano da modernidade – *Modernidade líquida*, de Zygmunt Bauman (Jorge Zahar Editor). Aqui, espantosa e coincidentemente, é dito que o alemão Lion Feuchtwanger, no livro *Odisseu e os porcos*, oferece para a lenda homérica uma versão gêmea daquela de Alberto Moravia. Não sei se um tinha conhecimento da versão do outro. Mas passa a ser revelador que escritores modernos estejam desconstruindo mitos e reelaborando criticamente a modernidade.

Na sua versão, Feuchtwanger diz que Ulisses, horrorizado de ver seus marinheiros se transformando em porcos, conseguiu pegar um deles e esfregar-lhe no focinho uma erva para ele voltar a ser homem. No entanto, o outro lhe disse irritado: "Queres forçar nossos corações sempre a novas decisões. Eu estava tão feliz, eu podia chafurdar na lama e aquecer-me ao sol, eu podia comer, beber, guinchar e estava livre de meditações e dúvidas."

A alegoria, portanto, é eficaz: sobre os que se deixam enfeitiçar, se deixam levar pela ideologia dominante, que lhes dá um falso consolo ao andarem com a manada, com essa horda de sonâmbulos nesse delírio de ambulatório da modernidade. Mas a lenda grega diz que se Circe usou uma droga para alucinar os marinheiros, Ulisses se protegeu com uma antidroga dada por Hermes. Uma droga tirando o efeito alucinógeno da outra. É a velha metáfora do *pharmakon* grego, da farmácia, onde veneno e remédio estão no mesmo frasco ou palavra.

É relevante lembrar que no texto de Moravia está dito que "a presença frequente de náufragos naquela região permite a Circe reabastecer seguidamente suas enormes pocilgas". Com efeito, na abertura desse novo século estamos sobraçando destroços do naufrágio da arrogante modernidade e da niilista pós-modernidade.

Alguém preso ao aspecto superficial dos significados pode alegar que as interpretações que Moravia e Feuchtwanger fazem da lenda caem na oposição entre animal/homem, sujo/limpo e que essas oposições demonstram (oh! Descoberta!) que os narradores estão presos às oposições típicas da "metafísica ocidental".

"Ai, que preguiça", diria Macunaíma. Por aí não dá nem para começar a discussão. Deixem a vulgata da pós-modernidade de lado, tentem raciocinar. No princípio pode dar dor de cabeça, mas depois é um alívio só. O velho Homero sabia das coisas. E parece que Moravia, Bauman e Feuchtwanger também.

A CÓPIA QUE NOS COPIA

Tinha acabado de assistir ao filme *O homem que copiava*, de Jorge Furtado, quando abri o recente livro *Os crimes do texto* (Editora da UFMG), no qual Vera Lúcia Follain Figueiredo analisa a obra de Rubem Fonseca. E estes dois fatos se ligaram à preocupação de entender e explicitar alguns ingredientes que compõem a malfadada cultura da pós-modernidade reverberada, não apenas nas artes plásticas, mas no cinema e na literatura.

Tenho, neste espaço, tentado mostrar como a maioria das produções definidas como "contemporâneas" se transformou em "sintoma" da "pós-modernidade" em vez de serem produções artísticas transformadoras do real. Elas refletem, reproduzem o caos. São pastiches, são repetições, são estilhaços e fragmentos que, em muitos casos, se demitem de uma visão crítica, rejubilando-se na impotência, vangloriando-se de sua nulidade, ao decretar a morte do sujeito imerso na cultura da violência globalizada.

Então, comecei a rever o filme *O homem que copiava* e a reler *Os crimes do texto – Rubem Fonseca e a ficção contemporânea*, indo além do filme e além do livro. Além e aquém, pois que as obras e os fatos não estão soltos no espaço, como ingênua e pretensiosamente supõem alguns autores.

O filme de Jorge Furtado não exibe apenas um dos melhores diálogos do nosso cinema. Nem se limita a ser uma história bem urdida, inventiva, com atores que nos deixam felizes e satisfeitos que sejam tão bons. Neste filme existe algo intrigante e perturbador. É que, como em muitas obras "contemporâneas" ou "pós-modernas", os personagens são amorais. Candidamente amorais. Perversamente amorais. Não são imorais, não discutem o bem e o mal, o certo e o errado, não fazem opção por estar de um lado ou de outro, estão para lá dessas dicotomias, porque essas dicotomias foram rasuradas, apagadas. André – o personagem central – copia notas de cinquenta reais como se estivesse fazendo mais uma xerox; arma um assalto a banco, mata um amigo e o duvidoso pai da namorada sem maiores dramas. Sua namorada, a delicada Sílvia, propõe a morte do padrasto, como se convidasse alguém para um churrasco. E, no final do filme, quando ela dá sua versão dos fatos, percebe-se que é coautora da trama, mais que personagem passiva. O padrasto é um tarado, policial que quer ficar com o dinheiro dos ladrões. Já o personagem Cardoso é um pilantra que pretende passar por vendedor de antiguidades, Marinês só pensa em casar-se com homem rico e se envolve em roubo e morte "numa *nice*". E o filme não parece, à primeira vista, trágico. Parece até engraçado. Estetiza a tragédia dando-lhe leveza. A ficha, no entanto, cai na consciência do espectador (que ainda a tem), quando sai caminhando pelos corredores do cinema e vai conversando pelas ruas.

Já que se diz que *O homem que copiava* "retrata" nossa realidade e é uma "cópia" da cultura atual, alguém poderia indagar: *até que ponto o diretor, também autor do roteiro do filme, é um duplo do homem que copiava, já que reproduz o real, recolhendo-lhe os fragmentos? Até que ponto seria possível dizer que, assim como André olha o mundo pelo binóculo vasculhando e recortando a vida alheia atrás das janelas, o diretor (também) olha com sua câmera, que funciona (também) como máquina copiadora que projeta, enquadra, revela, organiza as coisas, embora aparentemente pareça não ter nenhuma responsabilidade com a "natureza viva" que reproduz?*

Olhando, no entanto, a questão não pelo lado da identidade, mas pelo da diferença, é pertinente indagar qual a diferença entre a "cópia" que Jorge Furtado faz da realidade, e a síndrome da "repetição", do "pastiche", o louvor do *fake* e a adoção culposa da estética da marginalidade presente na maioria das obras expostas pela arte contemporânea. Essas questões serão mais bem equacionadas se percebermos que Jorge Furtado tematiza a questão da "cópia" produzindo um filme original, enquanto certas obras contemporâneas, mesmo não tematizando a cópia, são estruturalmente simples cópia e reprodução de valores ideológicos.

Em outros termos, ainda, pode-se indagar: de que maneira o cinema de Jorge Furtado ou a literatura de Rubem Fonseca conseguem lidar, tentando ultrapassar, com a dicotomia entre autores simplesmente sintomáticos e autores realmente criadores? Nesse sentido, o livro de Vera Lúcia sobre o romancista traz instigantes *insights* que merecem ser retomados por outros pesquisadores para que se veja de que maneira a literatura e a ensaística podem competentemente tratar dos "crimes", dos "crimes do texto", dos "falsários" numa operação que conjuga o trabalho do "detetive" e do "criador".

Há obras (predominantemente) sintomáticas e obras (predominantemente) artísticas. A obra sintomática segue à deriva do autor. Nela o autor é apenas um canal de expressão de algo que o ultrapassa. Ele recebe um raio no meio da tempestade, mas o raio o fulmina. Enquanto o autor que é realmente criador capta o raio e sua energia e endereça isto para uma usina de força que ajuda a iluminar a história.

O autor sintomático é falado, em vez de falar. Aproxima-se mais de um competente ventríloquo. Já a obra autenticamente artística, além de dar voz ao seu tempo, traz o distanciamento crítico. Se for verdade que o autor sintomático está grávido de seu tempo, o criador autêntico já deu à luz o filho, portanto diferencia-se a criatura do criador. Rompeu-se o estágio narcisístico do espelho. O autor dialoga e rearticula os símbolos produzindo significados críticos em vez de lhes ser submisso.

O DESAFIO CONTEMPORÂNEO

Esboçando um paralelo entre o filme de Jorge Furtado *O homem que copiava* e a obra de José Rubem Fonseca, analisada no livro de Vera Lúcia Follain de Figueiredo, *Os crimes do texto – Rubem Fonseca e a ficção contemporânea* (Editora da UFMG), pode-se falar da síndrome da "cópia" na contemporaneidade, pelo menos em dois níveis:

1 – A obra como "reprodução" da realidade.

2 – A obra como reprodução, citação, apropriação de textos literários num exercício de intertextualidade.

Se no filme há a citação/apropriação de um soneto de Shakespeare, a obra de Rubem Fonseca se diferencia das novelas policiais comuns pela erudição dos narradores e criminosos, o que leva Vera Lúcia à rica metáfora "os crimes do texto".

É nesse sentido que ela faz uma aproximação entre Rubem Fonseca e Patrícia Melo. Sem entrar em questões de julgamento, Vera Lúcia aponta que *O cobrador*, de José Rubem, se converte em *O matador*, de Patrícia Melo. E remetendo essa aproximação para obras de ambos, diz: "Já *Elogio da mentira*, livro que a autora dedica a Rubem Fonseca, tem como subtexto o romance *Bufo & Spallanzani*; no lugar do veneno dos sapos, encontramos o veneno das cobras e o personagem principal também é um escritor, chama-se José Gruber, que lembra José Rubem." Assinala ainda a ensaísta que "Patrícia Melo tematiza a transformação da cultura em mercadoria e a obsolescência dos padrões estéticos criados pela modernidade, apontando para o nivelamento de todos os tipos de produção sob o comando dos aparatos publicitários. Nesse quadro, o critério da originalidade é o primeiro a se dissolver, daí a epígrafe de *Elogio da mentira*: "'Aquilo que é bem-dito por outro é meu.'"

A seguir, Vera Lúcia, considerando que a estética contemporânea abalou o "regime de propriedade privada", constata que "a literatura assume-se, assim, como mais uma instância multiplicadora de identidades falsas: ritualiza a falsificação, mistifica o próprio mecanismo de mistificação, de tal modo que o leitor, perdido no jogo das versões e perversões, sem o apoio das certezas reconfortantes, possa refletir sobre todo esse processo".

Se o leitor-paciente se perde nesse jogo de espelhos, cabe, no entanto, ao analista-crítico restabelecer a proveniência das imagens e esclarecer seus contornos, origens e significados. Patrícia não está operando ocultamente, realizando uma "apropriação indébita", antes dando os "créditos" de sua "cópia" e "apropriação", conforme a estética contemporânea. Poder-se-ia dizer também que Patrícia retoma José Rubem, como um músico no jazz retoma um tema ou a obra de um autor.

A questão da "apropriação" é um tema crucial na cultura contemporânea. Por exemplo: no plano estético e policial o artista Hervé Paraponaris apresentou em 1996, em Marselha, uma instalação intitulada "Tudo o que roubei de vocês", reunindo objetos que roubou de outras pessoas. A exposição foi parar nos tribunais. Até alguns artistas roubados o denunciaram, enquanto outros o defendiam.

O livro de Vera Lúcia sobre a obra de José Rubem é daqueles que ajudam o leitor e o autor a entenderem o que leem e o que escrevem. Seus personagens e narradores vivem num clima de anomia moral. O policial pode ser o criminoso, o marginal não tem limites. Como nos filmes atuais, tipo *O homem que copiava*, as antíteses entre o bem e o mal foram apagadas. E Vera Lúcia, no capítulo sugestivamente chamado "Detetives e historiadores", introduz a questão polêmica que diferencia os modernos e pós-modernos, pois estes, ao contrário daqueles, como uma personagem de *Agosto*, de Rubem Fonseca, têm "a visão da História como jogo aleatório", com um "enredo inepto", um "tecido de falsidades". Como diz um personagem de José Rubem, *"tutto nel mundo è burla"*.

As artes a partir da modernidade desenvolveram através da apropriação o que podemos chamar de "reautoria", uma espécie de reescritura do modelo, às vezes parodística, às vezes parafrástica. Poder-se-ia até criar uma nova categoria: a "transautoria", na qual a simbiose entre o modelo e a cópia é tal que já não se sabe onde começa um e termina a outra. Em tempos de clonagem, há que rediscutir a nova paternidade e a nova fraternidade na incestuosa criatividade. A apropriação passou a ser cientificamente praticada e esteticamente louvada. Tornou-se visível com os *"object trouvés/ready-made"* e continuou na *pop art*, na apropriação das imagens de artistas tipo Marilyn Monroe ou dos produtos de supermercado, como o Brillo.

Na literatura, enquanto o personagem Pierre Menard, de Borges, reescreve imaginariamente o *Dom Quixote*, nas artes plásticas o artista norte-americano Rauschenberg, quixotescamente, pediu a Willem de Kooning uma gravura, não para copiá-la, mas para apagá-la. Sua obra, portanto, vai além da síndrome da apropriação, ele quer deletar a origem e a autoria. Se a gente quiser sofisticar essa análise e delirar como fazem tantos teóricos, poderemos dizer que ele parte para o palimpsesto. O palimpsesto pós-moderno. Bonito, não?

Mas, a rigor, o tão louvado gesto de Rauschenberg sobre ser uma ideia inócua e fácil é um desesperado e equivocado gesto de busca de originalidade, que só pode encantar os que se deslumbram com sintomas e não com obras realmente criadoras.

Que lições tirar disto tudo?

1 – Aprendemos que o mundo não pode mais ser concebido como uma construção dualista entre o certo e errado, já que dois mais dois nem sempre são quatro.

2 – Mas, no fosso da pós-modernidade, dolorosamente estamos aprendendo que não é possível vida pessoal ou social sem estabelecer limites estratégicos e sem projeto crítico e histórico. É como se daquele mundo com estruturas e hierarquias rígidas tivéssemos passado ao oposto, para o estado de anomia, onde tudo equivale a tudo.

3 – Daí que se trata agora de, ultrapassados esses dois radicalismos, digerir o que for substancial da cultura contemporânea e vomitar ou defecar o resto para que o organismo sobreviva.

Esse é o desafio, que no campo estético e ético temos que enfrentar.

QUEM CRIA O CRIADOR?

Armando Strozenberg – presidente da Associação Brasileira de Propaganda – me dizia que existem mecanismos para se saber, no mesmo dia, se as pessoas estão (ou não) absorvendo os anúncios lançados na mídia e que há como medir quais notícias e matérias nos jornais são preferencialmente lidas. Isto é equivalente ao ibope monitorado pela televisão, capaz de anotar, minuto a minuto, o que o espectador está preferindo ver. É de supor, portanto, que existe uma pesquisa científica do gosto e do hábito. E como vivemos na sociedade do consumo, os produtores creem estar satisfazendo o gosto e as necessidades da audiência. Agindo assim, se dispensam até de ter remorsos.

Só que estudos têm sido feito para se demonstrar que o gosto, o hábito e as preferências são também inoculados e disseminados. E como vivemos numa cultura espetacular e especular, acabamos tomando como verdadeira, autêntica e concreta a imagem que projetamos, como ilustram filmes tipo *Matrix*. Não faltam, aliás, estudos, na linha de Baudrillard, considerando a sociedade virtual como prisioneira de um jogo de espelhos, onde já não se sabe mais quem reflete quem ou o quê.

Ionesco, em *A cantora careca*, ironicamente vai dizendo que se você toma um círculo e o acaricia ele acaba virando um círculo vicioso. O círculo vicioso, então, é isso: é algo que construímos, ao qual nos afeiçoamos e ao qual, redondamente enganados, continuamos ligados. Para se sair das artimanhas do virtual e romper o círculo vicioso talvez se devesse passar a algo que alguém, também ironicamente, poderia chamar de círculo virtuoso. "Quem cria o criador?", indaga-se Pierre Bourdieu.

O mais comum e universal dos pensamentos humanos é este: *alguém deve ter criado tudo isto*. Os que creditam isto a um deus explícito se tranquilizam. Os que não acreditam em deus algum, por sua vez, concordam que alguma coisa continua a criar as coisas. Portanto, existe uma certa noção de mistério em relação à criação. Mas se isto é um fato, outro fato inevitável do comportamento humano é tentar decifrar o mistério. Por isso que nossa história talvez não seja mais que a sequência de tentativas, através da arte, da religião e da ciência, de representar, reverenciar ou decifrar o mistério da criação.

Bourdieu continua indagando: "O que cria a autoridade com a qual o autor se autoriza?" Ou seja: quem ou que sistema legitima a autoridade e o prestígio de um autor e criador?

Para responder a isto ele retoma a questão do "valor" antes e depois de Marx, mostrando como as sociedades estabelecem acordos em torno de valores éticos, artísticos e econômicos. É o que chama de "círculo de crenças", que, é claro, teria muito a ver com o "círculo vicioso" que Ionesco ironicamente acariciava. E com Marcel Mauss lembra que temos um comportamento religioso em relação aos valores. A qualquer valor. Por exemplo, os valores artísticos. E na religião artística, segundo ele, também há "boa-fé" e "má-fé". Há atitudes "sacrílegas" e "consagradoras". E entre os paradoxos está o fato de que o iconoclasta de ontem pode virar ídolo reverenciado hoje.

Bourdieu sai do blá-blá-blá teórico e desenvolve pesquisas de campo para mostrar como o gosto francês se criou em torno de livros, peças de teatro e obras de artes plásticas. É uma maneira de ir decifrando o mistério da "autoria" e de saber quem autoriza e legitima alguém a ser autor. O criador, mais que uma pessoa, é um feixe de relações.

Mais longe ainda vai Raymonde Moulin em *L'artiste, l'institution et le marché* (Flammarion), um dos mais densos e competentes livros sobre o mercado de arte. Usando estatísticas e gráficos, faz um exaustivo levantamento do consumo da arte. Estuda os investimentos públicos e privados, as importações e exportações, o comportamento das classes sociais, concessão de prêmios, formação dos artistas, rendimentos de diversos tipos de artistas etc. E acaba fazendo a mesma pergunta de Bourdieu: "Quem é artista?" Avalia, então, os quatro critérios disponíveis para responder a essa pergunta: independência econômica (viver de sua profissão); autodefinição (se declarar artista); competência específica (ser diplomado por uma escola de arte) e reconhecimento do meio artístico (dado por pessoas de seu grupo). Mas acaba reconhecendo que hoje, diante da relatividade de todos os critérios, é o "marketing" e o carisma pessoal que decidem "quem" é artista.

No entanto, lembra que na Idade Média uma pessoa, aos 12 anos, entrava para uma corporação como aprendiz de um mestre por cinco anos, passando nos quatro anos seguintes ao estágio de companheiro e só então podia aventurar-se à confecção de uma obra-mestra. Na Renascença, esperava-se que o artista dominasse vários campos do conhecimento, reunindo, como Michelangelo, tanto o "saber" quanto o "saber fazer". A partir da exacerbação do individualismo romântico chegou-se, diz Moulin, no século XX, sobretudo a partir dos anos 1960, não só à "autodestruição da arte" e à "desprofissionalização", no sentido de "desespecifização" e "depreciação". Chegou-se ao que chama de "autodidaxia" e à "anomia estética".

Numa sociedade em que qualquer pessoa pode se declarar artista, Moulin, que há 40 anos estuda o mercado de arte na França, mostra que entre 1964 e 1982 houve um aumento de 52% de artistas no país, enquanto a população cresceu apenas 17%. Já Robert Hughes havia anotado que os 35 mil artistas que surgem anualmente nos Estados Unidos equivalem à população de Florença no Renascimento. Onde estão os Da Vinci, Rafael, Michelangelo e Cellini dessas safras?

Estaríamos, portanto, diante de um paradoxo: nunca tanta gente se declarou artista. No entanto, nunca tanta gente reclamou que não reconhece arte alguma no que é apresentado como tal.

Das duas, uma: ou existe uma arte que tem sido desestimulada e reprimida pela religião artística dominante ou a definição de artista está equivocada.

MULTIDÕES SEM RUMO

O episódio – ia dizer fenômeno, mas não é fenômeno, é episódio mesmo – do *flash mob*, que surgiu nos Estados Unidos há semanas, e que começaram a copiar por aqui, tem mais coisas a nos dizer sobre a ideologia da cultura que nos envolve do que supõe o vão desprezo ou a irônica notícia.

O que, originalmente, é o *flash mob*? A partir de um comando dado pela internet, dezenas de pessoas se dirigem anonimamente para um ponto da cidade e, durante alguns segundos ou minutos, se ajoelham diante de um dinossauro numa loja de brinquedos na Times Square, ou se põem a imitar aves e animais no Central Park, ou a pedir numa livraria um livro inexistente etc. Isto se espalhou pelo mundo. Na Cidade do Cabo, duzentas pessoas levaram patos para um ponto da cidade. A reação da plateia varia entre o espanto, o riso e em achar aquilo ridículo. Em São Paulo, imediatamente reproduziram esse tipo de manifestação na avenida Paulista. Durante a tentativa de arremedo aqui no Rio, quando um grupo de pessoas com roupas vermelhas apareceu no meio do trânsito no centro da cidade, uma senhora disse: "Pareciam uns retardados, desocupados. Ele (o organizador) não teve infância. Francamente, brincar de vivo ou morto com 30 anos..."

Os que veem essas interferências no cotidiano como algo artístico alegam que o *flash mob* é uma variante do *happening*, da performance, da *body art*, do "situacionismo" das décadas de 1960 e 1970. Veem aí um exercício da criatividade, uma contestação da ordem burocrática do cotidiano. Alegam que a arte é coisa aleatória e gratuita, e se rejubilam com a estética do "instantaneísmo" e a emergência do não sentido. Afirmam isto como se, ao enquadrar esse episódio em alguma moldura teórica, seu entendimento já se esgotasse.

Interessante notar que o revolucionário século XX iniciou-se com ensaios teóricos sobre "a rebelião das massas", depois vieram ensaios sobre "a multidão solitária" e, agora, irrompe essa "multidão instantânea" mimetizando o não sentido da pós-modernidade. E tentando entender o tempo presente, teóricos têm se referido às "multidões em deslocamento", ao caráter "nômade" de nossa cultura, na qual o próprio capital especulativo "fica" zoando noturnamente, beijando lucros aqui e acolá na boca do instante, sem compromisso. Não é à toa que, fazendo uma semiologia do cotidiano, observa-se que agora todo mundo sai de mochila, embora muitos estejam viajando em torno do próprio umbigo. Para os adeptos do desconstrutivismo e da vulgata da pós-modernidade a vida é isso mesmo: disseminação, fragmentação, deslizamento de significantes, em oposição ao que antes era construção, totalidade, projeto histórico. Para os que se rejubilam com o niilismo, a exemplo da "geração *zapping*" (ou geração "tipo assim"), o que importa é abrir janelas e canais sem se importar em fechá-los ou irromper no cotidiano sem-mais-nem-pra-quê.

Acho que tem uma coisa engraçada nessa brincadeira. Não perdi o humor nem o bonde da esperança. Mas não se pode esquecer que a moda do *flash mob* veio dos Estados Unidos, que vive um apagão democrático e econômico, uma verdadeira "idade das trevas" com Bush. Seria de esperar que, diante da catástrofe em que estão nos metendo, que multidões saíssem em protesto, como na época em que se redirecionavam os fatos e a história e não se vivia no apogeu do significante vazio. Mas sendo essa uma cultura globalizada, *fake*, narcisista, "instantaneísta", fragmentada e do fluxo, ao receberem a notícia da tragédia no Iraque as pessoas saem correndo para reverenciar um sofá. Ao terem notícias de que a Califórnia economicamente está afundando e ameaçando arrastar todo o país, correm para o Central Park para imitar aves. Diante do poço de mentiras estocadas pelos governos americano e inglês, vão para a frente do hotel Hyatt e aplaudem insanamente.

E por aqui, os perdidos na noite da história e nos trópicos, sendo apropriados pela apropriação, converteram o *flash mob* num fato para a mídia, com dia e hora marcados, tirando-lhe o elemento surpresa.

Em tempos de MST – esse *flash mob* com ideologia, propósitos e programas –, o que dizer da juvenil performance urbana desses grupos que pasticham a ação americana? Fazendo um esforço teórico para encontrar rumo nos sem rumo, poderia pensar, indulgentemente, que os episódios de *flash mob* são cenas de carnavalização. Lembra-se, meu caro DaMatta, quando nos anos 1970 iniciamos estudos sobre carnavalização? Mas o diabo é que se alguma carnavalização existe aí, é muito pífia. Não sendo paródia, é apenas paráfrase e pastiche sem vigor: o espelho do espelho, nessa cultura narcisista de espelhos "em abismo".

A sociedade industrial que propiciou os movimentos de massa cada vez mais nos leva não apenas ao nomadismo. Nomadismo em várias formas, desde os que perambulam pelos shoppings ao nomadismo turístico, como o dos japoneses – esse meigo *flash mob* com seus flashes diante da Monalisa – até ao nomadismo na internet.

Com efeito, a arte está conhecendo esses mesmos sintomas. Não é à toa que existiu um movimento chamado Fluxus. E uma das boas maneiras de entender a arte contemporânea, instalada no "instantaneísmo" e na "espacialidade", é também relacioná-la com o turismo. Jean Clair, nos anos 1990, se referiu às "multidões deambulatórias" circulando pelos museus como sonâmbulas. Robert Hughes, nos anos 1980, já via nas galerias de arte do Village e na Broadway "rebanhos de ruminantes, gente interessada em arte" como manadas de caribus atravessando a estepe.

Vivemos época de multidões sem rumo, perdidas no deserto. Já que lhes disseram que não existe mais a Canaã prometida, enroscam-se num zigue-zague gratuito, adorando qualquer bezerro de ouro, ou sofá, que lhes apresentam.

Houve um tempo, e parece que isto ainda ocorre no Rio, em que grupos de pessoas na praia, ao entardecer, espontaneamente aplaudiam o pôr do sol.

Talvez já fosse um *flash mob*. E não esse *flash mob*, que já era.

GARRAFA OU LIVRO AO MAR

Em contraposição à gratuidade do *flash mob*, e de "instalações" falsamente inteligentes, surgiu na internet e nas ruas de várias cidades do mundo um movimento criativo, social e culturalmente relevante. Trata-se de uma performance útil, de um *happening* que não se esgota em si e que, dias atrás, já tinha uns duzentos mil participantes. A essa altura devem já ser milhões, pois sugeriu-se que o passado dia 11 de setembro fosse a data escolhida para que um maior número de pessoas participasse dessa iniciativa.

A coisa começou nos Estados Unidos, o que significa que ainda há vida inteligente no Planeta Bush, e que é possível exercer um tipo de influência e liderança a contrapelo da famigerada "indústria cultural".

Estou me referindo ao que, em inglês, se chama originalmente *bookcrossing*, e consiste essencialmente no seguinte: você pega um (ou mais) livro(s) que gostou de ler, sai de casa com ele(s) e o(s) "esquece" no banco de um parque, num balcão de loja, num aeroporto ou onde quiser – hospital, mesa de bar, táxi etc. Deve haver ali uma mensagem dizendo que o livro pertence a esse *happening* internacional e que está registrado no site: www.bookcrossing.com. O leitor que pegar esse volume deve também comunicar ao site que está procedendo da mesma maneira, que vai "esquecer" o livro em algum lugar. Essa corrente de pessoas, livros e afetos liberta as obras do exílio nas estantes. O livro ganha pernas. Faz com que outros "achem" um livro fora do seu lugar convencional.

Finalmente um *object trouvé*, que subverte completamente a ideia niilista de Duchamp. Deixando de ser um ato egoísta e sem sentido, é um ato que se integra numa cadeia universal. Como diz o site desse movimento, o mundo transforma-se numa grande livraria, numa incontrolável biblioteca. E os livros pertencem a todos. Borges, lá na sua sepultura em Genebra, deve estar fazendo força para ressuscitar e participar dessa reativação de almas encadernadas. Isto parece um conto do próprio Borges no labirinto da pós-modernidade que produz tanta coisa superficial, instantânea e perfunctória. É como se Teseu parasse de andar feito barata tonta e tivesse reencontrado o fio de Ariadne e pudesse enfrentar o Minotauro.

A contraposição à superficialidade do *flash mob* aparece não apenas no conteúdo da proposta, mas também no fato de que essas ações de "perder" e "achar" um livro são ações individuais, solitárias quase, longe das câmeras e dos flashes, que a pós-modernidade, ao contrário, tanto cultiva. O universo dos leitores é mesmo esse universo mais discreto e consistente. E este gesto tão pessoal dá aos indivíduos, no entanto, a sensação de que estão numa rede de pertencimento e solidariedade. É o aleatório produtivo e não alienado. É uma atitude da doação, coisa tão rara na sociedade competitiva onde as pessoas querem tomar, querem se "apropriar" de modo perverso e até criminoso das coisas alheias. Pois esses livros em movimento, sendo uma variante das "apropriações", o são de modo generoso, confirmando que certas coisas se multiplicam quando são divididas, e se acham quando perdidas.

Deste modo, em todo o mundo, até uns dias atrás, mais de quinhentos mil livros já haviam circulado de mão em mão. Mas isto não se esgota aí. O site do *bookcrossing* criou um modo de os leitores, caso queiram, também se encontrarem realmente. Ali estão listadas dezenas de cidades em todo o mundo onde esses encontros ocorrem. Eram três as cidades brasileiras até o momento em que vi o site: São Paulo, Rio e Porto Alegre. Nos Estados Unidos, onde essa ideia surgiu, no Kansas, umas seiscentas cidades já participam da iniciativa. E os encontros não têm dono. Ninguém comanda nada. A internet apenas propicia as iniciativas.

Impossível não me lembrar de uma metáfora que tem tudo a ver com isto – a da garrafa lançada ao mar com uma mensagem, na esperança de que algum navio a recolha ou que ela chegue em alguma praia. Alfred Vigny, no século XIX, dizia que os poetas (os escritores) fazem, na verdade, isto: lançam seus textos como quem lança uma garrafa ao acaso nas ondas. A imagem sugere solidão e reafirma o aleatório da receptividade do texto. Entre o emissor e o receptor, um vasto oceano de possibilidades.

Impossível também não lembrar a famosa parábola do semeador. Aquela que o nosso padre Vieira reativou no seu célebre *Sermão da Sexagésima*, pregado em Lisboa, em 1655, a partir do Livro de Mateus, capítulo 13, que diz:

"O semeador saiu a semear. Quando semeava, uma parte da semente caiu à beira do caminho e vieram as aves e comeram-na. Outra parte caiu nos lugares pedregosos, onde não havia muita terra; logo nasceu, porque a terra não era profunda, e tendo saído o sol, queimou-se, e porque não havia raiz, secou-se. Outra caiu entre os espinhos, e os espinhos cresceram e a sufocaram. Outra caiu em terra boa e dava frutos, havendo grãos que rendiam cem, outros sessenta, outros trinta por um. Quem tem ouvidos, ouça."

Quando dirigi a Biblioteca Nacional, uma das experiências mais tocantes era ver nos encontros regionais e nacionais do recém-criado Sistema Nacional de Bibliotecas as bibliotecárias narrarem as formas mais inventivas que haviam bolado para fazer os livros circularem pelas comunidades. Das caixas de leitura instaladas em condomínios, edifícios, hospitais, prisões às estantes viajantes que agentes de leitura levavam ao interior até o serviço de telelivros, que entregava em casa aos idosos os livros que estes queriam ler, havia um instigante processo de disseminação da semente do livro.

Lembro-me sempre de uma menina marginal chamada Andiara, que, na cadeia, declarou a uma repórter: "Eu queria ter um livro, um livro só para mim." Ela falava isto como se procurasse uma boia, uma âncora. Ela é que era aquela garrafa lançada ao mar. Ela se sabia perdida. E intuitivamente estava dizendo que através do livro ela poderia achar a mensagem que estava dentro dela mesma.

O ROUBO DO SÉCULO

Impossível não ler um livro com este título: *How New York Stole The Idea of Modern Art* (*Como Nova York roubou a ideia de arte moderna*). Trata-se de obra de Serge Guilbaut, atualmente chefe do Departament of Fine Arts, da Universidade de Colúmbia. Para quem já leu *Who Paid the Piper? – The CIA and The Cultural Cold War* (*Quem dava as cartas? – A CIA e a Guerra Fria cultural*), de Frances Stonor Saunders, é mais um reforço para se entender menos ingenuamente a complexidade da produção artística em nossos tempos.

Talvez o ponto de partida de Guilbaut tenha sido um texto de Pierre Cabanne, de 1967: "Por que Paris não é mais a ponta de lança da arte?" Mas o importante, além dessa oposição Nova York/Paris, é verificar como e por que se constroem os eixos culturais de cada época.

Nos séculos XV e XVI, o centro da produção artística foi a Itália. Mesmo quando na França, no século XVII, começaram a surgir as academias, o prêmio para os melhores artistas era ir estudar ou viver na Itália. No entanto, a partir do século XVIII, sobretudo no XIX e princípio do século XX, a França tornou-se o espaço produtor e aglutinador das artes. Embora muitos artistas europeus tenham emigrado da Europa para os Estados Unidos já durante a Primeira Guerra Mundial, foi a partir da Segunda Guerra Mundial que os Estados Unidos "roubaram" de vez a ideia de arte moderna. E de lá para cá vivemos sob a hegemonia americana, que inclui Mickey e Pollock, Pato Donald e Warhol, Michael Jackson e George Bush. Ainda bem que teve a poesia de Whitman, a música de Armstrong, a pintura de Edward Hopper e as pernas de Cyd Charisse.

Meu múltiplo interesse naquele livro advém da tese que tenho defendido: enquanto não analisarmos sem medo tudo o que levou a arte moderna e a contemporânea a serem, paradoxalmente, a arte oficial e acadêmica de nosso tempo, não teremos elementos para uma revisão da arte do século passado.

Guilbaut acha que não basta uma análise da "estética da ação" (Harold Rosenberg), nem das "qualidades formais" (Clement Greenberg). "Minha tese", diz ele, "é que o sucesso nacional e internacional, sem precedentes, da vanguarda americana deveu-se não apenas às considerações estéticas e estilísticas, como sustentam os comentadores europeus e americanos frequentemente, mas também, e até mais, a um movimento de ressonância ideológica".

Assim, quando alguém embarca numa dessas excursões didáticas para visitar galerias e museus em Nova York, está embarcando em algo mais complexo. E ao admirar coisas realmente notáveis que ali se encontram, deveria se informar por que e como os Estados Unidos se organizaram para ser os produtores, exportadores e controladores da arte e do gosto na sociedade de consumo no século XX.

Para Guilbaut, o ano de 1947 é o ano em que o Serviço de Informações dos Estados Unidos e o Museu de Arte Moderna se uniram para "promover a arte de vanguarda". O final da Segunda Grande Guerra deixara a França exaurida, até moralmente. Como assinalou a revista *ARTnews*, em 1946, o mercado americano tinha necessidade de obras que os franceses não podiam mais fornecer. O vácuo da produção europeia começou a ser preenchido por obras surgidas do orgulho americano estimulado pela vitória contra o nazismo. E isto se dá no bojo da Guerra Fria, em que obras não apenas nacionais, mas, sobretudo, abstratas surgiam como oposição à pobre arte figurativa comunista. As grandes corporações logo se perfilaram nessa luta estético-ideológica, a ponto de Greenberg, já em 1945, temer que a arte moderna virasse a arte de Estado nos Estados Unidos. E virou.

Neste ponto é interessante fazer uma interseção entre o livro de Guilbaut e um outro que acaba de sair na Inglaterra, The Eclipse of Art – Tackling The Crisis in Art Today (O eclipse da arte – Lidando com a crise na arte hoje), onde Julian Spalding – ex-diretor do Museu de Glasgow – chama a atenção para o fato de que os Estados Unidos optaram por modelos estéticos que se opunham ao que Hitler fizera em 1937, quando este declarou como "arte degenerada" a arte moderna. Portanto, certas postulações estéticas não são tão individuais quanto se pensa, mas estão, também, a serviço de forças e interesses que as ultrapassam.

O fato é que em 1948 o governo americano organiza oficialmente uma exposição de sua arte de vanguarda para correr o mundo. Como diz Guilbaut, assim "o governo americano estava se envolvendo na cena artística internacional".

Sintomaticamente, bem antes do atual estágio da globalização, as palavras "globalismo", "internacional" e "universal" começam a surgir nos textos estético-teóricos americanos na década de 1940. E a arrogância americana que hoje com Bush virou caricatura ia se alardeando. Walter Lippman: "Cumpre-se o nosso destino, a América de agora em diante será o centro da civilização ocidental, e não sua periferia. (...) O Atlântico é agora o Mediterrâneo dessa cultura e dessa fé." E esse projeto econômico, estético e político se complementa com a exportação dos ícones americanos, capitaneados pela indústria cinematográfica. E trombeteando o imperialismo cultural Greenberg diz que diante de Picasso, Braque e Léger valores mais altos se levantam – Gorky, Pollock e David Smith.

Estranha e sintomática é a trajetória de alguns intelectuais no século XX. De marxistas radicais nos anos 1930 e 1940, Clement Greenberg e Meyer Schapiro derivaram para apoiar a arte que nos

Estados Unidos chegou a ser a arte oficial, da mesma maneira que os artistas marginais tornaram-se emblema do sistema, como Pollock em *The Artist as Cultural Hero* (*O artista como herói cultural* – conforme livro de Barbara Rose). É assim, como diz Guilbaut, que de "compromisso em compromisso", de "ajustamento em ajustamento", a "ideologia da vanguarda coincidiu com a ideologia dominante".

Concluindo. Estive há dias em Nova York vendo, no Guggenheim, a exposição *De Picasso a Pollock*. O título não é ingênuo. Revela a mudança do eixo artístico da Europa para os Estados Unidos. Aos incautos é preciso alertar: comparar Picasso a Pollock ou colocá-los na mesma linha de qualidade é um grosseiro erro de avaliação estética. Essa foi a palavra de ordem do *establishment* político-estético nos anos 1950. Mas está na hora de estornarmos a "ideia de arte" que os americanos "roubaram". Embora rebanhos de artistas sintomáticos busquem sua ração em Nova York, a arte sobrevive e certamente está muito bem longe da Casa Branca.

ALÉM DOS CENTROS
E DOS "EXCÊNTRICOS"

Essas discussões ocorridas lá em Alexandria, e que Merval Pereira tão bem retratou, lembraram-me de um livro de Rudolf Arnheim – *O poder do centro: um estudo da composição nas artes visuais* (Edições 70).

Talvez se possa dizer que nos últimos 500 anos vivemos duas estratégias, duas óticas diferentes de ver o mundo. A primeira, exemplificada na Renascença, foi tipicamente cêntrica. A segunda, exemplificada na modernidade, é predominantemente excêntrica. Se considerarmos a arte renascentista, constataremos que havia uma preocupação com o centro da composição. Os diversos elementos eram distribuídos numa relação de equilíbrio geométrico. A perspectiva reservava a cada personagem ou objeto o seu devido lugar e função no cenário. Madonas, santos e heróis eram distribuídos dentro de uma rigorosa composição de círculos, quadrados e triângulos. Harmonia, proporção, equilíbrio e perspectiva organizavam uma visão cêntrica do mundo que perpassava todas as artes e de alguma maneira o pensamento humanista.

A modernidade, sobretudo nos últimos 150 anos, cultivou a ideologia da excentricidade. Havia que fugir do centro, da norma, contestar a hierarquia. Esse caminho que veio se tornando nítido a partir do barroco, quando os círculos, os quadrados e os triângulos foram cedendo à elipse, cada vez mais instável e enlouquecida, intensificou-se no romantismo, chegando no século XX ao máximo de excentricidade que, passando pelo anti-herói, que contesta o sistema, chega à antiarte como um todo.

O herói clássico é cêntrico, dialoga com os deuses e reafirma os valores do sistema. O herói moderno afronta o sistema, quer miná-lo e substituí-lo pelo seu avesso. Já foi chamado de "herói problemático", não coincide consigo mesmo nem com o cenário onde está. A norma é fugir da norma, do centro. E mais: romper a moldura, destruir a figura. Picasso mostrando pelo cubismo as faces simultâneas das figuras, Kafka ilustrando o absurdo e a falta de perspectivas do ser de seu tempo, Ionesco ironizando a lógica do cotidiano, Beckett nos obrigando a uma confrontação com o nada são alguns dos exemplos da ideologia e da estética da excentricidade, do desequilíbrio, da falta de hierarquia, enfim, da "desordem" e da "entropia" que caracterizam a parábola da modernidade e seu subproduto – a pós-modernidade.

Assim como nos períodos renascentista e neoclássico aprendia-se a seguir o cânone, a obedecer ao sistema, a respeitar a hierarquia, na modernidade fomos educados para contestar a tradição, para amar o excêntrico, o diferente, o transgressor, diluir a figura, subverter a harmonia, procurar o desequilíbrio e promover a contracultura, a marginalidade, a periferia. Na primeira metade do século XX, fizemos o mestrado nisso e, na segunda metade, o doutoramento. Contudo, sem nos darmos conta, o "excentrismo", que contestava o centro, tornou-se um novo centro. E tornou-se de tal maneira cêntrico que se passou a viver uma verdadeira paixão pela entropia. Pois foi dentro desse universo cultural entrópico que, sintomaticamente, nos anos 1960, a teoria da comunicação foi buscar no segundo princípio da termodinâmica mais do que uma explicação, uma espécie de aval para o apocalipse-em-progresso, tentando justificar o absurdo, regimentar o aleatório e entronizar o caos.

Esqueceu-se, no entanto, do primeiro princípio da mesma termodinâmica que se refere à conservação da energia e que todo sistema tende a se reorganizar, que a entropia não é o fim, mas parte de um inesgotável processo. Esqueceu-se que os sistemas procuram uma redução das tensões, querem um outro equilíbrio. Como assinala Arnheim no mencionado livro, desenvolvendo o que havia dito em *Para uma psicologia da arte – arte e entropia* (Dinalivro – Lisboa), existe sim uma força cêntrica na natureza. "A centricidade vem primeiramente, fisicamente, geneticamente e psicologicamente." A arte oriental e primitiva e a presença das mandalas na expressão simbólica das comunidades tanto quanto a lei da gravidade estão aí para nos lembrar disto. Os organismos e os sistemas tendem naturalmente a funcionar centricamente. O centro é um vetor tão forte que mesmo os artistas modernos que, em suas obras, parecem aboli-lo, na verdade trabalham com ele presente em sua ausência. Essa foi a suprema audácia dos que melhor souberam lidar com essa nova episteme. Com efeito, um avião que voa não nega a lei da gravidade, dialoga com ela. E um quadro de Matisse em que os objetos parecem plainar é a reordenação da ordem antiga.

É preciso, portanto, ter bem claramente essas duas óticas em relação à realidade. Elas fornecem visões singulares de um conjunto plural. E o mais rico seria não isolá-las, como se faz na política, nos esquemas simplórios ideológicos e estéticos, mas tentar articulá-las complementarmente, para que cada fenômeno, obra ou sistema fosse entrevisto em suas reais e virtuais potencialidades.

O desafio, acrescento, é nem se acomodar ao centrismo clássico nem se exilar na excentricidade moderna. O difícil é enfrentar as armadilhas do "centramento" tanto no centrismo quanto no "excentrismo", que escamoteia um outro centro. E isto feito, saber dialeticamente operar um "descentramento" que nos possibilite, como no teatro de arena, ver o espetáculo de vários ângulos. Assim como a cultura da centricidade pode levar à paralisia e morte em vida, também a vertigem da excentricidade pode levar à aporia e ao caos.

Uma nova maneira de ver além dos viciados centrismos e descentrismos de ontem é o que seria de esperar neste século.

O SEM-FIM
DO FIM DA ARTE

Filósofos, sobretudo, têm se dedicado a estudar e a decretar "o fim da arte". Recorrentemente volta-se a Hegel, que teria detectado isto na passagem do século XVIII para o XIX. E a partir daí muitos textos retomaram essa profecia negativa endossando-a. Sobretudo nos estertores do século passado.

Há, portanto, uma infinidade de textos teórico-filosóficos sobre o "fim da arte", sobre a "morte da arte". Há mesmo quem faça diferença entre uma coisa e outra, sofismando que o "fim da arte" seria a sua disseminação indiscriminada (tudo é arte), o que seria diferente de "a morte da arte" – que pressupõe tolamente a eliminação pura e simples dessa atividade imaginária e simbólica.

No entanto, os que falam sobre o "fim da arte" estariam cometendo duas impropriedades. Primeira, dando "fim" a uma coisa que, reconhecem, não acabou. Segunda, usando a palavra "arte" inadequadamente, pois se o que está no lugar daquilo que não existe mais é "ainda" arte, então a arte não acabou. Talvez estivessem falando não objetivamente do "fim", mas de uma metamorfose da arte. Se assim for, estariam se referindo à borboleta e não mais à lagarta que a antecede. Mas se eu disser que vi uma lagarta voando é evidente que estarei cometendo uma impropriedade real e um erro conceitual. Portanto, falar nesses termos do "fim da arte" é, paradoxalmente, falar de uma coisa que não é mais aquela coisa sobre a qual se está falando. Uma falácia discursiva.

Na verdade, poder-se-ia discutir longamente a questão e, retomando os equívocos de Hegel, chegar a um Hans Belting, Arthur Danto ou a Yves Michaud. Mas isto seria um exercício longamente acadêmico.

Tomo outra direção e digo: na verdade, a filosofia fagocitou a arte. Fagocitose – diz o dicionário – é o "processo pelo qual uma célula (protozoário leucócito) envolve uma partícula (alimentos, micróbios) com seu próprio corpo, terminando a partícula por ficar no interior de seu citoplasma".

Como se vê numa necessária ação teórica integradamente interdisciplinar para se estudar a questão da cultura e, nela, a arte, até a biologia é bem aceita. Então, repito: a filosofia (uma certa filosofia) fagocitou a arte e a história da arte. E a arte não pode ser prisioneira de nenhuma disciplina, da mesma maneira que não está solta e independente delas. De uma certa maneira, tal fagocitose legitimou-se no momento em que alguns artistas, elevando-se à condição de pensadores, "filosofando" sobre arte, sobrepuseram a atividade conceitual ao próprio fazer artístico. Alguns foram até mais longe, como o conceitualista Joseph Kosuth: *A arte depois da filosofia* (1969). Por isso, Yves Michaud diz que "a arte depois de seu fim é filosófica ou ainda fundamentalmente conceitual e reflexiva. Tal é o fim da arte na época da filosofia".

Infelizmente não se explica se, depois de seu "fim", a arte é má ou boa filosofia, má ou boa arte. Mas isto é outro problema, pois uma das características dos que se alojaram dentro dessa discussão, exercendo postulados da pós-modernidade, é recusar qualquer juízo de valor. Claro, a discussão está prejudicada também por duas falácias: o raso conceito de história que transforma a história em "uma" história e o conceito autoanulado de arte que pressupõe que tudo é arte.

Ora, a reincidente negação da história virou uma forma de história. É uma forma negativa de fazer história. O "fim da história" virou uma narratividade. Tanto é assim que já foi incorporada pela história. Escreveu-se tanto sobre "o fim da história" que isto quase virou uma disciplina. Enfim, "o fim da história" já fez história. E tantos trataram desse "fim" que o singular virou plural. Há vários "fins" da história. Assim, o que deveria ser o fim, o último capítulo, terminou por ser um paradoxal capítulo a mais na história sem fim do fim da arte.

Poder-se-ia reverter essa questão e retomar o que já disse em outro artigo: a arte não terá "fim", simplesmente porque é um "fim" em si mesma, a arte é uma "função". O imaginário humano a segrega irrefreavelmente dentro da economia simbólica.

Curiosamente, no entanto, toda essa operação de pensadores diagnosticando sobre o corpo mumificado ou congelado da história da arte revela que apenas a colocam num desses laboratórios de congelamento de cadáveres vivos que devem ressuscitar um dia. Além do mais, essa atitude denuncia uma estratégia autoritária assim compreendida:

1 – Eu reconheço o fim da arte.
2 – E ao reconhecê-lo crio o espaço, do antes e do depois, assumindo o que a antropologia chama de figura do limiar. Sou o que, visualizando o fim, ponho-me no princípio de alguma coisa.
3 – Portanto, passo a existir ao afirmar que algo não mais existe e interdito os outros de existirem, porque me apoderei do não existir alheio, existindo.

Esta é, digamos em termos mais prosaicos, a indústria da morte anunciada que proliferou na modernidade. Esta é a operação que controla o vasto cemitério em que se tornou a arte, sobretudo a partir do século XX. É a arte que vive de morrer, na qual os teóricos sobre serem coveiros num berçário travestem-se de parteiros da morte.

Aqui é onde, além da biologia, nos é fornecida a metáfora da fagocitagem filosófica, a antropologia e a sociologia podem também esclarecer esse movimento, que sendo filosófico, no entanto, repousa sobre impulsos nada filosóficos.

Refiro-me ao messianismo às avessas. A esse messianismo negativo obcecado pelo "fim da arte", que prega a dissolução como forma de perversa redenção.

Na Antiguidade, na impossibilidade de se matar um condenado foragido, cunhava-se sua imagem numa moeda e ele passava a ser considerado socialmente morto. Era a "morte em efígie". Talvez a arte conceitual e a filosofia do fim da arte sejam um novo exercício da morte em efígie condenando algo que lhes escapa.

É daninho deixar a arte à mercê de uma só disciplina, seja ela a filosofia ou qualquer outra. Tão daninho quanto achar que a palavra teórica do artista é sagrada, que paira acima do bem e do mal e vale por si mesma como obra de arte.

CICLO E CIRCO
DA TRANSGRESSÃO

Mick Jagger foi condecorado como "Cavaleiro", pelo príncipe Charles da Inglaterra. O que ocorreu com o roqueiro, que desde os anos 1960 alardeava libidinagens, já havia ocorrido com os também insubmissos Beatles, quando estes acabaram regiamente condecorados no Palácio de Buckingham. Naquele tempo dizia-se que os Rolling Stones estavam à esquerda dos Beatles.

Mas a marginalidade, há muito, está no centro. Mick Jagger, contudo, calçou um tênis para receber a condecoração e com isto acha que continua marginal e revolucionário.

Convenhamos, esse conceito de transgressão e marginalidade precisa ser reavaliado. Pouca coisa é tão ambígua, tão esperta e tão sintomática dos nossos tempos, pois há muito que a marginalidade saiu da margem, há muito que o sistema se deixou seduzir pela transgressão, a oficializou, a transformou em academia e palavra de ordem. Enfim, a transgressão foi legitimada. E a marginalidade há muito está no poder.

Tomemos um exemplo doméstico. Os guerrilheiros do Araguaia estão no Palácio do Planalto. Os revolucionários que foram treinar em Cuba são ministros. O sindicalista virou patrão e/ou presidente da República. Melhor ainda: no centro do poder está um retirante nordestino. O retirante retirou-se da margem, chegou onde queria. E para o espanto geral está no centro não só do

poder no país, mas no centro do mundo. E algum redator de seus discursos bem poderia citar Guimarães Rosa e assumir que, como o Riobaldo no combate com o Hermógenes, ele está no "meio do redemunho", e essa coisa de esquerda e direita tem hora, o que "existe mesmo é homem humano. Travessia".
No poder não há esquerda e direita. Há poder.
Lembram-se de quando aquele bandido dos anos 1970 – o Lúcio Flávio – dizia que "bandido é bandido, polícia é polícia"? Já não é mais assim. Pode-se dizer que a periferia veio descaradamente para o centro: o tráfico, o crime e a droga estão mais que nunca instalados no poder. Governadores, juízes, senadores, deputados, delegados, policiais, militares, enfim, o sistema está locupletado de marginais e transgressores da lei. A frase daquela música louvando a marginalidade, "tá tudo dominado", é real e patética. Entre Lúcio Flávio e Fernandinho Beira Mar há todo um ciclo de evolução (ou involução?).
Portanto, carece falar de transgressão e marginalidade de uma maneira menos ingênua e carreirista e dentro de uma perspectiva histórica. Essa questão exige alguns desdobramentos de raciocínio entre política, ética e estética, sem fazer média com a mídia e com os transgressores, tanto os profissionais da "margem" quanto os transgressores ingênuos, que não entenderam o perverso sistema que, em tempos de globalização, os engloba.
O século XX, que tantos epítetos já recebeu, poderia ser definido como o "século da transgressão". Quem não se apresentasse como vanguardista, transgressor, revolucionário ou marginal não era credenciado a ser uma pessoa de seu tempo.
O ano de 1917 é simbólico na política e nas artes. A "classe trabalhadora" e os intelectuais de esquerda, exilados (como Lenin), assumem o poder na Rússia. Na mesma época o dadaísmo – o mais marginal de todos os movimentos artísticos, pregando a "não arte", começava sua inabalável marcha para os museus, não para destruí-los, como havia proposto, mas para ocupá-los. A não arte virou arte, saiu da margem para o centro.

Volta e meia vejo artistas ainda dizendo que só lhes interessa a transgressão. Em alguns casos, a transgressão de materiais usados; noutros casos, transgressão apenas no escabroso do tema e da história: muito sangue, muita violência, sexo de todo jeito com todo mundo o tempo todo. É preciso transgredir, dizem, agredir, insultar o público, chocar, escandalizar.

Sendo esta a ideia, me parece que é tempo perdido. Ninguém é mais realista que a realidade. Ou, melhor, nada é tão surrealista quanto a realidade. A realidade não precisa de autor. A realidade tem redação própria. Ela se basta a si mesma. A arte é que carece de autoria. Ela é rebatimento. Vai além da vida e morte. Arte é transfiguração.

Quando um canibal urbano e pós-moderno como aquele alemão de 42 anos, cordial analista de sistemas, aparece sorrindo nas fotos contando como devorou sua vítima pedaço por pedaço, quando descreve como através de um anúncio na internet atraiu o outro – um homem também maduro, propondo-lhe ser devorado – e quando lemos como, sorridente e ritualisticamente, ele fez sexo com a vítima e depois o foi retalhando e comendo aos poucos enquanto tomava um vinho tinto chileno, e quando revela que a vítima comeu com ele o próprio pênis já flambado, e que ao final o outro ainda estremecia com vida enquanto o canibal o saboreava; quando isto acontece, é sinal de que Sade e Masoch viraram assunto de jardim de infância, que Freud tinha mais razão do que supõe nossa santa ignorância e que estamos em pleno doutorado no interminável curso da "banalização do mal". E não deixa de ser coincidência o fato de que essas notícias venham da região de Kassel, onde, de tempos em tempos, ocorre uma grande mostra de arte contemporânea com coisas bastante extravagantes. Até agora o sorridente canibal, com aqueles dentes de Charlton Heston, ainda não declarou que estava realizando uma *body art*. Mas poderia ter dito também que era uma "videoarte", porque documentou tudo, com requinte ótico profissional. É de temer, porém, que diga ser adepto da arte gastronômica de Daniel Spoerri, aquele que serve jantares que considera obras de arte.

Outro dia apareceu um inglês que dizem ser travesti, ao lado de sua esposa e filha, trajando uma saia meio de caipira exibindo um vaso de porcelana de sua autoria, onde havia cenas de pedofilia. Ele havia acabado de ganhar o prêmio Turner com isto. Esse tipo de prêmio há muito exemplifica que o ciclo da transgressão transformou-se em circo da transgressão. Aliás, como transgressão é ruim e velha. Como, entre nós, o competente pintor John Nicholson ouviu de uma amiga, é pertinente a indagação: "Para que dar o prêmio Turner a uma cena de pedofilia num vaso de porcelana quando já temos Michael Jackson?"

CURA DO REAL PELA FICÇÃO

Faleceu nos últimos dias de 2003 um de nossos maiores contadores de histórias: Fernando Lebeis. Com sua voz aveludada de violoncelo, com gestos discretamente alados, prendia a atenção de plateias de eruditos, operários ou crianças. Com ele as lendas indígenas e africanas ou os textos literários viravam histórias novas.

Penso nele ao escolher como tema desta crônica o que recentemente na França e nos Estados Unidos passou a ser conhecido como "contos sistêmicos": um gênero literário e terapêutico que vem se afirmando na parede meia dos consultórios com a literatura.

Para quem se interessar sobre o assunto, comece com o estudo de Philippe Caillé e Yveline Rey *Il était une fois... La méthode narrative en systémique* (ESF Editeur – Paris, 1998), onde os autores estabelecem a diferença entre o "conto tradicional" e o "conto sistêmico". Por conto tradicional entenda-se o conto de fadas, as narrativas folclóricas e até mesmo literárias. Por conto sistêmico entenda-se a produção de texto feita de diversas maneiras em consultórios. Pode o terapeuta construir uma narrativa com ar de fábula, lenda ou parábola que servida ao paciente fará com que este, alusivamente, reconheça elementos de sua própria história. Pode também ser o texto elaborado a várias mãos. O analista começa uma narrativa e o(s) paciente(s) a termina(m) ao seu modo. Pode o casal ou os membros de uma família em terapia conduzir o desfecho de maneira diversa. O que interessa é que ao elaborar a trama os pacientes exponham metaforicamente aquilo que conscientemente não teriam coragem para mostrar.

De alguma maneira isto repete outros tipos de tratamento, como o realizado pelo desenho, pela dança, pela pintura ou pelo teatro. Se nesses casos são o traço, o movimento, as cores e a encenação os elementos reveladores de traumas, no caso dos contos sistêmicos é a escrita o veículo que aproximará o indivíduo de sua verdade traumática.

Não há que ter preconceito contra essa forma de produção simbólica e textual. Há que, isto sim, reconhecendo sua eficácia, constatar as semelhanças e diferenças com o processo da criação artística. Já Freud havia confessado que um dos textos que mais o impressionaram quando tinha 14 anos foi *Die Kunst in drei Tagen ein Original-Schriftsteller zu werden* (*A arte de se tornar um escritor original em três dias*), no qual Ludwig Borne, em 1823, recomendava que o aspirante a escritor escrevesse, sem censura, tudo o que lhe viesse à cabeça naqueles três dias. Por outro lado, a "escrita automática" dos surrealistas e a *stream of consciousness*, de Joyce e outros, fazem parte dessa técnica de liberação psíquica através de um invólucro estético.

É interessante a observação que encontro no livro de Caillé e Rey, de que "de uma certa maneira Sherazade inaugura a ideia do tratamento da loucura através dos contos". O rei paranoico, que mandava matar todas as mulheres depois da primeira noite de casamento, era um obsessivo que revivia em cada uma delas a traição de sua amada original, que ele queria eliminar. Sherazade surge então como sua terapeuta, fazendo-o reviver através de suas histórias uma saída para sua neurose, convertendo, finalmente, a pulsão de morte em amor e vida.

Vivo repetindo uma frase de Clarice Lispector que tem libertado muita gente: "Você sabe que uma pessoa pode encalhar numa palavra e perder anos de vida?" Pois os contos sistêmicos e até mesmo a literatura propriamente dita podem ajudar a pessoa a se defrontar e a se desvencilhar de certas "palavras" traumáticas. Na vida ou na literatura, há que solucionar enigmas. "Ou me decifras ou te devoro", disse a Esfinge a Édipo. Nossas neuroses querem nos devorar. E se não as podemos eliminar, o melhor que fazemos é convidá-las para uma ceia amistosa administrando-lhes a gula.

A literatura e os mitos têm oferecido figuras simbólicas que resumem nossos conflitos: Dom Quixote, Fausto, Sísifo, Gregory Sansa, Ulisses e outros cristalizam nossas alucinações. Por outro lado, como nos mitos populares, estamos sempre procurando as frases que nos revelem o sentido dos enigmas, seja "abracadabra", "abre-te, Sésamo" ou "rosebud". Às vezes, certas palavras e objetos traumáticos estão bem diante dos nossos olhos e não os vemos, porque não suportaríamos sua visão, como ocorre no conto de Poe que Lacan analisa, onde a carta tão procurada estava à vista de todos, que não a viam porque a procuravam no lugar errado ou não queriam vê-la.

A linguagem tem seus sortilégios. Entre os dogons, conforme assinala Geneviève Calame-Griaule em *Art et Thérapie – le conte, notre metamorphose*, falar é elaborar, fabricar, dar sentido ao informal. E a linguagem foi revelada aos homens junto com a tecelagem. Segundo a lenda, figura mítica de "Nommo, assentado sobre a água primordial, expectorou os fios de algodão e os teceu em sua língua fendida, utilizada como naveta de tear. Enquanto fazia isto ele falava e sua linguagem fixava-se nas tramas do tecido, daí o nome 'dogon' significar 'é a linguagem'".

De resto, é bom lembrar que é do país dos dogons o pensador e escritor que batalhou a vida inteira para preservar as línguas e tradições orais africanas. É de 1962 a sua frase que se tornou provérbio: "Na África, quando um velho morre, uma biblioteca se queima."

A psicanálise afirma que todos nós somos autores/personagens de um "romance familiar". Recontar essa história é uma fatalidade. Nos tratamentos há que voltar a essa história, reencená-la criticamente para que o ator passivo se transforme em autor ativo.

A literatura vai pretensiosamente um pouco mais adiante. O autor tenta esmaltar e envernizar com recursos estéticos o que em outros é neurose pura. Todo autor é obsessivo e não tem senão uma história a contar. E o ilusório consolo do autor é que esteja contando uma história de utilidade pública, que sua narrativa, poema ou drama possa ter a blindagem estética que o resgate da simples vala dos neuróticos comuns.

FIXANDO PALAVRAS
EM MARRAKESH

Estou sentado no Café Argana, olhando a praça Jemaa el Fna, no centro de Marrakesh. Ali, antigamente, costumavam espetar cabeças dos inimigos de um sultão, daí que Jemaa el Fna significa que "assembleia de mortos". Mas hoje ela é a praça mais viva do Marrocos. Aqui estão dançando, cantando, comendo, negociando representantes de todas as tribos da região. Por aqui passaram as hordas de hippies dos anos 1960 e 1970 em busca do encantamento. Há encantadores de serpentes e há encantadores da palavra. Contadores de histórias agrupam ouvintes que diariamente vêm ouvi-los. É primavera. E acabei de sair da labiríntica Medina com seu efervescente, luminoso e aromático comércio. Mas o fato é que não apenas estou sentado no Café Argana olhando a praça de Jemaa el Fna e olhando o mundo em torno, mas estou lendo um livro de contos de Tahar Ben Jelloun, intitulado *Le premier amour est toujours le dernier* (*O primeiro amor é sempre o último*) (Seuil – Paris, 1995).

Ver o mundo. Ler o mundo.

Topei com o nome de Tahar Ben Jelloun em muitas ocasiões. Sabia-o ficcionista marroquino dos melhores. Mas outros contextos desviavam-me de seus textos. Agora, no entanto, leio seu conto "O homem que escrevia histórias de amor". Trata-se de um contador de histórias procurado por pessoas que não apenas queriam ver sua vida escrita, mas queriam-na modificada, melhorada.

Tal escritor tinha, então, o poder de, usando uma tinta sépia, reescrever a vida alheia alterando-lhe o porvir.

Letra e vida. Vasos comunicantes. A letra pode modificar a vida.

Num determinado trecho ele diz de um personagem que ele veio de Tanger e deu uma parada em Marrakesh. Eu também estou vindo de Tanger. Passei por Asilah, Meknès e Fès e estou dando uma parada em Marrakesh, antes de ir a Essaouira e Casablanca.

As palavras-chaves deste país já não me são um significante vazio. E faz toda diferença ler o que estou lendo aqui neste lugar e não em Juiz de Fora. As palavras têm cor, têm luz, têm peso, espessura, sonoridade e sumo, e quando experimentadas dentro da realidade natural, ganham carne e sangue. Alá começa a ser para mim uma realidade sensível.

Uma coisa é a experiência abstrata, puramente conceitual do verbo, outra a sua experimentação iniciada pelos sentidos. Agora, por exemplo, quando um personagem deste livro entra numa Medina, sinto-a concretamente. Agora, quando um personagem serve um chá de menta ou come um *corne de gazelle*, sei gostosamente de seu significado. Quando digo *djelabah*, sinto-o vestir meu corpo. Meus olhos sabem finalmente o que é o azul de Fès. E aqueles saborosos e brilhantes frutos verdes, negros e violeta que degustei nos mercados são olivas, nunca mais prosaicas azeitonas.

Estou lembrando aqui do dinamarquês Peter Poulsen, que contou-me que havia ganhado uma bolsa de estudos para viajar pelo sertão de Minas, para poder sentir na pele o que era o imponderável sertão roseano e melhor traduzir *Grande sertão: veredas*.

A vida das palavras. Experimentar as palavras por dentro. Em situação. Através de todos os sentidos, como no ato de amar. Então, posso dizer: ler um livro durante ou depois de uma viagem é fazer com que a letra funcione quimicamente como um fixador. Há quem fixe o mundo musicalmente, há quem o fixe plasticamente. O escritor carece, sobretudo, da palavra para fixar as tintas, os sabores, as sonoridades e o inefável das experiências.

Mas não estou fascinado com Tahar Ben Jelloun – que qualquer dia vai ganhar o Nobel – somente porque estou nesta praça e neste país com seus personagens e através de sua escrita incorporando essa cultura. Fascinado estou por vários outros motivos. Primeiro porque é um ficcionista legível, nada chato, nada pedante. É um escritor que faz o leitor esquecer que está diante de um sofisticado criador, que parece, repito, "parece" um simples contador de histórias. Ele retoma a tradição narrativa de *As mil e uma noites*, e avança. Confiro-o também com *Cuentos populares marroquíes* (Ed. Aldebarán). Está tudo entrelaçado. E aqui ouso até lançar uma teoria sobre a narrativa e a arte do zelig.

Zeliges são aquelas pequeninas pastilhas de cerâmica, que vi serem confeccionadas em Fès, e que compõem os desenhos geométricos dos mosaicos nas paredes e chãos das mesquitas, *riades* e palácios. Ali desenhados parecem um caleidoscópio de cores, mas são uns labirintos ordenadíssimos de formas em movimento, emergindo do centro para a periferia e vice-versa. Exatamente como as vielas de uma Medina. Exatamente como as narrativas de Ben Jelloun, que são histórias que saem de dentro de histórias, que saem de dentro de outras histórias, elipticamente. O zelig, diria, é o barroco árabe. Quando escrevi *Barroco – do quadrado à elipse* (Rocco), bem que tive vontade de fazer um capítulo explorando essa aproximação.

Alguém vai dizer, mas isto parece Jorge Luis Borges rebatendo histórias dentro de histórias. Não, em Borges isso é pura influência árabe, influência esta, aliás, que ele reconhecia. E em favor de minha tese agregue-se outra anotação: a visualidade da escrita árabe complementa a ideia do zelig enquanto metáfora epistemológica dessa cultura. Por isso, textos do Alcorão são escritos/inscritos sobre as paredes encimando os zeliges, parecendo que a escrita árabe é continuação plástica e labiríntica do zelig. E não é à toa que lá a caligrafia é uma arte.

A palavra como argamassa do real. Zelig, arabesco vital.

Mas, lhes dizia, estou diante da praça Jemaa el Fna e são cinco da tarde. Encantadores de serpentes, dançarinos, adivinhos, mulheres desenhando com hena emblemas sobre as mãos de turistas, aromas de comida por toda parte. Um desses ajuntamentos, porém, é especial para quem há pouco lia um conto de Ben Jelloun e agora vê um grupo em torno de um secular contador de histórias. Sentados ou em pé, vivem uma segunda vida pela ficção.

A ficção fixando a vida.

A ficção e a poesia como fixadores daquilo que de outra forma teria se perdido no tempo.

DE ONDE VEM O ARLEQUIM?

Aí pelas ruas talvez exista ainda alguém fantasiado de Arlequim, como ocorria nos carnavais há algumas décadas. Mas é raro. Assim como o Pierrô e a Colombina, o Arlequim foi muito popular na virada do século. Aliás, não só esse trio, mas toda uma família de saltimbancos, que havia irrompido nos palcos do século XVI. Mas por uma série de fatores a tematização desses tipos foi muito constante na virada do século XIX para o século XX. Em 1892, Leoncavallo cristalizou o conflito do triângulo amoroso em *Os palhaços*. Em 1905, Picasso pinta *Família de saltimbancos* e outros quadros com esses personagens. Degas e Cèzanne estão entre muitos que também pintaram seu *Arlequim*. A própria literatura brasileira vem, em 1919, com *Carnaval*, de Manuel Bandeira, em 1920, com *Máscaras*, de Menotti del Picchia, e *Arlequinada*, de Martins Fontes. Mário de Andrade, por sua vez, tematizou o Carnaval sob várias formas e definia-se como uma criatura arlequinal.

Mas quem vê o Arlequim tão sestroso, folgazão e brejeiro (como se dizia) mal pode imaginar que num tempo remoto ele foi o avesso disto tudo. Exatamente. Originalmente, em vez de um sedutor, foi um violador. Em vez de amante, um estuprador. Em vez de um dançarino, um guerreiro bárbaro.

Por isso, o estudo de certas imagens e palavras mostra como o certo e o avesso vivem se intercambiando. Preocupado com essas ambivalências, Freud já havia anotado que a etimologia de "branco" e "preto" parecia ser a mesma, alertando para o fato de que o radical do francês "*blanche*" e do inglês "*black*" é o mesmo. Arlequim, Hallequim. O nome é quase idêntico. Mas o significado, diametralmente oposto.

Quem vê no palco ou no Carnaval o saltitante e sedutor Arlequim nem percebe que ele é uma variante moderna de um tipo selvagem que comandava uma horda de homens-bestas. Hallequim é uma deformação onomástica de Harila-King – rei dos exércitos. Tinha na mão enorme maça ou tacape. Comandava um *feralis exercitus* (exército de mortos). Pertencia à mesma estirpe de figuras primitivas, como o lendário rei Frotho, da mitologia dinamarquesa, que invadia aldeias, violentava mulheres e humilhava barbaramente os vencidos. Esses guerreiros exibiam a petulância (agressividade sexual), a lascívia (exigências sexuais) e se consideravam *conubernales* (companheiros da tenda do rei). Vestiam-se de peles selvagens assemelhando-se aos ursos e não cortavam os cabelos até que matassem alguém. Também não tinham propriedades pessoais e viviam se deslocando atrás de presas, como centauros sequestradores de mulheres.

Mito? Realidade?

Esse exército não era só uma crença. Era muito bem representado por máscaras. Temos uma prova disto, uma descrição que data de 1100, vinda da Normandia, que cita como rei da tropa selvagem um certo Herlechinus, que viria de Harilaking, anglonormando, rei da família Herlechini, que não é senão o Arlequim. Nosso Arlequim da *commedia dell'arte* foi, na origem, o sublime rei de um exército de fantasmas. Pode-se reconhecer esta forma primitiva do Arlequim em muitas personagens que existem no Carnaval, graças à fantasia que usam. A partir de 1470, esta fantasia é descrita como despedaçada, cheia de rasgões, com pequenos pedaços de tecidos coloridos.

Um estudo semiológico das metamorfoses do personagem, sua passagem da horda primitiva para o palco da comédia poderia ser feita mais detalhadamente. Não só a transformação da roupa esfarrapada em estilizados losangos coloridos, mas a conversão do porrete original em espada fálica. Igualmente, a figura original do Hallequim está sempre num cenário onde há cavalos e se inscreve no mito dos centauros. Esses cavalos, carroças, carruagens encaminham o tema do sequestro, presente nas diversas peças e gravuras que tratam do Arlequim moderno. O que era grotesco atinge não apenas o cômico, mas até o sublime através da estilização, em peças como *O triunfo de Arlequim*, *Arlequim imperador da Lua* e *Arlequim cavaleiro do Sol* (século XVIII).

O bárbaro e primitivo Hallequim surgia nas vilas e aldeias em meio a formidável charivari. Sobretudo no solstício de inverno (entre o Natal e a Epifania). Ele está registrado num texto do século XIV (de Roman de Fauvel) que, em forma de poesia, narra o casamento de um cavalo e uma mulher.

E por aí teríamos muito ainda a discorrer. A moderna teoria da carnavalização, que amplia o que em 1927 foi lançado por Mikhail Bakhtin, tem notável contribuição a dar não só na problematização e recuperação desse personagem, mostrando como o imaginário civiliza as imagens arcaicas. Um estudo moderno do Arlequim não pode desvinculá-lo da figura daquilo que em antropologia se chama de *trickster* – aquele mágico e malandro das tribos, que é tão bem encarnado no *Macunaíma – o herói sem nenhum caráter*, de Mário de Andrade.

E assim como a imagem do Arlequim se enriquece com a recuperação de seu metamorfoseado avesso histórico, também as figuras do Pierrô e da Colombina vão deixando de ser apenas fantasias episódicas e superficiais de uma festa carnavalesca para serem estruturas simbólicas de nosso inconsciente e de nossos dramas sociais.

Tomemos um exemplo, entre tantos, na literatura brasileira: *Dona Flor e seus dois maridos*, de Jorge Amado, é um romance que pode ser lido nessa clave. Vadinho é o Arlequim: dançarino, boêmio, brigão, Don Juan, sedutor, jogador, vivendo aleatoriamente o prazer presente. Morre dançando no Carnaval, fantasiado de mulher. Já Teodoro é o Pierrô: é o lugar da ordem, do prazer com horário certo, um burocrata no sexo e nos negócios. Porém, Dona Flor, envolvida por esses dois amores contraditórios, resolve imaginariamente o conflito que a Colombina tradicionalmente nunca pôde resolver. Ela fica com os dois. Trabalha pela inclusão imaginária, vivenciando uma verdade intemporal, pois as criaturas humanas são elas e suas contradições.

As máscaras nos falam das ambiguidades e a teoria da carnavalização ajuda a resgatar enigmas de ontem e a aclarar comportamentos individuais e sociais hoje.

HÉRCULES E OSTRAVESTIS

Aqueles travestis que estão desfilando na Banda de Ipanema (ou em qualquer outro bloco) exibindo a ambiguidade sexual de seu corpo, tanto quanto os machões, que por serem machões também se fantasiam satirizando a imagem da mulher e dos "travecas", talvez não saibam que estão repetindo um ritual que ocorria em Roma ao tempo de Júlio César.

Esses machos travestidos que em Ipanema, Recife, Salvador ou Maceió capricharam na maquiagem desenharam uma boca escandalosamente sensual, escolheram a peruca de melhor efeito, o sutiã que realçasse melhor os seios – de silicone ou não –, talvez também não saibam que estão reencenando um fato mítico que remete para o mais forte de todos os machos da mitologia grecoromana: Hércules, aquele que, musculosamente, como um desses anabolizados (ou não) que saem das academias de ginástica, levou a cabo os perigosíssimos "12 trabalhos de Hércules", mas também gostava de se vestir de mulher.

O fato é que Hércules (ou Héracles, como querem outros), numa de suas inumeráveis peripécias, um dia se apaixonou pela lindíssima rainha da Líbia, chamada Onfale. Como dizem as novelas, os dois caíram apaixonadamente nos braços um do outro. E a paixão foi de tal ordem que Hércules permitia que ela fizesse dele o que bem quisesse. Por exemplo: que ficasse submissamente vestido de mulher, coberto de colares e joias. E mais: que o herculeo personagem se pusesse, como uma donzela, junto a uma roca a fiar lã, enquanto ela, em contraposição, majestosamente vestia-se com a pele do leão de Nemeia – aquele mesmo que Hércules destroçou no primeiro de seus peripatéticos 12 trabalhos. E para culminar, a bela Onfale ostentava nas mãos o tacape do herói. Essa coisa de se meter em roupas femininas pode conduzir a situações imprevistas, mesmo para um Hércules. Vejam só. Como se sabe, os personagens da mitologia grega pareciam personagens de nossas colunas sociais – todos se conheciam, todos se encontravam, todos numa ocasião ou outra tinham transado um com o outro. Ovídio (aquele mesmo poeta que foi exilado pelo César por ter escrito *A arte de amar*) confirma que Hércules e Onfale eram amigos íntimos do Fauno. Pois a beleza de Onfale capturou o coração do Fauno, embora ele tivesse os pés de cabra e aqueles chifrinhos e fosse meio cabeludo. Acontece que numa noitada daquelas Hércules, que estava travestido de mulher, depois de umas e outras, caiu no sono. E o Fauno, que estava a fim de Onfale, meteu-se pelos panos da noite para tocá-la, quando, de repente, se deu conta que estava apalpando Hércules. Este, que havia resistido àqueles 12 míticos desafios, resistiu a mais esse e botou o Fauno pra correr.

Mas para os estudiosos essa historieta não termina aí. Não se esgota porque a mitologia está mexendo com símbolos intemporais, com arquétipos que dramatizam situações e perplexidades humanas. Assim, as mitologias, as lendas, as fábulas e até os romances não existem soltos no ar, nem referem-se apenas a si mesmos. Dialogam com a tradição, retomam o fio da meada; enfim, são uma produção coletiva. Por isso é que estudiosos acham que aquela cena entre o Fauno, Hércules e Onfale gira essencialmente em torno da bissexualidade e da função que os pelos e os véus têm nisto. No Carnaval atual, satiricamente, os Hércules deixam entrever sua perna ou peito peludo através da roupa feminina. Se bem que com a tendência cada vez mais nítida de os transexuais refugarem o seu lado masculino para quererem ser e parecer mulher, está se introduzindo uma radicalidade na relação com o mito original.

O fato é que a presença dos pelos denotando sexo, virilidade e agressividade está presente em duas constantes do Carnaval. A primeira diz respeito à festa romana das lupercais, que ocorria também no mês de fevereiro. Nessa ocasião, irrompia nas ruas de Roma uma verdadeira confraria de homens-lobos, que, munidos de tiras de couro cortadas de um bode sacrificado, saíam batendo nas mulheres, pois se acreditava que assim elas se tornariam fecundas. E, curiosamente, o rito era assumido também pelas mulheres, mesmo as de estratos mais ricos.

Alguém vai dizer "mas que gente mais ignorante", esquecendo-se de que em qualquer lugar do Brasil as pessoas saem para celebrar ritos em esquinas, praias, terreiros e igrejas ou semeiam aqui e ali simpatias, apesar de dizerem que não acreditam em bruxas (ou macumbas). Na verdade, o rito das lupercais se origina da lenda de Rômulo e Remo. A palavra "luperco" vem de *"lupa"* – a loba que amamentou os gêmeos fundadores de Roma. Tendo havido um período em que as mulheres não estavam procriando, um oráculo ordenou que entre outras coisas fossem açoitadas com as tiras de couro.

Essas tiras de couro na tradição romana lembram outros objetos que os carnavalescos carregam em suas mãos para se divertirem agredindo os demais. Essas bexigas cheias de ar, que os "clóvis" e os "sujos" usam para assustar, têm a mesma função, por exemplo, de uma coisa que vi, por reveladora coincidência, num Carnaval, na Grécia, em Atenas, na praça Sintagma. Ou seja, carnavalescos batiam nas pessoas com um inofensivo tacape de plástico (igual ao que Hércules usava), que ao tocar o outro apitava. Pela cidade corria o chamado "ruído ensurdecedor" dessa brincadeira.

Antropólogos da pesada como George Dumézil veem na carnavalesca festa romana das lupercais um rito de purificação social e de fecundação. Reveladoramente, essa sequência de figuras míticas peludas durante o Carnaval encontra não só no fauno, no lobo, mas no urso a sua constante dramatização. E era em fevereiro que na Antiguidade europeia começava o degelo para a primavera. Era quando o urso saía da caverna, terminando a hibernação. Reproduzindo a natureza, as pessoas se fantasiavam de urso, sujavam seus rostos, cobriam-se de roupas peludas e davam vazão à sua eroticidade de uma maneira ambígua e reveladora, expressando, como Onfale, o seu lado masculino ou com Hércules a meiga mulher dentro de seus músculos.

UM JUDEU, UM PALESTINO

O judeu é Daniel Barenboim. Edward Said é o palestino. O primeiro é um dos maiores regentes da atualidade. O segundo, recém-falecido, um dos grandes intelectuais de nossa época.

"A amizade entre eles remonta ao início da década de 1990, quando os dois se conheceram no saguão de um hotel londrino", diz Ara Guzelimiam, que segue explicando: "Edward Said nasceu em Jerusalém, no seio de uma família palestina, mas cresceu no Cairo, afastado de suas origens. Como membro de uma família árabe cristã anglicizada, vivendo numa sociedade predominantemente muçulmana, mais uma vez se viu deslocado. E foi deslocado novamente, agora para os Estados Unidos, onde, adolescente, estudou num internato. (...) A história de Daniel Barenboim é igualmente complexa. Ele nasceu no seio de uma família judeu-russa que na geração de seus avós imigrou para Buenos Aires, onde havia uma florescente população judaica – a terceira maior do mundo na época. Depois emigrou com os pais para o recém-criado Estado de Israel, e seus endereços de então incluem Londres, Paris, Jerusalém, Chicago e Berlim."

Estou citando o livro *Paralelos e paradoxos – reflexões sobre música e sociedade* (Companhia das Letras), que reproduz uma série de diálogos gravados a partir de 1995, entre o judeu Barenboim e o palestino Said. São reflexões sobre música, política, história e literatura. Said, escritor que até pouco tempo lecionava na Universidade de Colúmbia, teve também formação musical e era pianista. Daniel, por sua vez, é um fenômeno. Antes de ler esse livro, há poucas semanas topei, no *Nouvel Observateur*, com um artigo dele sobre a *Ética*, de Spinoza. Brilhante. E humilhante. Pois confessa que ganhou esse livro do seu pai quando tinha 12 anos e até hoje o lê, às vezes, até no intervalo de concertos. (Se você der uma olhada naquele livro, ficará certamente desconcertado. Não é nenhum refresco.)

Um judeu pode conversar com um palestino.

Um palestino pode conviver com um judeu até mesmo se discordam num ponto ou noutro. No livro há vários exemplos.

E, sobretudo, o legado que nos deixam esses dois é que um judeu e um palestino podem construir um plano de paz através da arte.

Isto ficou exemplificado em 1999, quando, em Weimar, realizou-se um encontro de músicos árabes e judeus. Comemoravam-se os 250 anos do nascimento de Goethe, ícone da cultura alemã que se apaixonando pela literatura persa produziu a antologia *Westostlicher Diwan* (O Divã Ocidental/Oriental).

Foi uma experiência ilustrativa das dificuldades e do êxito possível na relação entre árabes e judeus. Ocorreu inicialmente naquela oficina musical um incidente. Os árabes se reuniam depois dos trabalhos do dia para tocarem música árabe. Um judeu de origem albanesa tentou tocar com eles, mas ouviu o seguinte argumento: "Você não pode tocar música árabe. Só os árabes podem tocar música árabe."

Daniel Barenboim incrementou a discussão a partir da questão: "Quem lhes dá o direito de tocar Beethoven? Vocês não são alemães." E o regente relata: "No começo havia, portanto, um clima de insegurança. Mas, dez dias depois, o mesmo garoto que tinha dito que só os árabes podem tocar música árabe estava ensinando Yo-Yo Ma a afinar o violoncelo pela escala árabe. Evidentemente ele achava que os chineses podiam tocar música árabe.

Pouco a pouco o círculo se ampliou e todos estavam tocando a *Sétima*, de Beethoven. Foi uma coisa extraordinária."

E relatando isto que vira, Edward Said ainda anota algo complexo: "Também foi assombroso ver Daniel pôr na linha esse grupo basicamente refratário. Não se tratava apenas de israelenses e árabes que não se gostavam. Alguns árabes não gostavam de outros árabes, assim como havia israelenses que cordialmente antipatizavam com outros israelenses. E foi fantástico ver o grupo se transformar numa orquestra de verdade. (...) Nunca vou esquecer a expressão de pasmo dos músicos israelenses no primeiro movimento da *Sétima* de Beethoven, quando o oboísta toca uma escala em lá maior a descoberto. Todos se viraram para ver um estudante egípcio executar ao oboé uma escala em lá maior perfeita – graças a Daniel. A transformação desses garotos foi basicamente irrefreável."

A arte tem alguma coisa a ensinar aos negociadores políticos. E um dos pontos mais ilustrativos disto está no episódio protagonizado por Barenboim (repito, judeu), que chefiando uma orquestra alemã propôs-se a tocar, em Israel, o primeiro ato de *A Valquíria*, de Wagner – compositor que pelo seu antissemitismo era proibido naquele país. O diretor do festival pediu que o regente substituísse a peça. Ele o fez. Botou Schumann e Stravinsky no lugar de Wagner. Mas no final do espetáculo, na hora do bis, anunciou que tocaria um trecho de *Tristão e Isolda*, e que quem quisesse poderia democraticamente se retirar. A maioria ficou. E é claro que surgiu uma polêmica na qual o maestro ouviu impropérios de extremistas de todo o mundo.

O livro traz comentários sobre a questão Wagner, o hitlerismo e seus descendentes. Assim como traz análises musicais sobre a *Quarta Sinfonia*, de Beethoven, que tanto fascina Barenboim com aquele intrigante "si bemol solitário". Relata ainda o encanto que o célebre maestro Furtwängler sentiu por aquele menino de 11 anos tocando especialmente para ele, entre outras peças, o *Concerto Italiano*, de Bach, e a *Segunda Sonata*, de Prokofiev. Enfim, é um livro que fala de coisas intemporais e das perplexidades de nossa época. Numa época de muros e intolerâncias explosivas, a arte tem, de novo, um papel importante a desempenhar.

De resto, vale lembrar que o editor do livro entre nós é descendente de judeus. E edita também José Saramago, que tem dito coisas duras sobre a política de Israel em relação aos palestinos.

Há que estabelecer paralelos e conviver com os paradoxos. A música e a realidade nem sempre são tonais e harmônicas. Daí que, diante do que os clássicos chamavam de "desconcerto do mundo", o desafio é consertar a orquestra de concertos.

ELE SABE DO QUE ESTÁ FALANDO

Ainda há esperança. Se for possível um livro como este, é sinal que ainda há esperança e que, apesar de Bush, nem tudo está perdido. Refiro-me a *Contra o fanatismo* (Ediouro), do escritor judeu e israelense Amós Oz. Escrevendo com clareza, leveza e humor, enfrenta questões cruciais de nosso tempo. Ele sabe do que está falando, porque confessa: "quando criança, em Jerusalém, fui um pequeno fanático de cérebro lavado. Com ímpetos de superioridade, moral, chauvinista, surdo e cego a qualquer narrativa que divergisse da poderosa narrativa judaica, sionista da época. Eu era um garoto que jogava pedras, um menino da Intifada judia."

Com essa coragem, ele enfrenta o risco de ser traidor ("muitas vezes na vida já fui chamado de traidor"). E vai fundo: "Eu, pessoalmente, sou tão crítico da liderança palestina quanto da liderança israelense." Ele sabe do que está falando: "Os palestinos estão na Palestina porque esta é a sua terra natal, e a única terra natal do povo palestino. (...) Os judeus israelenses estão em Israel porque não há outro país no mundo a que os judeus, como povo, como nação, poderiam chamar seu lar. Como indivíduos, sim, mas não como povo, não como nação. Os palestinos tentaram, involuntariamente, viver em outros países árabes. Foram rejeitados, às vezes até humilhados e perseguidos, pela chamada 'família árabe'. Tomaram conhecimento de sua 'palestinidade', pois não eram desejados como libaneses, como sírios, como egípcios ou como iraquianos."

A situação de lado a lado é patética: "Quando meu pai era menino, na Polônia, as ruas da Europa estavam cobertas de pichações – 'judeus, vão para a Palestina.' (...) Quando meu pai voltou, em visita à Europa, 50 anos mais tarde, os muros estavam cobertos de pichações – 'judeus, saiam da Palestina'."
E segue falando do que viu e viveu. Serviu duas vezes no exército de Israel, primeiro numa unidade de tanques no Sinai, em 1967, depois no *front* sírio, em 1973. E não titubeia em confessar que voltaria a lutar, apesar da idade, se a existência de Israel periclitasse. Mas, ao invés de uma posição passional e apenas ideológica, tem uma visão nova e desafiadora proclamando que este é "um conflito entre duas vítimas". Por isso aceita, inovadoramente, que este é "um conflito entre o certo e o certo", em que as duas partes têm razão. Daí que a única maneira de resolver esta tragédia não é com o "fanatismo", mas com um "choque de relativismo" e com um pensamento "moderado".

Quem acompanha o drama em que o mundo se acha envolvido, do menor povoado no Oriente à mais provinciana cidade no Ocidente, tem notado que são as vozes de alguns escritores e artistas, de um lado e outro, as que têm sido mais sensatas e melhor têm analisado o doloroso "imbróglio". E Amós Oz, que sabe do que está falando, crê que "neste ponto, a literatura é sempre a resposta, porque a literatura contém um antídoto ao fanatismo ao injetar imaginação em seus leitores. Gostaria de poder simplesmente prescrever: "Leiam literatura e estarão curados de seu fanatismo."

O humor judaico está necessariamente pontuando a tragédia de que trata Amós Oz. "Eu inventei o remédio para o fanatismo. Senso de humor é uma grande cura. Nunca vi na minha vida um fanático com senso de humor, nem vi uma pessoa com senso de humor tornar-se fanática, a menos que tenha perdido o senso

de humor." Daí, a propósito, lembrar a anedota do judeu que estava em Jerusalém conversando com uma pessoa mais velha, a qual acaba revelando ser o próprio Deus. O interlocutor "não acredita nisto imediatamente, mas após alguns sinais de presságios ele se convence de que quem está sentado do outro lado da mesa é Deus. E ele tem uma pergunta a fazer a Deus, uma pergunta muito urgente, é claro: 'Caro Deus, por favor, diga-me, de uma vez por todas, quem tem a fé certa? Os católicos romanos, os protestantes, ou talvez os judeus, ou serão os muçulmanos? Quem tem a fé correta? E Deus responde, nesta história: 'Para dizer a verdade, meu filho, não sou religioso, nunca fui religioso, nem sequer interessado em religião.'"
    Mas nem tudo é piada. E Amós Oz sabe do que está falando. Por isso, deixo o leitor com esse trecho patético que resume a complexidade da situação, e nos dá esperanças, sobretudo, porque é uma historinha que vem com aval original também de outro romancista judeu, o israelense Sammy Michael, que "teve, certa vez, a experiência, que todos temos de vez em quando, de fazer um longo trajeto entre cidades com um motorista que estava fazendo a preleção habitual de como é urgente para nós judeus matar todos os árabes. E Sammy ouvia o homem e, em vez de gritar 'que homem horrível é você, você é nazista, fascista?', decidiu lidar com a situação de modo diferente. Perguntou ao motorista:
    '– E quem você acha que deveria matar todos os árabes?'
    O motorista respondeu:
    '– O que você quer dizer com isto? Nós! Os judeus israelenses! Temos a obrigação! Não há escolha, basta olhar o que eles estão nos fazendo todos os dias!'
    '– Mas quem exatamente você pensa que deveria levar a cabo essa tarefa? A polícia? Ou talvez o exército? Ou o corpo de bombeiros? Ou as equipes médicas? Quem deve realizar essa tarefa?'
    O motorista coçou a cabeça e disse:
    '– Acho que deveria ser dividido por igual entre todos nós, cada um de nós deveria matar alguns deles.'

Sammy Michael, continuando a jogar o jogo, disse:

'– O.k., suponha que você seja designado para um certo quarteirão residencial em Haifa, sua cidade natal, e bata em todas as portas, ou toque a campainha, perguntando: Desculpe-me senhor, ou desculpe, senhora, por acaso é árabe? Se a resposta for sim, você atira neles. Em seguida, você chega ao fim de seu quarteirão e pretende ir para casa, mas justamente quando se dirige, ouve um bebê chorando num quarto andar de algum edifício. Você voltaria lá e atiraria neste bebê? Sim ou não?'

Houve um momento de silêncio, e então o motorista disse a Sammy Michael:

'– Sabe, você é um homem muito cruel.'"

LITERATURA INFANTIL 1

Várias coisas estão me conduzindo ao tema da "literatura infantil". Primeiro os celebrados centenários de Andersen e Verne. Depois o fato de ter chegado a mim o livro da espanhola Gemma Lluch *Cómo analizamos relatos infantiles y juveniles* (Norma Editorial, Madri, 2004) – uma bela tese onde disseca não só as produções clássicas do gênero, mas estabelece correlações com a indústria cinematográfica de Disney a George Lucas. Em terceiro lugar, ter ganhado da escritora e mestra Elza de Moura, que foi discípula de Helena Antipoff, uma apostila mimeografada com um histórico texto datado de 1943, escrito por Lourenço Filho – pedagogo que, com Anísio Teixeira e outros, deu novo rumo à educação no país nos anos 1930 e 1940. O estudo se intitula "Como aperfeiçoar a literatura infantil" e, além da parte histórica e teórica, apresenta uma série de sugestões práticas.

Ah, sim, poderia agregar um quarto motivo para estar matutando sobre esse tema: ter relido o artigo "Literatura infantil", de Lúcia Miguel Pereira, republicado agora nos dois preciosos volumes da Editora Graphia – edição que recupera a obra de uma das maiores críticas e ensaístas do país.

Quer dizer, motivo não falta para tratar deste tema.

Em todos esses textos reaparece de uma forma ou outra uma questão que continua viva: a distinção entre pretensos livros para crianças e literatura propriamente dita. Existe, sobretudo da parte de incautos, a noção de que literatura infantil é uma coisa muito fácil de fazer. Como todos somos levados a improvisar histórias para filhos e netos, alguns caem na tentação de achar que a historinha que inventaram e que distraiu o pimpolho merece ser escrita e publicada. Pode e deve ser escrita, talvez para memória doméstica, mas isto não significa que a obra seja necessariamente literatura.

A rigor, esse equívoco tem sua origem justificada até por motivos históricos, pois muitos dos livros que fizeram sucesso entre as crianças e jovens a partir do século XVIII eram narrativas recolhidas da oralidade, como as de Perrault e Grimm. Aliás, a origem de toda literatura é a tradição oral das tribos e culturas primitivas, seja com Homero, com as fábulas em sânscrito do *Panchatantra* ou os contos recolhidos em *As mil e uma noites*. Mas a fonte oral apenas é o primeiro passo. A literatura enquanto arte é arte da escrita e não uma simples transposição da oralidade.

Lourenço Filho cita Storm, que dizia: "Se você quer se dirigir às crianças, não escreva para criança." E Lúcia Miguel Pereira, por sua vez, afirma: "O erro de muitos livros infantis é serem infantis demais." E ambos trazem em socorro de suas teses o fato de que grandes clássicos lidos por crianças e jovens não foram escritos para esse público. No entanto, admite Lourenço Filho, existe uma "literatura infantil", que começou a ser produzida mais sistematicamente a partir do século XVIII. Este tipo de escrita, segundo Basedow (1723-1790), é uma espécie de "filantropismo pedagógico". No entanto, uma coisa é a literatura, entendida, conforme Lourenço Filho, enquanto "expressão da arte", e outra coisa é a chamada "literatura didática".

É nessa linha que Paul Barth, há mais de 60 anos, dizia: "Esta literatura está cheia de disparates e trivialidades. A tendência de fazê-la veículo de formação moral tornou-a, muitas vezes, insossa. Em vez de deixar falar as coisas e os fatos, fala o autor em demasia. Em vez de vida real, aparece, amiúde, a caricatura, em que se exageram os bons e maus caracteres, com tipos extremados, nos dois sentidos – de modo que se recompensa excessivamente o bem e se castiga da mesma forma o mal."

Voltando à posição de Lourenço Filho, encontramos a declaração de que além das ideologias de época, "a literatura é uma lição permanente de linguagem". Daí dizer algo desnorteante: "Não tem a literatura infantil, portanto, a função direta de ensinar, de instruir, de pregar a moralidade, de levar a conhecer maior vocabulário, ou novas formas de expressão."

Eis um ponto complexo para análise, sobretudo no contexto brasileiro. Por duas razões: primeira, porque no governo anterior, há uns dez anos, o MEC criou uma estratégia para orientar autores e editores, chamada de "temas transversais". Ou seja, uma série de temas que deveriam ser destacados nas obras quando estudadas (ecologia, cidadania, solidariedade etc.). Isto fez com que editores saíssem à cata de textos que atendessem à bula proposta e motivou autores também a produzirem obras direcionadas para aqueles temas. Isto criou a ideia de que o texto literário é "instrumental", que está a serviço de ponderações ideológicas. Não sei se alguma obra-prima surgiu desta grade redutora, mas sei que obras-primas foram submetidas a essa fôrma, e sobreviveram.

Em segundo lugar, existe dentro da tradição brasileira algo neste sentido desde os tempos de Monteiro Lobato. Com Lobato, criou-se uma literatura infantil eminentemente didática, que marcaria outros escritores. Uma literatura pedagógica, para se ensinar matemática, história, geografia, enfim, ensinar matérias do *curriculum*, parafrástica e didaticamente.

Não estou tirando nenhum mérito de Lobato. Ao contrário, ele é maior do que, em geral, fazem crer os livros de literatura e cultura brasileiras. Ouso dizer que, como figura cultural, tanto como editor, como o "refundador" da literatura infantil didática, quanto por sua atuação política e social é muito mais importante que muitos dos modernistas tão academicamente reverenciados. E é um paradoxo isto. Correndo fora da raia modernista, ao seu modo, é dos intelectuais que mais influenciaram o Brasil no século XX. Muitos dos mal-entendidos sobre ele provêm do fato de ter aberto baterias contra a pintura de Anita Malfatti – uma pintora que hoje se reconhece, tem momentos bons e medíocres.

Mas a literatura infantil que ele implantou se insere, em grande parte, naquilo que Lourenço Filho já chamava de "literatura didática". E isto tem muitas virtudes, mas também algumas limitações.

LITERATURA INFANTIL 2

É revelador de algum preconceito o fato de que os modernistas de 1922 não tenham se interessado pela literatura infantojuvenil, e que justamente Lobato – o acusado de ser antimodernista – tenha sido aquele que modernizou e instaurou um novo paradigma dessa literatura. Mas há outra observação igualmente reveladora de preconceitos nessa área. E ao fazê-la, corrijo e amplio o que foi dito na primeira frase. É revelador que entre os modernistas tenham sido duas mulheres as que se preocuparam com a literatura infantojuvenil: Cecília Meireles e Henriqueta Lisboa.

Cecília, além de ter produzido poemas voltados para esse público, tem uma série de textos teóricos, alguns dos quais originados de conferências patrocinadas pela Secretaria de Educação de Minas Gerais, em 1951, e que podem ser encontrados no livro *Problemas da literatura infantil* (Summus, 1979). Já Henriqueta, também educadora, que sempre morou em Minas e era amiga de Cecília, publicou em 1961, pelo saudoso Instituto Nacional do Livro, a *Antologia poética para infância e juventude*, onde fez uma coisa nova e instigante: meteu na antologia autores e textos tidos geralmente como textos para adultos, seja de Drummond, Vinicius, Pessoa ou poetas estrangeiros que ela traduziu.

Há, portanto, uma série de preconceitos e mal-entendidos em torno deste tema. Não apenas que é tido como um assunto para mulheres e professoras, mas que seria um gênero menor. E como estou convencido de que não existem gêneros menores, mas pessoas menores diante de certos gêneros, é que nos anos 1970, enquanto diretor do Departamento de Letras e Artes da PUC-Rio, com Eliana Yunes, criamos a primeira cadeira de literatura infantojuvenil na graduação e passamos a aceitar teses de mestrado e doutorado sobre o assunto. Hoje, felizmente, existe um notável grupo de ensaístas e professoras em várias universidades brasileiras desenvolvendo um pensamento crítico sobre a questão.

Cecília Meireles toca em algumas questões básicas. Sobre o que seria uma "receita" para se escrever livros para crianças, diz: "Seria um grande alívio obter-se tão sábia receita. Mas poderia acontecer que o leitor se desinteressasse por esse livro sob medida, trocando-o por outros, tidos por menos recomendáveis." Daí, um aparente paradoxo: "A Literatura Infantil, em lugar de ser a que se escreve para as crianças, seria a que as crianças leem com agrado."

Portanto, a boa, a melhor literatura infantil é aquela que não é uma simples historieta ou um esquete pedagógico. Ela tem que ter uma certa magia, ser instigante, mexer com regiões do inconsciente, agregar alguma perplexidade ao leitor. Cecília Meireles diria: "A literatura não é, como tantos supõem, um passatempo. É uma nutrição." Passatempo são esses livros e filmes que a gente lê e assiste, e quando terminam não deixam nenhum vestígio. Quem os procura, procura neles exatamente o vazio. E o encontra plenamente.

Num sentido diverso deste, referindo-se ao texto que tem algo a nos dar, Lúcia Miguel Pereira refere-se ao nosso "senso poético", à comunicação "instintiva" que é despertada quando diante de textos autenticamente literários. Ela lembra que, na literatura como na arte, "o impossível não existe", que, para o leitor, "o maravilhoso lhe é tão próximo como o cotidiano", por isso ela denunciava um outro tipo de preconceito que existe (ou existia) em relação aos contos de fadas: "Nunca pude entender os pedagogos que combatem as histórias de fadas. Querer expulsar o irreal do mundo infantil é tentar – em vão – empobrecê-lo, amesquinhá-lo;

querer subordiná-lo estritamente à lógica é desconhecer o ímpeto da imaginação ainda não sofreada pela vida." Os melhores contos de fadas lidam com arquétipos intemporais, e são tão fortes que pessoas de culturas diversas reagem emocionadamente diante deles. Mas as necessidades pedagógicas existem. Nem todo professor é suficientemente criativo, a maioria é repetitiva. Por isso, recorrem a certas receitas para facilitar a mediação do aprendizado. Professores deveriam ser submetidos a aulas de criação literária para despertarem e experimentarem dentro de si mesmos a surpresa, a dificuldade e a alegria da criação textual. Assim entenderiam melhor o processo de elaboração poética e lidariam melhor com seus alunos, crianças ou não. Mesmo na universidade, notase que grande parte dos alunos e professores prefere estudar, fazer teses sobre romances por acharem mais fácil, confessando terem dificuldade em lidar com a poesia. Mais uma razão, portanto, para se aprofundar uma certa educação poética, mesmo porque as melhores leituras dos textos de prosa originam-se da compreensão do que seja uma poética do texto.

Temos nos referido aqui à questão de uma certa literatura explicitamente pedagógica. A rigor, ocorre com tal literatura pedagógica o mesmo que ocorre com a literatura "política" e "partidária". Poucos autores que praticam esse tipo de produção são capazes de superar o "aspectual", o circunstancial, ou seja, a bula, e fazer algo mais duradouro. De algum modo, se pode dizer que as consideradas obras de "autoajuda", que ocupam tanto espaço nas listas de bestsellers, têm um parentesco também com aqueles "temas transversais" recomendados pelo Ministério da Educação, pois têm um vezo pedagógico. As obras de "autoajuda" são obras de reforço, uma terapia imaginária.

Alguém pode, muito apropriadamente, dizer que boa ou grande parte da literatura é também uma forma de autoajuda, que o prazer, o consolo, a companhia, a solidariedade que os leitores encontram em Pessoa, Drummond, Shakespeare, Dostoievski, Balzac, Proust e Machado são decisivos para alimentar a vida de muitos. Realmente, a alta literatura é também uma autoajuda. Mas com uma pequena correção, e vocês vão me permitir o incontornável e imprescindível trocadilho. A boa literatura é na verdade uma "alta" ajuda, enquanto os textos conhecidos como de "autoajuda", ainda que ajudem um pouco, por suas limitações, talvez se definam mais como uma "baixa ajuda".

O QUE LIA GARCÍA MÁRQUEZ

Do poeta colombiano Henry Luque Muñoz recebo a recém-lançada autobiografia de García Márquez: *Vivir para contarla* (Norma Editorial, Madri). São quase 600 páginas que se leem com prazerosa curiosidade. São os anos de formação do futuro Nobel, os primeiros livros e primeiros corpos de mulheres que o adolescente abriu e leu gostosamente, sua entrada nos colégios, faculdade, suplementos literários, editoras e seu primeiro encontro com a guerrilha, que se iniciava nos anos 1950.

Seleciono, entre tantos temas, as primeiras leituras de García Márquez. (Lembro-me de ter escrito, há anos, uma crônica também sobre o que lia o adolescente Machado de Assis na nossa Biblioteca Nacional.) Essas primeiras leituras do colombiano, a princípio, são as mesmas de tantos escritores e não escritores. Conquanto nem todo leitor tenha que se converter necessariamente em escritor ativo, a verdade é que não há bom escritor que não tenha sido bom leitor. Por isso, é legítimo indagar a quem se apresenta como candidato a escritor:

– O que é que você tem lido?

Essa questão, na fase de formação, deve preceder à outra:

– O que é que você tem escrito?

Diz García Márquez: "O vício de ler o que me caísse nas mãos ocupava meu tempo livre e quase todo o das classes." E aí valia tudo. Desde *O tesouro da juventude* até *A ilha do tesouro, Monte Cristo, Simbad, o marujo, Robson Crusoé, As mil e uma noites* ou

Dom Quixote, cuja primeira leitura, confessa, "não me causou a comoção prevista pelo professor Casalins. Me entediavam as dissertações sábias do cavaleiro andante e não me causavam a menor graça as burradas do escudeiro, a ponto de achar que não era o mesmo livro de que tanto se falava". Para o leitor, é bom saber disto e ver a confissão de que só mais tarde o "descobri (o *Quixote*) como uma deflagração e o gozei de frente, e de trás pra frente, até recitar de memória episódios inteiros".

É impossível ler essas memórias sem voltar a um tempo em que a leitura e a oralidade estavam na base de nossa formação. Diz o romancista: "Podia recitar poemas completos do repertório popular que eram de uso corrente na Colômbia, e os mais belos do 'século de ouro' e do romantismo espanhol. (...) Minha primeira caneta ganhei-a do padre reitor porque recitei sem tropeços as 57 décimas de *El vértigo,* de Gaspar Nuñez de Arce."

Numa sociedade sem televisão e "mídias" exacerbadoras da visualidade, o texto literário exercia uma sedução irresistível. Um episódio ocorrido no colégio em que o adolescente Gabo estudava parece repetir aquelas cenas do filme *Sociedade dos poetas mortos,* quando através dos textos literários os garotos experimentavam as perplexidades diante da vida. Diz ele: "O melhor do Liceu eram as leituras em voz alta antes de dormir. Haviam começado por iniciativa do professor Carlos Julio Calderón com um conto de Mark Twain, que os da quinta série deveriam estudar para um exame de emergência na primeira hora do dia seguinte. Leu quatro páginas no seu cubículo para que tomassem nota os que não o tinham lido. Foi tão grande o interesse que a partir daí se impôs o costume de ler em voz alta todas as noites antes de dormir. (...) Começaram com meia hora. (...) Mais tarde prolongaram por uma hora (...) com *Nostradamus* e *O homem da máscara de ferro.* (...) O que até hoje não consigo explicar é o êxito estrondoso de *A montanha mágica,* de Thomas Mann, que exigiu a intervenção do reitor para impedir que passássemos a noite em vigília esperando um beijo de Hans Castrop e Clawdia Chanchat."

Imaginar garotos sentados no chão do dormitório, alta noite, ouvindo trechos de *A montanha mágica*, parece hoje coisa de outro planeta. E é.

Aos olhos do ávido adolescente, qualquer escritor adulto tinha o que lhe ensinar, como o caso de um certo César Augusto, que lhe emprestava livros e "caminhava pelos quartos e corredores como num outro mundo, e a cada dois ou três minutos passava por mim como um sonâmbulo e logo se sentava à máquina e escrevia um verso, uma palavra, um ponto ou talvez uma vírgula e voltava a caminhar. E eu o observava transtornado pela emoção celeste de estar descobrindo o único e secreto modo de escrever poesia".

E assim vai descobrindo Dostoievski misturado com leitura de De Amicis, Vargas Villa e Freud, até que lhe ocorre um alumbramento. "O livro era *A metamorfose*, de Franz Kafka, em falsa tradução de Borges (...) que definiu um caminho novo para minha vida desde a primeira linha: 'Ao despertar Gregorio Samsa de manhã, depois de um sono intranquilo, encontrou-se em sua cama convertido em um monstruoso inseto.'"

Impactado, durante vários dias, não conseguiu sequer frequentar a universidade, queria "viver naquele paraíso alheio". Acabou escrevendo um conto que *El Espectador* publicou. E, ao ver o jornal com seu texto na banca, deu-se conta de que, jovem escritor pobre, não tinha sequer dinheiro para comprar um exemplar, que finalmente conseguiu de um transeunte.

Parte do livro se passa em Bogotá, "cidade remota e lúgubre onde estava caindo uma chuvinha insone desde os princípios do século XVI". É nessa cidade que irrompe também a violência, no infausto Bogotazo, de 1948, com dezenas de mortos. Quando do assassinato de Gaetan, o destino quis que por ali também estivesse um delegado de 20 anos da Universidade de Havana, chamado Fidel Castro, que Gabo conheceu. Por coincidência, sem que Gabo o soubesse, ali estava também como diplomata um certo

Guimarães Rosa, que assistia aos mesmos fantásticos acontecimentos com seu discreto pasmo mineiro.

O livro para nos anos 1950, quando eclodiu a guerrilha colombiana e quando seu país insanamente mandou quatro mil colombianos para a guerra na Coreia. E assim foi se fazendo o pré-autor de *Cem anos de solidão*. Um autor-em-progresso. Por isso, àquela época, pode-se aplicar um curto diálogo que há no livro:

"– Você é o Gabito, não é?

Eu o respondi, com alma:

– Já quase."

QUANDO A HISTÓRIA DÁ BODE

Um candidato a presidente da República com 94 anos. E cego. É ver para crer. Isto ocorreu há poucos dias na República Dominicana. Esse senhor se chama Joaquim Balaguer. Detalhe: já foi presidente umas seis vezes. Claro que perdeu. Os eleitores, às vezes, enxergam longe.

Quando li essa notícia, achei que estava lendo um romance de García Márquez, puro realismo fantástico latino-americano. No entanto, estava diante de jornais venezuelanos, estava ali no Caribe, pois havia ido fazer uma conferência na Universidade de Caracas. E estar no Caribe dá um colorido especial ao fato, pois neste continente a realidade supera qualquer alucinação. Acresce o fato de que estava eu à caça do último livro de Vargas Llosa, *La fiesta del chivo* (*A festa do bode*), que desenha um painel exatamente da República Dominicana na ditadura de Trujilo.

Vasculhei todas as livrarias e papelarias da cidade, mas o livro estava esgotadíssimo. Minha frustração se resolveu quando Felipe Fortuna, que serve em nossa embaixada em Caracas, vindo agora ao Rio para lançar seu consistente ensaio de semiologia *Visibilidade*, conseguiu-me um exemplar. Como dizia, realidade e ficção por essas bandas sempre se complementaram. Por exemplo: estava eu à cata do livro do ficcionista, mas, ali, em Caracas, estava eu também diante do embaixador Ruy Nogueira, que havia servido na República Dominicana exatamente na época em que eclodiu o conflito, do qual o Brasil participou enviando tropas de intervenção.

O livro de Vargas Llosa, parece-me, faz parte de um antigo projeto seu e de outros romancistas, o de compor um mural da vida sociopolítica do continente através da descrição dos governos de alguns dos nossos mais alucinados ditadores. Em 1967, ele e Carlos Fuentes se encontraram num *pub* londrino e imaginaram um livro que se chamaria *Os pais das pátrias*, que funcionaria como retrato dos extravagantes ditadores de nossos países.

Realmente tipos não faltam. Na Venezuela, um tal Juan Vicente Gomes mandou anunciar sua morte para poder, logo em seguida, punir aqueles que estivessem se regozijando com isto. O paraguaio José Gaspar Rodrigues Francia, depois de nomear-se "ditador perpétuo", proibiu que seu país negociasse com qualquer outro. No Haiti, o rei Cristophe chegou a construir 15 castelos e sete palácios. E assim por diante.

Para o projeto de Fuentes e Llosa foram convocados Augusto Roa Bastos (Paraguai), Júlio Cortázar (Argentina), Miguel Otero Silva (Venezuela), Juan Bosch (República Dominicana), José Donoso (Chile) e outro chileno, Jorge Edward, que deveria escrever sobre um ditador boliviano. Como já disse uma ocasião a respeito disto, não se sabe se era por falta de romancista boliviano ou por excesso de ditadores na Bolívia.

Como os romancistas latino-americanos nos anos 1960 não sabiam que o Brasil pertencia à América Latina ou talvez porque muitos romancistas brasileiros vivem de olho em Nova York e Paris, o fato é que o Brasil não entrou nessa empreitada. Poucos anos depois surgiram, de García Márquez, *O outono do patriarca*, e de Roa Bastos, *Eu, o supremo*.

Tenho a impressão de que Vargas Llosa resolveu continuar por sua conta o projeto, e tanto a *Guerra do fim do mundo* – retomando o tema de *Os Sertões* – quanto este *La fiesta del chivo* dão prova disto. Neste sentido, seria legítimo dizer que Vargas Llosa, nas bordas do século XXI, sem se amedrontar com o cinema e a televisão, retoma o projeto dos romancistas do século XIX, como Balzac ou José de Alencar, fazendo largos painéis romanescos da sociedade.

O título deste livro, *A festa do bode*, encaminha já o caráter da perversão erótica de um ditador que além de prender, torturar e matar divertia-se possuindo as mulheres de seus ministros.

É ilustrativo o episódio ocorrido com aquele que o autor chama de "jovem sábio don Pedro Henriquez Ureña, refinado e genial".

Acontece que nos princípios do governo de Trujilo o ditador que gostava de sussurrar versos de Neruda nos ouvidos das virgens que colhia escolhera Ureña para seu secretário da Cultura. Eis senão quando, um belo dia, chega à porta de sua casa o chefe com seus guarda-costas para fazer uma "visita" à senhora Ureña. Esta, dignamente, mandou dizer ao "*Benefactor*" do país que não recebia visitas quando seu marido não estava.

Voltando à sua casa no entardecer e ouvindo o relato da esposa, don Pedro Henriquez Ureña percebeu a tragédia. Ou passava a andar com os chifres baixos ou se mandava. Fez imediatamente as malas e mandou-se com a família. Diz Vargas Llosa que, escapando da morte, Ureña tornou-se famoso filólogo, historiador e crítico na Argentina, no México e na Espanha.

Há várias histórias simultâneas e confluentes neste romance. E uma delas é sobre o atentado para eliminar aquele que se intitulava de "*Benefactor, el Padre de la Patria Nueva, Generalissimo doctor Rafael Leonidas Trujillo Molina*". Em vários capítulos lá estão os rebeldes à espreita do Chevrolet azul 1957 no qual o ditador deslizava pelas ruas da capital.

Esse Chevrolet me leva a uma confissão. Eu também já estive no carro de um ditador. Chamava-se Somoza. E a cena ocorreu na Colômbia. Era uma sensação estranha estar sentado ali onde o tirano botara suas nádegas. Vocês podem pensar: *O que um pacato cronista, um indivíduo de boa índole, estaria fazendo no carro blindado de um dos mais terríveis ditadores?* Explico-me. O sacripanta não estava comigo, havia morrido há algum tempo. Somoza fora despedaçado num atentado no Paraguai, quando a bazuca de algum patriota explodiu o carro em que desfilava em Assunção ao tempo da ditadura de Stroessner. Se tivesse, aliás, levado a sua fortaleza sobre quatro rodas, talvez tivesse escapado.

Acontece que a dita blindada viatura, por motivos óbvios, foi adquirida pela Mobil Oil com sede na Colômbia. E eis que a Mobil Oil havia me convidado para ser júri de um prêmio literário e era nesse *bunker* que o júri se deslocava daqui para ali.

Como veem, literatura é uma coisa perigosíssima.

O QUE QUEREM OS HOMENS?

Há um livro instrutivo e de fácil leitura, conquanto sejam setecentas páginas, mas tem ilustrações didáticas e apresenta interesse que transcende seu título: *Mãe natureza* (Campus). O subtítulo encaminha a leitura ao prenunciar *uma visão feminina da evolução, maternidade, filhos e seleção natural*. Quem quiser pode divertir-se, espantar-se, ater-se a uma série de informações como essa de que existe uma aranha chamada "matrífaga", ou seja, comedora da própria mãe. É que a aranha-mãe vai armazenando ovos dentro de seu organismo, como se fosse uma despensa viva, até o dia em que, gorda e apática, começa a ser devorada pelos filhotes, que precisam de suas proteínas. Então, essa mãe (como certas fêmeas e mulheres) se deixa devorar pelos filhotes em crescimento como se essa fosse sua natural finalidade.

A autora Sarah Blaffer Hrdy é pesquisadora da Universidade da Califórnia. Interessa-lhe conhecer os mistérios da maternidade, da paternidade e da sexualidade. Ela quis saber, por exemplo, por que determinados macacos mordem até matar as crias de suas fêmeas e por que essas fêmeas não reagem. Para isto, ela estudou o infanticídio não só na China, mas entre os primatas em trinta países. Quis saber também por que certas fêmeas são "promíscuas" como a maioria dos machos. Interessa-lhe redimensionar o conceito de "instinto materno". Assim, ela relaciona as pesquisas com insetos e chimpanzés com sua experiência pessoal, enquanto pesquisadora que tinha que ser mãe e cientista ao mesmo tempo, sem cair no remorso de estar abandonando sua cria. Em seu trabalho, cujas seis principais premissas estão na página 19, ela estuda tanto a "roda dos expostos", que na Europa recolhia milhares de crianças enjeitadas, quanto o fato de somente cinco por cento das crianças, na França de 1780, serem aleitadas pela própria mãe.

Escolho neste livro um aspecto. A questão entre o macho e a fêmea exemplificada não mais entre cavalos-marinhos, gansos e primatas, mas na forte relação entre o evolucionista Herbert Spencer e a escritora George Eliot.

"A função suprema das mulheres, acreditava Spencer, era ter filhos e, com vistas a essa grande finalidade eugênica, as mulheres deviam ser belas para manter a espécie fisicamente estimulada" (pág. 34). Acontece que George Eliot era feia. Feia e apaixonada por Spencer. E Spencer era ainda mais radical; para ele, os "homens produzem" e as "mulheres reproduzem". Acontece que ele era fascinado pela inteligência de George Eliot, cujo nome verdadeiro era Mary Ann Evans. Dizia que Mary/George era "a mais admirável mulher, mentalmente, que até hoje conheci", mas afirmava que nela a inteligência era uma anomalia masculina num corpo feminino.

O fato é que a moça sofreu os diabos por essa paixão e no livro há trechos de cartas que enviou ao cientista machista. Será que Mary/George era tão horrível assim ou a misoginia de Spencer é que radicalizou o quadro? O fato é que ela se casou duas vezes depois desta paixão. Primeiramente com o escritor George Lewes, que, embora casado com outra, a assumia publicamente. A segunda, com o banqueiro John Cross. Então, não devia ser tão desprezível assim. O que Spencer não tolerava nela era a inteligência. E, de fato, enquanto as teorias spencerianas definharam com o tempo, a obra de Eliot foi ganhando perenidade.

Sua obra-prima *Middlemarch* (Record) foi eximiamente traduzida por Leonardo Fróes. Posso retomar a frase inicial dessa crônica e dizer: é um livro instrutivo e de fácil leitura, conquanto sejam 877 páginas. Mas é um belo "romanção", desses que a gente tem saudades de ler, onde analisa a sociedade inglesa pré-vitoriana. No "Prelúdio" dessa obra, como se estivesse dialogando com a cientista de *Mãe natureza*, diz que "aqui e ali um pequeno cisne é dificilmente criado no açude turvo entre filhotes de pato e nunca encontra, na corrente viva, o companheirismo de sua própria espécie palmípede" (página 14). Pois ela encontrou esse companheirismo fecundo primeiro em George Lewes. Tão fecundo que quando ela resolveu assumir desafiadoramente a inteligência que tinha no corpo que tinha, adotou a sugestão de George para usar seu nome como pseudônimo, e foi então que Mary Ann se transformou publicamente em George Eliot.

Sintomaticamente, na literatura francesa, na mesma época ocorreu algo similar. Armandine Dupin, futura George Sand, aquela que foi amante de Musset, Chopin e outros, herdou o pseudônimo do nome de seu amante, Jules Sandeau, que lhe sugeriu a mesma estratégia para enfrentar o universo masculino.

Alguém pode dizer: *Foi preciso um homem para dar-lhes identidade*. Mas alguém pode também dizer: *Tais homens tiveram a sensibilidade para perceber que a apropriação onomástica era uma estratégia necessária na reconstrução de uma nova imagem de mulher*. Era uma senha. Até as célebres irmãs Brontë (Charlote, Emily e Anne) usaram nomes masculinos (Ellis, Currer e Acton).

Penso em George e Jules – amantes de Mary Ann e Armandine –, homens que sabiam o que suas mulheres queriam e o quanto elas podiam. E lamento os seus opostos, como Spencer.

– Afinal, o que querem os homens? – perguntou-me a editora e analista Rita Cáurio, lá no MAM, no final do seminário "A psicanálise e o imaginário brasileiro". Ela estava invertendo a questão autodenunciadora de Freud: "O que querem as mulheres?"

E nessas alturas tenho que voltar uma vez mais à primeira frase desta crônica e dizer: há um livro instrutivo e de fácil leitura, e que tem apenas 269 páginas, intitulado exatamente *O que as mulheres querem?* (Record). A autora é a novelista americana Erica

Jong. Ela nem perde mais tempo evocando a pergunta de Freud; vai em frente estudando coisas da sociedade americana hoje, de Hillary Clinton à princesa Diana, de Lolita à pornografia. É um livro arguto, delicioso.

Com *Mãe natureza* aprendemos o que querem os animais.

Com George Elliot e Erica Jong aprendemos o que querem as mulheres.

Quanto à pergunta "o que querem os homens?", as respostas até agora são muito antigas, nebulosas e insatisfatórias.

JARDIM TAMBÉM É CULTURA

Há alguns dias andando extasiado pelos jardins do castelo de Villandry, no Loire, abro o jornal e vejo entrevista de página inteira do ministro da Cultura da França, Jean-Jacques Aillagon, afirmando: "O jardim é uma arte maior." O contraste com qualquer ministro da Cultura brasileiro é inevitável. Como falar de jardim por aqui se há tantos, tantos violentos e execráveis problemas a resolver? Discursar sobre jardins na base do "para não dizer que não falei de flores"? E se tivéssemos a tradição de uma cultura jardineira, será que poderíamos atravessar os canteiros ou nos assentarmos nos bancos sem temer uma tragédia? Suponho que no dia em que um país consegue ter uma política para as flores e jardins já deva ter extirpado certas pragas sociais.

O ministro, cujo gabinete, no Palais Royal, dá para um dos mais belos jardins de Paris, redesenhado por Le Nôtre e onde Diderot passeava, em sua entrevista lá ia falando de rododendros, hortênsias e clêmatis. Um ministro capaz de (e com tempo para) falar de flores. Claro, ele é da ajardinada região de Lorraine, pontilhada de castelos e que acabo de atravessar para chegar a este fabuloso jardim de Villandry, concluído em 1536 por Jean Le Breton, ministro das Finanças de Francisco I. Mas esta obra monumental teve seus maus momentos até que o espanhol Joachim Carvalho a adquiriu em 1906 e a restaurou passando-a aos descendentes que a preservam. Aí florescem 250 mil plantas e legumes em 52 quilômetros de canteiros desenhados.

Do belvedere descortina-se o primeiro cenário: "o jardim de ornamento". Os jardins dessa época eram literários, filosóficos, simbólicos. O jardineiro pronuncia um discurso através da natureza. Por isso, ali estão quatro grandes canteiros simbolizando o "jardim do amor". Primeiro o "amor terno", desenhado com corações e máscaras que se usavam nos bailes. Ao lado, o "amor apaixonado", com corações partidos, numa espécie de dançante labirinto. Depois, o "amor volúvel", com leques simbolizando a dissimulação, cornos lembrando a traição, tudo em cores amarelas, símbolo do amor enganoso. Ao final, o "amor trágico" com canteiros de flores vermelhas em forma de lâminas de punhais.

O segundo cenário é o "jardim de água", com um lago e uma correnteza. Depois "o jardim dos simples", com trinta ervas aromáticas e medicinais. A seguir, "a horta", onde flores, hortaliças e legumes estão emoldurados em canteiros. Acrescente-se, numa parte elevada, o "labirinto", que os renascentistas e sobretudo os barrocos desenvolveram involucrando aí elípticos significados: o perder-se, o achar-se em meio à natureza, os solitários descaminhos do eu.

No livro *Barroco – do quadrado à elipse*, abri um capítulo sobre jardins tentando ver as relações semióticas entre os jardins daquela época, a música, a culinária, o urbanismo, a literatura, o teatro, a guerra etc. É que jardim também é cultura. E a cultura brasileira bem pode ser lida através da tensão entre a selva e o jardim. É uma maneira de enriquecer a oposição dialética entre natureza e cultura, barbárie e civilização.

Como é a nossa relação com a floresta? Envergonhada, parricida, querendo por isso devastar de vez a Amazônia? Por que, em certas regiões do país, mesmo pessoas sofisticadas não foram educadas a comer legumes, senão carnes? O que se pode entender desse país se fizermos a história dos jardins brasileiros, cujo primeiro exemplo falido está no fabuloso Maurício de Nassau?

Os modernistas mencionaram o conflito selva/cidade, mas não souberam aprofundar tal análise.

Sintomaticamente, nossas culturas começam falando do Jardim do Éden. E os jardins suspensos de Nabucodonosor foram uma das sete maravilhas do mundo. A Pasárgada persa era uma sucessão de jardins. Nos jardins da Arcádia andavam os pensadores e poetas gregos. O imperador romano Adriano criou o deslumbrante jardim de Tívoli. Quem não se extasia diante da Villa d'Este, em Roma? Os árabes deixaram em Granada a fabulosa Alhambra. A Idade Média criou o jardim religioso, secreto, recolhido – *hortus conclusus* e o *hortus deliciarum* –, laico e prazeroso. Enfim, jardins renascentistas, barrocos, românticos ou então italianos, ingleses, alemães, franceses, todos e cada um a seu jeito, são uma representação simbólica de uma cultura, de uma época.

Assim como o traçado urbano de uma cidade dá o primeiro recado sobre sua população, o jardim fala de nossa relação com o duplo natureza/cultura.

Um país que não consegue ter as sempre reinauguradas fontes luminosas funcionando, como trata seus jardins? *Ora*, direis, *estamos em pleno clima da "fome zero" e esse senhor vem nos falar de jardins?* Em verdade, em verdade vos digo, se não aprendermos a cuidar dos jardins, nunca aprenderemos a cuidar da horta. A frente e os fundos da casa se complementam.

Já que estou por uns dias no Loire, passo agora diante do castelo de Chaumont – aquele onde Catarina de Médicis exilou Diana de Poitier, a preferida de Henrique II. E insolitamente descubro nos meus papéis que, em 1992, aqui realizou-se o Festival Internacional de Jardins. Minha alma, então, começa a florescer mais perfumadamente. É possível um festival de flores, esvoaçantes cores e despetalados aromas.

Já que existe um "estilo de época" dos jardins, era inevitável que a modernidade aí também aflorasse. Ervas fluorescentes, nenúfares metálicos, enfim, uma série de intervenções conceituais nesse espaço natural. E recentemente surgiu uma nova tendência no mundo dos jardins. A tentativa de acabar com a diferença entre vegetais nobres e plebeus, entre pragas e flores. Trata-se do "jardim em movimento" de Gilles Clément, que no livro *Eloge des vagabondes* (Nil, 2002) elogia a mestiçagem vegetal. Ideologicamente corresponde a uma aceitação da espécie estranha/estrangeira em nosso jardim, tema muito europeu e francês.

No Brasil, a mestiçagem já é um fato. Falta agora descobrir socialmente o jardim.

O FILÓSOFO E AS PRINCESAS

Era uma vez um filósofo que conversava com princesas. Exatamente. Chamava-se Gottfried Wilhelm von Leibniz (1646-1716). Era uma vez algumas princesas que conversavam com um filósofo. As mais importantes e mais constantes interlocutoras de Leibniz eram Sofia, que foi duquesa e princesa em Hanôver e que teve a oportunidade de chegar a ser rainha regente da Inglaterra. Mas houve também Sofia Carolina, que chegou a ser rainha da Prússia, e Carolina, que foi rainha da Inglaterra.

Portanto, era uma vez uma época em que princesas e rainhas sustentavam sábias conversas com filósofos. E não foram só aquelas, que sintomaticamente tinham "Sofia" no nome, mas outras, como Elizabeth, aliás irmã de Sofia, mas que preferia trocar cartas com Descartes. Eis uma tradição a que pertencia também Catarina II, da Rússia, que recebia Voltaire e outros.

Sempre tive uma certa simpatia por Leibniz, reforçada quando do li *A dobra – Leibniz e o barroco*, de Gilles Deleuze. Um homem que foi capaz de escrever aos 20 anos uma "dissertação sobre arte combinatória" e que, sendo o inventor do cálculo infinitesimal, conseguia ver o mundo como algo mais que simples matemática e geometria. Muito mais sutil que Descartes, ele lia nas "dobras" a complexidade das coisas. Mas essa simpatia voltou a aflorar quando vi no fundo de uma livraria, há pouco tempo, em Santiago do Chile, um livro com esse título: *Filosofia para princesas*, com prólogo de Javier Echeverría.

Então, é isso, houve um tempo em que as princesas interessavam-se pela filosofia e no qual os filósofos dedicavam parte de seu dia a conversar com elas sobre questões transcendentais. E não era jogar conversa fora. Ao contrário. As princesas, algumas futuras rainhas, estavam se aprimorando para se tornarem patronas, uma espécie de superministras da cultura do reino. E aqui surge um dado significativo na afirmação das mulheres dentro do espaço do poder masculino. Como assinala Echeverría, as tarefas de um reinado estavam muito bem divididas. Desde o tempo de Maquiavel, o príncipe se ocupava, sobretudo, da política e das guerras. "As cortes dos Estados europeus estavam a cargo da rainha, mais do que do rei. A educação das princesas se orientava, por isso, para prepará-las para que soubessem prestigiar a corte que cedo ou tarde teriam a seu cargo, seja num país ou noutro. As artes, as ciências, a cultura, os espetáculos e as festas dependiam delas, ainda que a última palavra dependesse do príncipe."

Assim, enquanto o rei se rodeava de militares, de gente da política e conselheiros econômicos, as princesas cercavam-se de artistas e cientistas que compunham aquilo que Leibniz chamava de "República das Artes e das Ciências". Daí a importância dessas jovens cultas, porque "as bibliotecas, os museus, os observatórios, as invenções técnicas e também as obras de filosofia, como as belas-artes, deviam ser potencializadas por elas em primeiro lugar".

Leibniz tinha consciência do papel dessas princesas e futuras rainhas, como se elas é que fossem encarregadas daquilo que hoje chamamos de Ministério da Cultura, Educação e Ciências e Desenvolvimento Tecnológico. E as muitas academias e sociedades científicas que surgiam aqui e acolá na passagem do barroco ao iluminismo, entre os séculos XVII e XVIII, tiveram o apoio ostensivo das princesas. Mesmo porque algumas mulheres, como Luiza de Hohenzollern, pediram conselho a Leibniz para fundar a Academia de Mulheres de Qualidade (1704), e Maria de Brinon – com quem Leibniz discutia sobre a unificação das Igrejas – foi a primeira diretora da Academia de Saint-Cyr. De resto, não eram só as princesas, também outras damas da corte estavam empenhadas nessa atividade filosófica, como Enriqueta Carlota von Pollniz e Maria Carlota von Klenck. Já a condessa Anne Conway escreveu, em latim, a língua dos filósofos da época, *Principia Philosophiae Antiquissimae et Recentissimae de Deo, Christo et Creatura* (1690), livro que Leibniz achou mais interessante que as ponderações do filósofo Locke sobre o mesmo tema.

Quando a princesa Carolina conheceu Leibniz, tinha ela apenas 17 anos. Mas a amizade e admiração entre ambos fizeram com que Leibniz não só lhe dedicasse seu livro, *Teodicea*, e para ela escrevesse *Novos ensaios*, mas era através dela que enviava mensagens na polêmica que teve com Newton – o físico que dominou todo esse período.

Assim, numa carta com uma princesa ele discute sobre o surgimento de uma profetiza. Noutra, discute sobre os equívocos de Descartes. Noutra, sobre a imortalidade da alma, afirmando ousadamente que todos os animais tinham alma duradoura, ainda que fazendo a ressalva que só os humanos são superiores, porque têm a inteligência de Deus.

Nisto devo dizer às princesas que me leem que divirjo de Leibniz. Em matéria de alma, é o seguinte: ou tudo e todos têm alma, incluindo cães, bactérias, Bush e Bin Laden, ou, então, ninguém a tem. E para dizer isto estou usando contra Leibniz seus próprios argumentos, porque ele sustenta que os animais agem sempre da mesma forma, e só o homem aprende alguma coisa através da razão. Será? Vejam o Vietnã, vejam o Iraque, vejam aquilo que a historiadora Barbara Tuchmann chamava de "marcha da insensatez" da estupidez humana, que se repete da Guerra de Troia aos nossos dias.

Embora estivesse educando princesas aqui e ali, na verdade Leibniz havia sido contratado para escrever a história da Casa de Hanôver. Um trabalho que ocupava grande parte de seu tempo. E como o que lhe interessava era mesmo a filosofia, e aquela obra tardava em ficar pronta, ele foi acusado de ser um "preguiçoso". Santa preguiça!

O MENOR CONTO DO MUNDO

Certa vez estava numa livraria em Madri quando alguém ao meu lado perguntou em voz alta ao proprietário: "– Como é mesmo o nome do autor do menor conto do mundo?" O proprietário não apenas disse Augusto Monterroso, mas falou prontamente o conto: "– *Quando acordou, o dinossauro ainda estava lá.*"
Pois esse Augusto Monterroso, guatemalteco que vivia no México, faleceu em fevereiro passado. Escreveu vários livros, mas ficou mesmo conhecido pela frase daquele conto. Considerado um autor *cult*, os demais escritores latino-americanos se referiam a ele amavelmente e sempre recaía-se no lugar-comum: o de ser ele o autor do menor conto do mundo.

Quando era adolescente, na minha igreja, fazia-se concurso de versículos bíblicos e uma das curiosidades era responder qual o menor versículo. Segundo alguns, era a frase "E o segundo", lá no Velho Testamento; segundo outros, era "Jesus chorou" (João 11:35). Isto demonstrava profundo conhecimento bíblico.

Monterroso fazia parte da estirpe de autores epigramáticos. Uma gente sintética, irônica, que consegue, com o mínimo, o máximo de rendimento interpretativo de seus textos. Aqui e ali em relação a esse seu conto despontam interpretações: o que teria acontecido antes dessa frase fantástica e quase aterradora? Quem teria sonhado com o dinossauro? E assim por diante, esse conto dá margem a especulações de toda ordem, e é bom para ser usado em cursos de criação literária do tipo: escreva um conto (o conto que o autor não quis escrever) a partir dessa frase. O desafio, então, seria completar ou ir além (ou aquém?) do que o autor insinuou. Imagino que já tenham até escrito teses sobre essa frase. Não é condenável. É outra forma de conhecimento. É o *action writing*. Dê-me uma alavanca e um ponto de apoio e moverei o universo. Ainda que seja apenas o meu universo interior.

No Brasil, Dalton Trevisan, que vive reescrevendo e encolhendo seus contos, já disse que seu ideal era chegar ao haicai, ou seja, como os poetas japoneses, dizer tudo em três linhas sintéticas, alusivas, poéticas.

Machado de Assis, fazendo falar o silêncio, brinca com a forma narrativa em *Memórias póstumas de Brás Cubas* (Nova Aguilar) no capítulo 55. Aí Brás Cubas e Virgília conversam, mas não há palavras, só reticências e uma ou outra exclamação e interrogação. Como o título do capítulo é "O velho diálogo de Adão e Eva", o leitor pode imaginar o que bem quiser. Ler, neste caso, mais que nunca é ler para dentro, é ler a própria imaginação. E ironicamente se poderia dizer que esse é o diálogo mais intimista da literatura.

Indo nessa linha, não seria de estranhar se alguém publicasse um livro de contos só com os títulos, deixando a cargo do leitor todo o resto. Algo parecido ocorreu entre nós na última ditadura. Maria Socorro Trindade publicou um livro intitulado *Eu não tenho palavras*, que só tinha páginas em branco. Era uma forma de reagir, pelo silêncio que fala, à censura. Mas de radicalização em radicalização, quando as vanguardas ainda espantavam o público, o austríaco Franz Erhard Walther, já em 1939, publicou um livro todo em branco.

Autores escrevem, escrevem, escrevem e, às vezes, acabam sendo conhecidos por umas linhas, frases ou um ou outro poema solto. Há o caso do "Soneto de Arvers", conhecido com esse nome porque foi o que ficou e tornou famoso seu autor, Félix Arvers. E Drummond, durante muito tempo, foi o homem da "pedra no meio do caminho".

Com efeito, o fenômeno Monterroso nos conduz também a duas questões relevantes, sobretudo na modernidade: o valor da assinatura e o ato da interpretação. Evidentemente que a frase daquele conto minimalista tem um poder de sugestão e alicia a imaginação. Mas tornou-se obra emblemática porque elaborada por alguém já famoso. Às vezes, a assinatura numa obra, mais que a obra em si, é que lhe dá sentido. Nas artes plásticas, então, isto é abusivamente corriqueiro. E as interpretações exacerbadas, a alucinada busca de sentido podem estar tanto em catálogos comuns de exposição quanto em textos sofisticados de filósofos. Tome-se como exemplo a polêmica que envolveu interpretações que Heidegger, Derrida e Schapiro fizeram do quadro *Sapatos* (1886), de Van Gogh. Derrida, então, delira inteiramente contestando se os sapatos eram mesmo de camponeses ou se constituíam mesmo um par.

Num texto chamado "A brevidade", Monterroso, apesar de aceitar que "o bom, se breve, duas vezes bom", diz paradoxal e ironicamente que "é certo que aquilo que o escritor de brevidades mais anela neste mundo é escrever interminavelmente grandes textos, grandes textos em que imaginação não tenha que trabalhar, em que os fatos, as coisas, animais e homens se cruzem, se busquem ou se fundam, vivam ou convivam, se amem ou derramem livremente seu sangue sem sujeição ao ponto e vírgula, ao ponto. E este ponto que neste instante me foi imposto por algo mais forte que eu, que respeito e que odeio".

E confirmando essa saída irônica para seus (e nossos) próprios paradoxos, noutro texto, "Como aproximar-se das fábulas", o autor da fábula mínima sobre o dinossauro adverte que devemos nos aproximar das fábulas "com precaução, como a qualquer coisa pequena. Mas sem medo. Finalmente se descobrirá que nenhuma fábula é daninha, exceto quando se chega a ver nela algum ensinamento. Isto é mal". Por isso, termina esse curto texto também dizendo que "assim, o melhor é aproximar-se das fábulas querendo rir".

Deste modo, o autor, com branda crueldade, mostra seu distanciamento tanto em relação à louvada e inarredável brevidade quanto às fabulosas interpretações das fábulas.

JOSÉ VERÍSSIMO – O PROFETA

De repente você topa com essa frase escrita há 100 anos: "Eu creio que tempo virá em que se realize na Terra um tal estado de coisas que seja possível falar dos Estados Unidos estendendo-se de um polo a polo." Repito, a frase tem 100 anos mesmo. E é de um americano, John Fiske, no livro *American Political Ideas Viewed From the Standpoint of Universal History* (Harper & Bros, Nova York, 1885). É espantosa, arrogante e profética. Tão profética quanto o comentário que José Veríssimo o crítico e historiador de nossa literatura, fez a respeito do tal "tempo" predito por Fiske. Acrescentou Veríssimo no ensaio intitulado "O perigo americano": "Eu, por mim, piamente acredito que esses tempos não estão muito longe. Tudo na política americana os anuncia." E ele disse isto em 1906. E a partir daí vai apontando como os ideais dos "pais da República" americana foram traídos por sucessivas guerras de conquista que passaram pelas Filipinas, Porto Rico, Cuba e México. E, como se hoje estivesse mencionando aos múltiplos ramos da CIA, diz que, já naquela época, os americanos haviam introduzido "sob e sub-repticiamente no seu regime político entidades novas que eles mesmos nem sabem como qualificar e incorporar". E já pessimista, adicionava: "Primeiro porão o resto do continente sob a preponderância da sua força moral de ainda por muitos anos a única real grande potência mundial da América, depois sob a sua imediata dependência econômica, e finalmente sob a sua plena hegemonia política. Desta, se transformar, ao menos para alguns países, em suserania de fato e até de direito não vai que um passo."

Bush, portanto, não nasceu hoje. Vem de longe. Mas as profecias de Veríssimo, registradas nesse oportuníssimo *Homens e coisas estrangeiras 1899-1908*, que a Topbooks editou, não param aí. E seguem em outros campos do conhecimento. Qualquer estudante de ciências humanas e sociais em nossos dias ouve um professor alardear que "a metafísica morreu". Pois José Veríssimo, há 100 anos, narrava o que ocorria quando ele era jovem: "Os rapazes do meu tempo ouviram anunciar, com insolência das convicções mais de sentimento que de razão, a morte da metafísica. Foi então muito celebrado um deles, que, com a petulância da idade e do meio saber, da sua banca de examinando afirmara seguro aos lentes pasmados que a metafísica morreu!"

"Na véspera", continua Veríssimo, "havia aparecido aqui a filosofia de Comte. E nos moços, que dela haviam ouvido falar, não faltaram apodos ao velho professor carrança que, com benigna e superior ironia, perguntara, entre risonho e escarninho, ao jovem futuro doutor: 'Quem foi que a matou? Foi o senhor?'"

Eis um livro agradável de se ler, o que é raro em livros de ensaios, pois alguns ensaístas anunciam logo sua superioridade sobre o leitor e metem-se a exibir acrobacias mentais de pouca serventia na comunicação. Mas entre as coisas relevantes neste livro está um verdadeiro passeio por valores do século XIX. Nossa geração, aliás, foi educada para adorar o século XX e detestar o século anterior. Era a ideologia da ruptura. Só o novo contava. E esse livro nos serve alguns pratos que tinham saído do cardápio. E recuperamos, de repente, um certo sabor que a cultura já teve.

Não apenas por reencontrar Zola, Chateaubriand, Dumas, Victor Hugo, Eça de Queirós ou rever Cervantes e Petrônio, mas por redescobrir uma maneira pedagógica de ler e comentar a cultura e reencontrar, pela visão de Veríssimo, no século XIX, alguns pensadores utópicos, em contraposição à nossa época em que a utopia foi negada pela pós-modernidade.

Entre tantos, Tolstoi, Ruskin e Kropotkin fascinam Veríssimo e terminam por fascinar o leitor. Eles faziam parte de uma geração de intelectuais de origem nobre e rica, que jogaram tudo para o alto e foram compartir a vida e a riqueza com menos favorecidos. Foi o século XIX, a esse respeito, um século revolucionário, conforme lista do próprio Veríssimo: Saint-Simon, Comte, Fourier, Spencer, Marx, Le Play, Bakunin, Lasalle, Tolstoi, Nietzsche e Ruskin são alguns deles.

Tolstoi, por exemplo, "de grão-senhor russo fez-se mujique; de grande proprietário territorial fez-se proletário; de fino fidalgo e cortesão fez-se povo; de artista delicado fez-se grosseiro artesão, e rompendo com as concepções do seu meio, com os costumes da sociedade, com os preconceitos da sua casta, com as ideias, os princípios, a prática da sua educação, pôs-se, por assim dizer, fora do seu povo, da sua nação e das suas leis e hábitos, como um bandido – um *outlaw* de nova espécie, que saísse da sociedade, do Estado, da Igreja oficial para se consagrar, com a abnegação de um santo e a coragem de um herói, ao bem do homem e da humanidade e dar às suas palavras a sanção dos seus atos".

Aprofundando seus sentimentos humanistas, Tolstoi pôs-se a traduzir do grego os Evangelhos, e como ação prática doou a renda das traduções de *Ressurreição* para que a comunidade dos *dukhobors*, seita cristã que praticava a pureza primitiva cristã, fosse viver em Chipre e no Canadá.

Igual fascínio tem Veríssimo por John Ruskin, que aplicou toda sua fortuna para disseminar o gosto estético e o aprendizado da arte. "A arte", dizia Ruskin, "não é um divertimento, uma simples distração, a ministra de sensibilidades mórbidas." Autor de mais de quarenta livros de arte, começou aos 24, em 1843, com *Modern Painting*. Riquíssimo, funda museus e escolas destinadas a operários, dá aulas à noite para os pobres, aplicando os cinco milhões de libras "em favor da paz, do amor e da beleza".

Kropotkin, outro príncipe russo, larga tudo para se dedicar à educação popular. Peculiar e fascinante clima de mudança social na Rússia em que jovens das grandes cidades, sem propor revolução, apenas movidos por um ideal, foram para aldeias como médicos, ferreiros, cortadores de mato e "raparigas criadas nas mais aristocráticas famílias corriam sem vintém para São Petersburgo, Moscou e Kiev sequiosas de aprender uma profissão que as libertasse do jugo doméstico".

Este livro é, como lhes disse, uma inusitada viagem a uma humanidade que talvez não mais exista.

REENCONTRANDO LÚCIA

Quando, em 22 de novembro de 1959, um monomotor da FAB, sobrevoando o Galeão, chocou-se com o avião que, vindo de São Paulo, transportava Lúcia e Octávio, a cultura brasileira sofreu uma dupla perda. Interrompia-se a trajetória do historiador Octávio Tarquínio de Sousa e da historiadora, crítica, romancista e tradutora Lúcia Miguel Pereira.

Há muito, Lúcia havia deixado um texto com a seguinte instrução: "Nenhum inédito meu será publicado após a minha morte, senão por Octávio Tarquínio de Sousa, que disporá de todos os meus manuscritos. Na sua falta, deverão meus herdeiros queimar todos os papéis, assim literários como íntimos, que encontrarem." A instrução foi obedecida à risca por seus familiares.

Penso em Lúcia agora que, em 12 de dezembro, estaremos celebrando 100 anos de seu nascimento. Num ano cheio de centenários – Murilo Mendes, Cecília Meireles, Henriqueta Lisboa, Abgar Renault etc. – é hora de se redescobrir, em Lúcia, outra fatia da cultura brasileira. E hoje, quando se fazem com sucesso biografias de pessoas ainda vivas, é tempo de alguém restaurar os passos daquela que é a figura solitária de grande ensaísta feminina da primeira metade do nosso século XX. Talvez não se encontrassem aí passagens biográficas espetaculares. Como assinalou Bernardo Mendonça, essa moça de formação católica, nascida em Barbacena, Minas, teve nos anos 1930 a coragem de unir-se a Octávio, um homem desquitado. Não foi funcionária pública, como tantos intelectuais da época, nem vinculou-se à universidade. A cidade de Miguel Pereira tem, aliás, esse nome em homenagem ao seu pai, que trabalhou com Oswaldo Cruz. Entre aquela localidade, que se chamava Estação Estiva, e o Rio, passou sua infância e adolescência.

Não conheci Lúcia. No entanto, li alguns de seus livros. E porque ler é uma forma de fazer amizades, estou olhando os retratos dessa mulher, e imaginando-a. Um rosto moreno, bonito, sereno, muito semelhante ao seu estilo sincero e ao jeito transparente de escrever. Geralmente aparece ao lado do marido, no apartamento em Laranjeiras, ou, então, de chapéu (como era *de rigueur* na época), andando em Paris e na praça do Vaticano. Os retratos estão nos dois volumes – *A leitora e seus personagens* e *Escritos da maturidade* – que Luciana Viégas publicou pela Graphia Editorial, reunindo crônicas, artigos e ensaios disseminados em revistas e jornais entre 1944 e 1959.

Experiência interessante esta, em nossos dias, de ler ensaios onde o autor não pretende ser mais "inteligente" que seu tema ou seu autor. Ou seja, a inteligência consiste não em fazer maquinações eruditas, mas em disponibilizar, desdobrar o texto alheio e o pensamento próprio num aliciante diálogo com o leitor. Esses textos são do tempo em que alguém que apenas gostasse de literatura, aquele leitor ideal, o leitor puro, podia ler artigos em suplementos literários e entendê-los prazerosamente. Eu diria até que ela se aproximava disto que tento fixar neste meu espaço – a crônica literária, o texto que sendo necessariamente culto não agrida o leitor.

Algumas alunas minhas fizeram teses sobre Lúcia Miguel Pereira. Lembro-me de Márcia Cavendish Wanderley abordando nela a *Crítica literária e pensamento católico no Brasil* (PUC-Rio, 1987) e Maria Helena Werneck, que ao estudar as biografias sobre Machado de Assis (*O homem encadernado* – UERJ, 1966) deteve-se necessariamente na nunca assaz louvada biografia que Lúcia escreveu sobre Machado em 1936. É um livro com argutas e corajosas observações que mostram que sua admiração por Machado não a cegou para certas evidências pouco simpáticas da biografia do autor de *Dom Casmurro*.

Além de uma *História da literatura brasileira – 1870-1920*, deixou três romances, que mereceriam uma reanálise: *Em surdina* (1933), *Amanhecer* (1938) e *Cabra-cega* (1934). E tendo escrito quatro livros de literatura infantil – *A fada-menina* (1944), *A floresta mágica* (1943), *Maria e suas bonecas* (1943) e *A filha do rio verde* (1943) –, registrou algumas considerações que deveriam ser retomadas hoje, quando a partir de uma política do Ministério da Educação que instituiu que certos "temas transversais" (ecologia, cidadania etc.) devem constar das obras indicadas, generalizou-se um mal-entendido entre o que é texto feito para vender para o governo e ser impingido aos alunos e a verdadeira literatura. Em 1944, Lúcia publica no *Correio da Manhã* o ensaio "Literatura infantil". Ataca o "moralismo" e o "simplismo das chamadas lcituras edificantes", assinalando que "o erro de muitos livros infantis é serem infantis demais", quando na verdade as crianças adoram *Robinson Crusoé*, *Gulliver*, *Dom Quixote*, que não foram escritos para elas. Enfim, defendendo a riqueza do imaginário infantil, diz: "Por isso, nunca pude entender os pedagogos que combatem as histórias de fadas. Querer expulsar o irreal do mundo infantil é tentar – em vão – reduzir-lhe as dimensões, abafar-lhe as ressonâncias, empobrecê-lo, amesquinhá-lo."

Que o discreto centenário de Lúcia nos sirva para sua redescoberta e para o reencontro com o prazer de ler crítica literária.

ROSA *VERSUS* MACHADO

Machado é um monumento literário, certo? Guimarães Rosa é um monumento literário, certo? Mas, às vezes, os monumentos literários não combinam, batem de frente. Acabo de ler umas anotações do diário (até esta data ainda inédito) de Rosa, onde ele se mostra até irritado com Machado. Numa reportagem no *Estado de Minas*, o romancista Carlos Herculano Lopes revela trechos desse diário escrito quando Rosa era cônsul-adjunto em Hamburgo (1938-42), e que se encontra no acervo de escritores mineiros da Universidade Federal de Minas Gerais. Naquela época (1939), Guimarães Rosa tinha 31 anos. Só começaria a deslumbrar seus leitores e críticos a partir de 1946 com *Sagarana* e, sobretudo, em 1956 com uma dose dupla: *Grande sertão: veredas* e *Corpo de baile*. O texto do diário compõe-se de quatro notas, "notas, de memória, após apressada leitura de *Brás Cubas*, de Machado de Assis". Dessas, a quarta é a mais *braba*.

"1 – M. de A. gosta, usa e abusa da construção ternária: silogística ou hegeliana, premissa maior, premissa menor, conclusão; ou tese-antítese, síntese. A cada passo a gente esbarra com vestígios desse vezo, quando não com a armação completa, a qual pode ser decomposta de várias maneiras: um pulinho à direita, outro para a esquerda, outro para frente... quando não para trás. Etc.

2 – Adquiri certeza quase absoluta de que ele, antes mesmo de compor seus livros, ia anotando: pensamentos, frases etc. em livro ou em cadernos especiais, espécie de surrão ou alforje, de onde sacava, aos punhados, ou pinçava, um a um, os elementos de reserva que houvessem resistido ao tempo conservando-se bem. (Processo, aliás, muito louvável. Tanto quanto o hábito de compulsar dicionários – visível em M. de A.)

3 – De verdadeiramente interessante é no livro: a) o capítulo 'É minha', onde o autor descobre a 'lei da equivalência das janelas'; b) o capítulo 'O momento oportuno', onde descreve: 'Não há amor possível sem a oportunidade' (opportunidade) dos sujeitos; a filosofia (philosofia) 'humanitática' de Quincas Borba.

4 – Não pretendo ler mais Machado de Assis, a não ser nos seus afamados contos. Talvez também o começo de *Dom Casmurro*, do qual já li crítica que me despertou curiosidade. Não pretendo mais lê-lo, por vários motivos: acho-o antipático de estilo, cheio de atitudes para 'embasbacar o indígena'; lança mão de artifícios baratos, querendo forçar a nota da originalidade; anda sempre no mesmo trote pernóstico, o que torna tediosa a leitura. Há trechos bons, mas mesmo assim inferiores aos dos autores ingleses que lhe serviram de modelo. Quanto às ideias, nada mais do que uma desoladora dissecação do egoísmo, e, o que é pior, da mais desprezível forma do egoísmo: o egoísmo dos introvertidos inteligentes. Bem, basta: chega de Machado de Assis."

Leio isto e logo penso: como seria enriquecedor se tivéssemos acesso àquilo que os artistas realmente pensam sobre certas obras e autores, longe do minueto das academias e das alianças de autopromoção.

A primeira observação sobre o uso de afirmações, negações e conciliações (teses, antíteses e sínteses) é formalmente pertinente e existem ensaios posteriores demonstrando como, em Machado, a dualidade entre o elemento A x B é seguida pela alternância (A ou B) e pela integração (A e B).

Quanto à observação de que Machado tinha um "surrão ou alforje", onde ia jogando frases e anotações que usava posteriormente, é relevante mostrar que este foi também o método usado por Rosa, conforme as fichas que deixou, onde anotações já feitas sobre flora e fauna eram posteriormente encaixadas na narrativa em construção. Este é um recurso comum nos escritores. Vão jogando em pastas anotações aleatórias ou sistemáticas que, de repente, recobram vida. Ignácio de Loyola, por exemplo, confessou que este foi o processo que usou para a narrativa fragmentada de seu conhecido *Zero*.

Teria Rosa lido Machado só aos 31 anos? Teria modificado seu juízo posteriormente? Sempre se diz que Machado está entre aqueles autores que a gente capta realmente só a partir de certa idade. E por outro lado, apesar da indicação de que aquela era uma "apressada" leitura, sabe-se quão arguto era Rosa, que tinha sólido conhecimento literário em várias línguas.

Nesse seu julgamento, no entanto, há uma coisa que precisa ser reabilitada: o leitor se perguntar pelo prazer, desprazer e sensações que um texto lhe provoca. O efeito de um remédio se sente ao tomá-lo e não ao ler a bula. E há muitos consumidores de arte que engolem o papel da bula em vez de experimentarem o conteúdo do que lhes é oferecido.

A cultura que, por um lado, aprimora tende a sufocar a sensibilidade pessoal quando supervaloriza tanto o cânone quanto o seu oposto – o bestseller. As pessoas morrem de medo de dar sua opinião sincera sobre autores e obras. Claro, certas obras e temas exigem estudo e as opiniões não se equivalem pelo simples fato de serem sinceras. Mas é um bom exercício esse de proceder à leitura de obras com honesta sensibilidade. Corre-se risco, é verdade. Mas como dizia o Rosa: viver é muito perigoso. Tão perigoso quanto escrever.

JULES VERNE E SEU EDITOR

O centenário da morte de Jules Verne (1828-1905) possibilita o reencontro com um escritor mítico da modernidade. Autor de cerca de 60 romances e 40 peças de teatro e novelas, considerado pai da ficção científica de um Isaac Asimov, foi admirado e citado por Rimbaud, Proust, Blaise Cendrars, Jean Cocteau e outros. Embora originalmente fosse autor teatral, virou bestseller, tendo vendido cerca de nove milhões de exemplares só de livros de bolso, e está na história das origens do cinema, pois o filme de Georges Méliès *Viagem à Lua* (1902) é uma apropriação da narrativa de Verne. E de lá para cá dezenas de obras cinematográficas surgiram baseadas em *20 mil léguas submarinas*, *A volta ao mundo em 80 dias*, *Michel Strogoff*, havendo quem diga que não se pode pensar nos filmes de Spielberg sem Jules Verne.

As editoras francesas estão produzindo um verdadeiro festival Jules Verne, mesmo porque ele é uma usina geradora de fantasias e muito dinheiro. São dezenas de livros dele e sobre ele. Aí destacam-se: o *Dictionnaire Jules Verne – Mémoire, personnages, lieux, oeuvres* (*Dicionário Jules Verne – memória, personagens, cenários, obras*), de François Angelier (Pygmalion), *Jules Verne et les sciences – cem ans après* (*Jules Verne e a ciência – cem anos depois*), Michel Clamen (Belin), e até mesmo as *Correspondances inédites de Jules Verne et de Pierre Jules Hetzel* (*Correspondência inédita de Jules Verne e Pierre Jules Hetzel* (Slatkine).

Entre tantos temas, a relação de Verne com o editor Hetzel é das mais interessantes para se ir entendendo o que tenho chamado aqui de "negócio literário". Esse tema, aliás, é sempre fascinante. O livro *O autor e seu editor*, de Siegfried Unseld (Guanabara), trata das complexas relações entre Herman Hesse, Brechet, Rilke, Robert Walser e seus respectivos editores. É um livro para quem se interessa pelo tema.

Um dos biógrafos de Verne, Jean-Paul Dekiss, assinala que Verne, aos 22 anos, encenou sua primeira peça, mas foram a leitura de Edgar Allan Poe (*O relato de Arthur Gordon Pym*) e a amizade com o fotógrafo Nadar, que gostava de viajar de balões, que endereçaram a imaginação de Verne para a ficção científica. Com 34 anos, em 1862, ele leva ao editor Hetzel *Cinco semanas num balão*. O editor captou logo a novidade da história. E assim nasce uma parceria simbiótica das mais produtivas. Hetzel tinha tido experiência também como autor, mas não abria mão do seu faro comercial. Teve coragem, por exemplo, de recusar o segundo livro que Verne lhe levou, dizendo-lhe francamente que o achava muito ruim.

Capaz de recusar um original, Hetzel era também ousado o suficiente para sugerir e até impor mudanças nos textos de seu autor. De algum modo, estava já atuando como o que os americanos chamam de *editor* – aquele que sugere cortes, alterações e acomodações da obra a um certo gosto ou a um público-alvo. Sugeriu que introduzisse um personagem em *Miguel Strogoff* e chegou até a modificar a última palavra do capitão Nemo em *A ilha misteriosa*. Onde o personagem brada "Independência!", Hetzel colocou "Deus e pátria!".

E outros exemplos se seguem. No livro *Le capitaine Hatteras* (*Capitão Hateras*), Verne havia imaginado o herói se jogando num vulcão, mas Hetzel protestou: nem pensar! Verne cedeu e em vez do suicídio enlouqueceu seu perambulante personagem. Por essas e outras é que alguns consideram esse tipo de editor um coautor. Coautor ou coator? O fato é que Verne cede em um terço das pon-

derações ou exigências do editor. Numa carta ele chega a dizer a Verne: "Reescrevi todo o diálogo da prisão entre Dick e Negoro."
   Autor típico da fase em que o comércio livreiro se expandia na sociedade burguesa do século XIX, Verne assinou um aprisionador contrato com Hetzel, obrigando-se a produzir três livros por ano, o que fazia com que trabalhasse diariamente das cinco às 11 horas da manhã. Depois do almoço, dedicava-se a outro tipo de trabalho: sempre ia às bibliotecas pesquisar e "documentar-se" para seus romances.
   Mas sabia dar-se férias. Amava navegar, e dois meses por ano lançava-se às viagens marítimas no seu iate particular. É de pensar, portanto, que tinha uma vida econômica tranquila. Mas os biógrafos fazem algumas considerações que não batem muito bem com a visão de um autor rico e realizado. Se, por um lado, ele vendia trinta a quarenta mil exemplares de cada obra, e se quando ele morreu, em 1905, um de seus livros já tinha vendido cem mil exemplares, feitas as contas em termos de euros hoje, diz-se que ele recebia do editor quatro mil euros por mês, e que sua renda vinha mais das adaptações teatrais de seus romances. Há quem tenha refeito as contas entre Verne e Hetzel para afirmar que enquanto o autor ganhava um franco, o editor ganhava oito.
   Há alguns fatos interessantes na trajetória de Verne, que interessam tanto à história dos gêneros literários quanto a história do comércio de livros. O fato que muitos ignoram é que Jules Verne nunca pensou em escrever livros para crianças e jovens. O fato de ele ter se tornado um autor que ocupa essa faixa de leitores deriva de outros fatores. Professores e editores foram progressivamente configurando esse fato, até que em 1924 a Hachette criou a "Biblioteca verde" para meninos, na qual estava Verne, e a "Biblioteca rosa" para moças, na qual estava a condessa de Ségur. Ou seja, vai havendo uma acomodação editorial e ideológica. (A propósito: a Ediouro lançou *20 mil léguas submarinas*, traduzida e adaptada por Paulo Mendes Campos, *Sofia, a desastrada* e

outras histórias da condessa de Ségur traduzidas e adaptadas por Herberto Sales.)

Ressalte-se, a propósito da questão de literatura para adultos e literatura para crianças, que muitos dos clássicos que minha geração lia, tipo *Os três mosqueteiros*, *A ilha do tesouro*, *Moby Dick*, sem falar em *Viagens de Gulliver*, foram escritos para um público adulto. Eis um tema instigante: há uma separação nítida, objetiva, entre um público e outro? O público adulto ontem era mais infantilizado e as crianças hoje são mais adultas? Se há essas diferenças, então por que tanto adultos quanto crianças andaram se deliciando com *O senhor dos anéis* e *Harry Potter*?

Por fim, outra anotação. Verne insistia que queria passar à história como um estilista. Isto não ocorreu. Passou como inventor da ficção científica. O que não é pouco.

A VIDA É UM CARAVANÇARAI

Em Paris, tomamos a direção do Théâtre du Soleil, nas bordas de cidade. O sol ainda não se punha, apesar de o espetáculo começar às 19:30. Como avançamos da primavera para o verão, o sol irá até as 22:30. Mas em outras partes do mundo é noite. Noite angustiantemente insolúvel. Não se pode viver naqueles lugares. Não se pode nem mesmo sair daqueles lugares. Mas muitos tentam. Alguns conseguem. E este drama o teatro pode iluminar.

Ariane Mnouchkine foi a alguns ciclos desse inferno ouvir os que escapam do Afeganistão, Irã, Rússia, Turquia, Iraque, Argélia, Nepal etc. Foi também aos campos de refugiados, como os da Austrália, mantidos pela Cruz Vermelha. Viu, ouviu, gravou, filmou, recolheu cacos de vida. E fez, com numerosa equipe, esse espetáculo: *Le dernier caravansérail* (*O último caravançarai*), subintitulado *Odisseia*.

Caravançarai é o nome dado ao local onde as caravanas que atravessam o deserto param para se alojar temporariamente. E aí se encontram pessoas de várias tribos. Encontram-se e contam-se histórias. É quando a vida se assenta em si mesma e reduz-se ao essencial. Contar histórias para sobreviver, para renascer. Foi isto que originou *O Decamerão*, de Boccaccio: um grupo de jovens refugia-se num castelo durante a peste e iludem o tempo e a morte narrando-se cem histórias. Contando histórias, também Sherazade com sua voz ludibriou a morte sentenciada pelo seu esposo-algoz.

O espetáculo de Ariane e sua equipe (na qual há meia dúzia de brasileiros) dá-se nas instalações da Cartoucherie – antiga fábrica de munições. Irônica e denunciadora metáfora, porque trata dessa guerra sem fronteiras, que a globalização acirrou produzindo vagas sucessivas de refugiados. Esses refugiados que Ariane e Hélène Cixious chamam de novos Ulisses, perambulando numa odisseia em busca de um porto, mas indo dar, como na narrativa homérica, numa ilha onde perdem sua identidade e passam a se chamar Ninguém.

O espetáculo se inicia épica e tempestuosamente. Fantástica e miraculosamente desenrola-se sobre o vasto palco um imenso pano cinza, que agitado pelo vento e pelos atores se converte nas ondas de um revolto rio, que refugiados tentam cruzar numa balsa agarrando-se em cordas, que não impedem que um ou outro desapareça nas águas. Como nos filmes de Fellini, onde os cenários são intencionalmente falsos, o teatro, pelo simulacro, consegue uma força que falta ao realismo absoluto de muitos filmes.

O motivo central é a travessia. É isso que se vai assistir durante quase três horas numa arquibancada que abriga cerca de mil pessoas, com aqueles olhinhos e cabelos claros europeus, olhando, estupefatas, a escura tragédia nos subúrbios do milenar autoritarismo. A travessia do rio, das fronteiras. Travessia – rito de morte e renascimento. Deixar para trás família, nome, profissão, identidade, aromas e canções. E ali no meio da travessia, o *passeur*, o moderno Caronte, o atravessador em seu papel ambíguo de criminoso e policial, prostituindo, extorquindo, agredindo física e moralmente os que querem escapar.

O espetáculo se compõe de uma série de quadros narrando aspectos diversos da tragédia desses trânsfugas. Eles falam em sua língua de origem e um pequeno painel indica alguma tradução. Mas se não houvesse tradução, o impacto ocorreria, porque a narrativa fala plasticamente. No imenso palco, cada um desses quadros é introduzido dentro de uma espécie de casa-caixa sobre rodas, empurrado, na meia sombra, por atores sobre carrinhos de rolimã. E essas caixas giram mostrando os diversos ângulos de visão possível da cena. Assim, como se tudo ocorresse acima do nível banal da realidade, cenários e atores deslizam acima do chão. Resolve-se o problema da entrada em cena – por qual porta entrar? Pois as figuras transitam quase que oniricamente. Sucedem-se cenas dentro de casas, no porto, em lugares públicos. Tudo se encaixando nessa caixa mágica que é o teatro.

Entre um quadro e outro, personagens passam correndo em direções várias como se estivessem indo urgente e ocultamente a algum lugar. Essa movimentação funciona como vinheta preenchendo o tempo-espaço das fugas.

Os vastos galpões da antiga "cartoucherie" tiveram suas paredes pintadas com motivos dessas culturas de onde surgem os refuccsgiados. Após a apresentação, serve-se comida típica de alguns países mapeados pela tragédia. Não dá para sair dali simplesmente e ir para casa. Há que digerir o que se viu.

Coincidentemente, minha mulher havia adquirido um livro que buscava há muito: *La vie est un caravansérail* (*A vida é um caravançarai*), de uma autora turca, também atriz, Emine Sevgi Özdamar, que hoje vive na Alemanha. É uma fabulosa narrativa vista pelos olhos poéticos e desconcertantes de uma menina. Se não corresse o risco de empobrecer a leitura, diria que é o realismo fantástico à maneira oriental.

De repente essa palavra – caravançarai – encravou-se no imaginário da malfadada pós-modernidade globalizada. A vida, ou a caravana, passa e os cães ladram. Pior, os refugiados são tantos que são eles mesmos uma caravana transbordando de barcos, rios, aeroportos e campos de refugiados.

Voltaire, em 1764, no *Dicionário filosófico,* dizia: "Pretende-se, em vários países, que o cidadão não possa sair das fronteiras onde por acaso nasceu; o sentido dessa lei é claro: tal país é ruim e tão malgovernado que se proíbem os indivíduos de fugir, com medo que todo mundo saia. Tentem algo melhor: façam com que as pessoas tenham desejo de permanecer em sua terra e que os estrangeiros queiram vir."

O tema é antigo, mas não menos humilhante e vergonhoso. E não é privilégio de certas regiões do mundo. Aqui mesmo na América...

LIVROS: NEGÓCIO DA CHINA

O romance *Balzac e a costureirinha chinesa* (Objetiva), de Dai Sijie, conta a história de pessoas que num campo de reeducação ideológica, no tempo de Mao, descobrem numa caixa obras de Balzac e, fascinadas, começam a ler e a viver imaginariamente naquele outro mundo interditado pela ditadura comunista. É a comovente descrição de mentes se libertando através da leitura.

A informação de que o autor deste livro estará na 18ª Bienal do Livro de São Paulo chegou-me quando ia discretamente para aquela mostra e lia entrevistas e reportagens sobre a febre de leitura que varre a China, que foi o país-tema do Salão do Livro em Paris no mês passado.

A primeira informação sobre os novos tempos na China já é impactante. A China produz 6,8 bilhões de livros por ano. E tem quatrocentos milhões de leitores contumazes, fora os eventuais. Em 20 anos, na área da leitura, deu um salto que acompanhou o vertiginoso crescimento econômico. Isto significa que desenvolvimento e cultura, ali, andaram juntos. Contrastivamente, durante o período comunista de Mao, por exemplo, em 1967, quando se falava tanto em "revolução cultural" foram publicados apenas três mil títulos novos. Já em 2003, atingiram 170.962. E a coisa cresce em progressão geométrica. Por isso entendo o entusiasmo do chanceler Amorim, que voltou da China prenunciando promissores acordos quando Lula for lá em maio. O país que vivia isolado pela chamada "cortina de bambu", correspondente à "cortina de ferro" da União Soviética, assinou em 1991 o acordo internacional sobre direitos autorais, o que desencadeou uma movimentação sem precedentes no mundo editorial. Repito: isto tudo conseguido em vinte anos. E esses números devem crescer numa proporção surpreendente. O recente Clube do Livro, organizado pela empresa alemã Bertelsman, começou logo com 600 mil sócios. Quem sabe o mercado editorial chinês acabe um dia fascinando também os editores brasileiros?

Hoje existem ali os *tushu dasha* – hipermercados de livros – em todo o país. Vários deles, como o Wangfujing, em Pequim, têm sete andares, cada um com mil metros, oferecendo mais de duzentas mil obras. Espera-se que a censura herdada do antigo regime seja extinta nos próximos dez anos. Enquanto isto não ocorre, há um regime duplo: há 568 editoras oficiais, mas centenas de outras particulares, já que está ocorrendo uma terceirização dos serviços.

A China tem 1.270 bilhão de habitantes, o PNB é de apenas 840 euros, mas o preço do livro está em torno de dois ou três euros, ou seja, uns 10 reais. E o fato de que 85% dos adultos são alfabetizados tem muito a ver com esse surto cultural em regime de maior liberdade. A fome de leitura, depois do jejum comunista, faz com que leiam tanto Hillary Clinton quanto Arnold Toynbee, tanto Baltazar Gracián quanto Mary Higgins ou Ken Follett.

No ano 2000, o chinês Gao Xingjian ganhou o Nobel de Literatura. Era uma sinalização. E um dos membros da Academia Francesa é um chinês de origem, François Cheng.

Um país que tem oitenta milhões de usuários da internet e pretende ir dobrando isto a cada ano é mesmo um dragão que desperta e sacode toda a floresta. Em geral, tem-se notícia de uma certa China cristalizada. Por exemplo, aqueles três míticos sábios que viveram quase na mesma época e até hoje fascinam o Ocidente: Confúcio (551-479 a.C.), Lao-Tsé (570-490 a.C.) e o Buda (480-400 a.C.). Na literatura clássica chinesa desde sempre despontava *Junto à água* (Shi Naian e Luo Guan-Zhong), histórias rocambolescas escritas no século XIV; Jim Ping Mei (anônimo), histórias eróticas de um pornocrata, do fim do século XVI, e *O sonho do pavilhão vermelho* (Cao Xuequin), que descreve a China imperial do século XVIII num turbilhão de sonhos, lutas e aventuras amorosas. A literatura que se produz hoje, no entanto, tende a se afastar do mundo agrário e primitivo e se interessa pelo inferno urbano industrializado. Hoje o autor mais polêmico é Mo Yan, com livros como *País do álcool* e *Belos seios, belas bundas*. Mas começam a aparecer as autoras provocantes e militantes – *Shangai Baby* (Wei Huy) e *Bombons chineses* (Mian Mian), ligadas ao *underground*.

Isto, por outro lado, é sintomático também de novos e graves problemas que estão despontando na medida em que o país começa a ficar entupido de automóveis, a construir babilônicos shoppings e se inserir na economia global, com todas as vantagens e riscos.

Isto me faz lembrar de um passado recente. Em 1968, num programa internacional de escritores, em Iowa, durante nove meses fui vizinho de apartamento de cinco escritores chineses. A atmosfera era de mistério total. Nós os olhávamos como uns coitadinhos, presos como Prometeu na rocha, vendo o fígado devorado por um abutre. Sem futuro. Há poucos anos, depois da ditadura de Mao, esteve aqui Jung Chang, que, em *Cisnes selvagens*, narra a pavorosa China onde sua avó foi concubina, a tenebrosa China onde sua mãe foi do alto quadro do partido e da Guarda Vermelha, e, finalmente, a esperançosa China que estava emergindo com ela, escritora exilada em Londres. Já no ano passado, na Feira de Frankfurt, confirmando a liberação constante naquele país, estive falando poemas ao lado do poeta chinês Xiao Kaiyn. São três momentos de uma metamorfose cultural.

Há uns 10 anos estive na China e vi as transformações que se iniciaram 10 anos antes. Pelo que tenho lido e pelo que contam os Marco Polo que de lá vêm, a China se reinventou nesses 20 anos.

Em 20 anos, com efeito, um país pode se reinventar.

Por 20 anos um país pode também ficar patinando no mesmo lugar.

Um país pode, em alguns casos, em 20 anos, piorar.

O livro, a leitura e a educação podem tirá-lo deste pântano.

SABER OTIMISTA E GENEROSO

Um livro de deliciosa leitura para terminar o ano. E por ser tão instrutivo, com suas oitocentas páginas, pode, prazerosamente, ocupar todo o seu ano de 2004. Portanto, não há pressa. É para ser lido devagar, contrariando a ideologia da velocidade que nos torna mais ansiosos que felizes. Pois não há aqueles livros que a exemplo do fast-food são o *fast reading*, coisas descartáveis e, na verdade, sem sabor? Com esse livro de Domenico de Masi você terá uma fonte de consulta permanente e poderá reavaliar sua perplexidade diante da história humana.

Trata-se de *Criatividade e grupos criativos* (Sextante). O título pode parecer meio técnico e frio, mas já nas primeiras linhas nos deparamos com um narrador que, se colocando como personagem dentro da história da cultura, nos diz: "Como muitos dos meus contemporâneos, tive a rara sorte de experimentar, pessoalmente, no decorrer de uma vida, a condição humana de três épocas distintas: a rural, a industrial e a pós-industrial."

A peripécia de De Masi é, portanto, a peripécia do homem médio ocidental de nosso tempo compactando milhares de experiências: "Exatamente como se, no curso de 60 anos, eu tivesse percorrido a Grécia arcaica de Hesíodo e de Homero, a Atenas de Péricles, a Roma de Adriano, a Florença dos Médicis, a Inglaterra de Bacon, a França de Voltaire e Diderot, a América de Taylor e Ford, do Vale do Silício e das Torres Gêmeas, a Viena de Musil e de Mahler, a Europa de Hitler e de Mussolini, a Paris de De Gaulle e de Sartre, o Oriente de Gandhi e da Sony, as favelas subproletárias de Nápoles e da Bahia, assim como o turbocapitalismo de Wall Street e do planeta globalizado."

Este livro tem para o público brasileiro um valor especial. Catedrático de sociologia do trabalho na Universidade La Sapienza, em Roma, e organizador de seminários internacionais voltados a repensar a questão da criatividade tanto nos indivíduos quanto nas empresas, De Masi estabeleceu um vínculo vitalizante com a cultura brasileira. Cita com bastante familiaridade tanto Niemeyer quanto Jorge Amado, e faz uma leitura da história da cultura, que se contrapõe à visão fragmentada, dispersiva, niilista, utilitária e apenas mercadológica pregada pela pós-modernidade. Ergue um pensamento que retomando o humanismo europeu expõe as falácias do pragmatismo anglo-saxão que acabou dando no patético governo Bush. Não é à toa que recorrentemente o autor se refere ao modelo produtivo de Ford e Taylor, que acredita na quantidade, na repetição, na linha de montagem em oposição a outros modelos mais complexos e poéticos que encontram lastro nas tradições europeia e oriental. É pedagógica a exposição que faz, por exemplo, de como o conceito de paraíso variou das sociedades rurais para as sociedades industriais. Enquanto nas primeiras o céu é o lugar do repouso, da fartura e do amor, prometendo, como entre os muçulmanos, orgasmos de um século e nádegas de uma milha, na sociedade capitalista-calvinista, segundo o pregador batista Spurgeon, o céu é o "lugar de serviço ininterrupto". Ou como diz Ulyat, é "um lugar de magnificência construtiva... na prática é uma oficina".

Nos últimos anos disseminou-se, sobretudo no pensamento universitário e numa arte tola que anda por aí, o cultivo de uma visão minúscula e perversa do indivíduo. As pessoas se demitiram de ver o conjunto das coisas, como se a totalidade, o sistema, a história e o universo fossem uma abstração irrelevante. Concentraram-se nas rachaduras, nas frestas, no entre-lugar, num minimalismo que se confessa demitido de qualquer grandeza. Pois o pensamento de De Masi segue direção oposta. Nesses tempos em que alguns estão se rejubilando com o caos e muitos artistas sentem aromas inauditos ao se refastelarem em suas próprias fezes, o nosso autor segue direção contrária. Encontro nele um parentesco recente com Jean Claude Guillebaud (*A reinvenção do mundo*), com Edgar Morin (*Para sair do século XX*) e com Suzi Gablik (*The reenchantement of art* [*O reencantamento da arte*]).

Não se trata de um ingênuo pensamento utópico, mas de uma tentativa de somar experiências que começou há quase 80 mil anos, quando nossos antepassados descobriram duas coisas: a arte e o pensamento metafísico. Os corpos dos que morriam, então, já não eram mais largados às forças da natureza. O *Homo symbolicus* começou a enterrar seus semelhantes colocando conchas nas órbitas dos crânios e a polir seus ossos. Estava inventado o além. Os primitivos começavam a dialogar com o invisível, com o não tempo. E há cerca de 45 mil anos os humanos começaram a fabricar objetos de arte. A realidade já não se bastava a si mesma. A arte e a eternidade eram um anseio de prolongamento temporal.

Com efeito, essa trajetória de milênios não foi linear. Por isso, ele começa seu livro estudando a questão da "linha reta" e da "linha curva" – metáforas estratégicas de representação da cultura. Confesso minha identidade com essas especulações, que coincidem com o que tentei expor em *Barroco – do quadrado à elipse*, ao mostrar que a tensão entre o quadrado e o círculo, a reta e a curva encontra não só no estilo barroco de ontem e de hoje, mas até no desenho do DNA humano e na formação das galáxias a sua elipse representativa. A elipse é a superação dialética ao fechamento do círculo e do quadrado e a superação da diferença entre a reta e a curva.

Neste sentido, assinala De Masi, "valores como a estética, a subjetividade, a feminilidade, a virtualidade, a flexibilidade, a descentralização e a motivação ganharam terreno em relação à racionalidade, à padronização, à produção em série, à massificação, ao controle, ao gigantismo e à centralização, aspectos privilegiados ao longo de todo o período precedente da sociedade industrial. A linha curva começava a seduzir mais do que a linha reta". Há ensaístas que escrevem para dentro. Há pensadores que escrevem para fora. Há quem escreva de forma avara, egoísta e antipática. A melhor definição de De Masi é dada, indiretamente, por ele mesmo: "Pessoalmente considero o otimismo a forma mais perfeita e generosa da inteligência."

SETE PILARES DA GUERRA

Bom programa nesses dias é tirar o vídeo ou DVD do filme *Lawrence da Arábia* e ir lendo o livro *Os sete pilares da sabedoria* (Record), desse mítico Thomas Edward Lawrence.

Digo "bom programa", no sentido de que o filme e o livro podem a alguns divertir e a outros dar elementos para entender melhor essa guerra do Bush & Blair, lá no indigitado Iraque.

Lawrence (1888-1935) viveu nos países do Oriente Médio como "agente de ligação" do governo inglês, entre 1911 e 1918, atuando, sobretudo, na Primeira Grande Guerra como um misto de espião, herói civilizador e escritor. "Eu vivi muitos anos, indo para baixo e para cima, na zona do Oriente semítico antes da guerra, a aprender as maneiras dos aldeães e dos homens de tribo, bem como dos cidadãos da Síria e Mesopotâmia."

O livro que conhecemos é a terceira versão ou tentativa de o autor relatar suas experiências. Suas quase oitocentas páginas podem espantar alguns e a outros seduzir. Churchill, que nos anos 1920 estava metido nas questões político-econômico-militares daquela região, achava que essa obra era das mais importantes da literatura de língua inglesa.

Quase 100 anos depois – exatamente!, parece que foi ontem, mas foi há quase um século –, a situação não é muito diferente. A guerra de 1914-18 serviu para acabar de vez com o Império Otomano, gerido pelos turcos, que desde 1618 dominava a antiga Mesopotâmia, região que viria a se chamar Iraque a partir de 1921.

Como se vê, o Iraque é uma invenção recente, mas as questões ali são tão antigas como o Jardim do Éden, a Torre de Babel e os Jardins Suspensos de Nabucodonosor.

Lawrence treinou a si mesmo para a vida nômade no deserto. "Aprendera a comer uma só vez, e depois, viver dois, três ou quatro dias sem alimento algum, e depois disto comer demais." Nisso ele imitava os camelos. E aprendeu a ficar vários dias sem dormir. E a falar a língua do outro. E a usar a roupa do outro. Enfim, tentou mimetizar-se ao máximo à cultura local, a tal ponto que o jogo de simulação entre o Eu e o Outro se tornou ambíguo até mesmo para ele próprio. Ele confessa: "No meu caso, o esforço daqueles anos, para viver em trajes árabes, e para imitar a sua feição mental, roubou-me o meu 'eu' inglês, levando-me a considerar o Ocidente e as suas convenções com novos olhos. (...) Ao mesmo tempo, eu não podia vestir, sinceramente, a pele árabe: tratava-se apenas de uma simulação (...) desvencilhei-me de uma 'fôrma' sem adotar a outra." Enfim, reconhece que foi um "homem que pôde ver as coisas, a um só tempo, através dos véus de dois costumes, de duas educações e de dois ambientes". E parece ter-se saído tão bem nesse jogo de simulações entre o Eu e o Outro, imitando-os tão bem, "que eles, espuriamente, passaram a imitá-lo por sua vez".

No entanto, sob a pele desse agente duplo, a voz civilizatória do Ocidente comandava tudo. Dizendo, por exemplo, que, porque "acreditávamos ser depositários dos destinos futuros, pusemos mão à obra, a fim de unir os esforços da Inglaterra no sentido de estimular a criação de um novo mundo árabe no interior da Ásia", parece estar repetindo os discursos americanos e ingleses de Bush & Blair, que reeditam o mito do herói civilizador.

Naquela época a "Grã-Bretanha inflamava-se de confiança numa fácil e rápida vitória: o esmagamento da Turquia estava sendo considerado um passeio". (Esta última frase ressurgiu nos jornais na guerra atual – um passeio um pouco desastroso, convenhamos.) E, com efeito, o exército otomano decadente e alquebrado até por doenças venéreas não oferecia muita resistência diante das "forças da coalizão" da época, que incluíam tropas hindus, inglesas, australianas, francesas, russas em luta contra turcos e alemães.

Assim é que o Movimento Pró-Independência Árabe, que Lawrence impulsionou com certo idealismo modernizador, exibia os mesmos interesses de hoje em torno do petróleo.

Vamos lendo o livro e a história parece ter sido congelada. De repente, essa frase: "Pela força bruta, as coisas transladaram-se para Basra." A carnificina existe, mas é descrita, digamos, profilaticamente. Diria até que o grande êxito e fracasso do livro é a estetização da violência, a justificação inconsciente do horror. E sempre o remorso ou cínica e corajosa aceitação da realidade, que aflora nessa escrita: "Havia sempre sangue em nossas mãos: tínhamos permissão para isto. (...) O que agora parece dissoluto ou sádico parecia, ali, inevitável, ou mera rotina sem importância."

Já ao final do livro, esse homem que chegou a comandar uma assembleia de 800 xerifes, que aprendeu a dormir entre cobras venenosas que se acostavam à noite no seu corpo para se aquecerem, esse líder excepcional, conclui: "Que estranho poder o da guerra, que nos impunha como dever o nosso próprio aviltamento!"

Depois de ter sobrevivido às absurdas peripécias desse neocolonialismo, Lawrence retornou à Inglaterra, onde passou a viver de modo estranho e deslocado, até morrer estranhamente, em 1935, num acidente de motocicleta, aos 47 anos.

Para sintetizar e retomar a proximidade da data em que Lawrence morreu, só entre 1936 e 1941 o Iraque passou por sete golpes de Estado. É em 1971 que Saddan Hussein dá um golpe e assume o poder. Se antes uma longa história registrava conflitos com sumérios, assírios, babilônios, persas, gregos, partos, romanos, mongóis, tártaros, turcos e ingleses, sem contar os inúmeros conflitos entre muitas tribos internas, não seria agora que o avassalador exército americano-inglês ali se impôs, que tudo iria tornar-se Éden pré-histórico.

Lawrence, para intitular sua obra, invocou o versículo bíblico extraído do Livro de Provérbios (9:1): "A sabedoria construiu uma casa: ela talhou os sete pilares."

Estranha sabedoria essa que se regozija com a morte e a destruição.

TEATRO NO MAR

Você sabia que aquelas caravelas portuguesas que se dirigiam ao Brasil, África e Índia transportavam também atores e músicos com a tarefa de entreter a marujada?

Você havia prestado atenção no fato de que na carta de Caminha ele se refere a um gaiteiro que se meteu a dançar com os índios "tomando-os pelas mãos, e eles folgavam e riam, e andavam com ele muito bem ao som da gaita. Depois de dançarem, fez-lhes ali, andando no chão, muitas voltas ligeiras e salto real, de que eles se espantavam e riam e folgavam muito"?

Pois esse gaiteiro certamente era da estirpe dos jograis, bobos, truões, chocarreiros, bufões e graciosos, que estavam pelos palcos reais e, curiosamente, nas naus portuguesas que entre os séculos XV e XVIII ondeavam nos oceanos.

A cada dia estamos aprendendo a refazer conceitos sobre a injuriada colonização portuguesa. Estou dizendo essas coisas porque me caiu nas mãos um "livrinho" com umas 157 páginas, que não foi lançado por nenhuma grande editora, senão que pelo Instituto Luso-Brasileiro de História e pelo Liceu Literário Português. O título é *Teatro a bordo de naus portuguesas nos séculos XV, XVI, XVII e XVIII* e é obra importante para entendermos a função do teatro na sociedade e melhor reavaliarmos a cultura luso-brasileira.

Seu autor, Carlos Francisco Moura, iniciou suas pesquisas lá em Mato Grosso nos anos de 1970, quando se pôs a estudar algo que pouca gente diria que tem importância – *O teatro em Mato Grosso no século XVIII* (Edições UFMT).

Mato Grosso, à época do Brasil Colônia, estava na rota do ouro, e em Cuiabá, como em Vila Rica e no Rio de Janeiro, encenavam-se sofisticadas peças em português e espanhol. Curt Lang, que, em torno de 1940, iniciou a descoberta e recuperação da música colonial e barroca brasileira, havia registrado tragédias e óperas representadas em Cuiabá entre 1770 e 1795. Estudiosos como Heitor Martins e Emanuel Araujo, em *O teatro dos vícios: transgressão e transigência na sociedade urbana colonial*, referem-se a peças de Metastasio e Goldoni representadas nesse período, assinalando que, só em Cuiabá, numa certa ocasião, foram encenadas 14 peças, em português e espanhol.

Pois considerando o teatro em Mato Grosso, Carlos Francisco Moura constatou que "a mais de 3,6 mil quilômetros do mar pela rota das monções, vamos encontrar um navio participando de festejos e representações. Em 1794, para as comemorações do nascimento da Princesa da Beira, os comerciantes da vila se ofereceram para mandar fabricar dois navios de madeira e representar duas óperas".

Na verdade, já com as caravelas de Cabral, desembarcou aqui o teatro. Não apenas o teatro religioso, catequético de Anchieta. Vinha também o teatro encenado nos barcos. Celebravam-se aí autos de Natal à luz de tochas, peças sobre as Onze Mil Virgens ou uma entremez na linha de Molière, intitulada *Preciosas ridículas*.

Faz muito sentido que a civilização portuguesa, voltada para o mar, levasse nas caravelas uma síntese de seus valores. Como assinala o autor deste estudo, "uma nau era como uma vila flutuante, com quinhentos, seiscentos, setecentos, oitocentos e mais pessoas (...) população superior a de algumas vilas do Brasil na época".

Poderíamos dizer então que essa relação entre o teatro e o barco dá-se em três espaços:

1 – No teatro propriamente dito, quando são postas em cena galeras de mais de trinta palmos de popa à proa. Gil Vicente, que fundou o teatro português, tematizou várias vezes a ideia de teatro/barco, como na *Tragicomédia da nau d'amores* (1527).

2 – A partir daí o teatro acompanha os colonizadores e aventureiros, e produzir peças nas caravelas era forma de reencenar o mistério da própria vida.

3 – Enfim, surge o teatro desembarcado que reativa o símbolo das naus descobridoras.

Fascinante que, além do "teatro a bordo", os lusos exercitassem algo ainda mais insólito, reafirmando que atividades simbólicas são gêneros de primeira necessidade. Diz Carlos Francisco Moura, no livro que estamos comentando, que "em Marrocos dom Francisco da Costa escreveu e fez representar, entre os portugueses prisioneiros da batalha de Alcácer Quibir, várias peças reunidas no *Cancioneiro de dona Maria Henriques*. (...) Escritas para animar os companheiros de infortúnio, constituem, segundo Domingos Maurício, uma literatura dramática de cativeiro, na plenitude do termo, isto é, feita e levada à cena por cativos".

Importante para uma reavaliação de nossa cultura colonial e barroca, este estudo, assim como os do português Mário Martins (*Teatro quinhentista nas naus da Índia* [1973], *O teatro nas cristandades quinhentistas da Índia e do Japão* [1983]). Estas redescobertas interessariam também a uma outra de pesquisa – a da carnavalização em nossa cultura. Pois os "carros navais" que existiam nas festas carnavalescas romanas em homenagem à deusa Ísis passaram pelo Renascimento, estão presentes na *Nau dos loucos*, de Sebastian Brant (1457), entraram nas caravelas lusas e chegaram até o carnaval brasileiro nos desfiles que são um misto de ópera pírica barroca, procissão, espetáculo de resistência e celebração dionisíaca exercitando algo inato e imorredouro nos humanos – a representação.

DE ÊXITOS E FRACASSOS

Outro dia alguém me lembrou de que a primeira apresentação de *La Traviata*, de Verdi, foi um fracasso. Que fracasso também foi a *Aída*, encenada na abertura do Canal de Suez. Aí me lembrei que *Madame Butterfly*, de Puccini, na primeira versão também foi considerada insuportável. E essas associações foram proliferando e acabei desembocando, encalhando nessa díade: fracasso/sucesso, ou vice-versa.

Da relatividade do fracasso.

Da relatividade do sucesso.

E fui me lembrando daquela história conhecidíssima de que *Em busca do tempo perdido*, de Proust, foi rejeitado numa editora, logo por André Gide. E daquela outra coisa, já folclórica, de que Charlie Chaplin tirou 4º ou 5º lugar num concurso de imitação de Carlito. E que Guimarães Rosa, com *Sagarana*, perdeu um concurso literário na Academia Brasileira de Letras. E poderia ir prolongando essa lista, que pessoas com mais memória que eu certamente alongariam.

Mas lembrei-me também de que há um texto de Freud, que em geral não é muito citado, onde ele estuda "Os que fracassam ao triunfar". Aqui já estamos num outro patamar. Lembro-me até de ter escrito um ensaio sobre Jânio Quadros, onde utilizei essa teoria freudiana, que me pareceu mais exata do que todas as demais hipóteses, para explicar o nacional fracasso, o grande blefe que foi a sua renúncia. Jânio era um renunciador profissional, vivia de renunciar e precisava, carecia, de um momento ainda maior para botar tudo a perder.

Claro que a constatação sobre "os que fracassam ao triunfar", sobre aqueles que quando têm tudo na mão jogam tudo pela janela, claro que isto pode ser contraposto ao que chamaria "os que triunfam ao fracassar". Nenhuma das duas coisas é fácil. Há um certo patetismo em ambas. Diria que a segunda hipótese é muito verificável no espaço místico e artístico.

Estaria eu, então, pregando o fracasso como fórmula existencial e estética, como uma maneira de nos opormos a essa cada vez mais insuportável teoria do sucesso, sucesso a qualquer preço?

Bem o queria. Bem que isto é necessário. Bem que carecia que alguém com mais competência – como em linguagem romântica se diz – empunhasse revolucionariamente esta arma, esta bandeira.

Vamos para a literatura.

Marcou-me para sempre uma entrevista que Ezra Pound deu a Allen Ginsberg e que foi publicada numa dessas revistas americanas, nem sei se *Playboy* ou *Esquire*, aí pelos anos 1960. O poeta beatnick fora atrás de Pound, lá na Itália, querendo ouvir daquela figura historicamente problemática, algumas palavras de sabedoria. E tudo o que ouviu foi a negação da sabedoria esperada. Ginsberg perguntava e Pound respondia com monossílabos. Ginsberg insistia e a coisa não melhorava muito.

Teve um momento em que, instado a falar sobre o seu papel na literatura americana e ocidental, Pound foi crepuscularmente taxativo: "Minhas intenções eram boas, mas enganei-me na maneira de alcançá-las. Fui um estúpido. O conhecimento me chegou tarde demais... Muito tarde me chegou a certeza de nada saber..."

Tomemos agora dois modernistas brasileiros. Primeiro Oswald de Andrade. Ao contrário de seus seguidores, teve a humildade de reconhecer que foi "um palhaço de classe" e que "seu ser literário atolou diversas vezes na trincheira social reacionária". E adiantava: "Continuei na burguesia, de que mais que aliado fui índice cretino, sentimental e poético." Deste modo, concluiu que "ruiu quase toda a literatura brasileira de vanguarda, provinciana e suspeita, quando não exatamente esgotada e reacionária".

E um autor ainda maior, Mário de Andrade, numa autocrítica disse: "Meus livros passam; o arroubo com que jogo toda minha fortuna numa carta só dá aos meus livros, às tentativas que estão neles, uma transitoriedade iludível, indisfarçável." E aí ele diz uma coisa cruelmente exagerada sobre si mesmo: "Eu nunca serei dentro da literatura brasileira mais que um Valentim Magalhães, um artista menor." E como não bastasse esse quebrantar de alma, na famosa conferência que fez em 1942, ao dar um balanço na ação dos modernistas, diz: "Mas a verdade é que eu fracassei... É certo que eu fracassei."

Tomemos agora dois autores igualmente gigantescos: Carlos Drummond de Andrade e Clarice Lispector. Em vários trechos de sua obra poética Drummond enfatiza que é um ser "votado à perda". Sempre assinala que está na "busca", na "pesquisa", na "procura", mas que só encontra o vazio. E no poema "A máquina do mundo", demonstrando não se iludir com a aparência do saber e da glória, recusa o falso brilho e segue pela estrada de onde vinha com as mãos pensas.

Clarice, aqui e ali, sobretudo em *A maçã no escuro*, faz seu personagem dizer que nós apenas "aludimos", que estamos realmente no escuro tateando uma verdade (ou maçã) impossível. Daí que diga que "a história de todo homem é a história de seu fracasso, através do qual" ele experimenta o êxito pelo avesso, o êxito possível e relativo.

Alguém dirá: *Isto é metafísica*.
Claro que é.
Mas metafísica pode ser bem cotidiana e estar até numa letra de Caetano Veloso: "Botei todos os meus fracassos na parada de sucessos."

Júlio César recusou a coroa três vezes para poder ser Júlio César.

Cristo recusou três vezes a oferta do Demônio para poder ser Cristo.

Mas alguém, desconfiado, poderia argumentar: *É mais fácil ser humilde quando se tem o poder. É mais fácil declinar da glória quando se tem a glória.*

É possível.

Mas há que reconhecer que igualmente difícil é, para quem nunca teve o poder ou quem nunca teve a glória, renunciar ao que nunca teve.

De resto, em ambos os casos o que nos resta é constatar o fracasso do êxito e o êxito do fracasso como dupla face da peripécia humana.

REPASSANDO "FUTURICES"

Para ajudar-me na poupança de energia, para evitar de vez o meu *blackout* cívico, Deus, na Sua infinita misericórdia, fez com que várias vezes neste semestre eu fosse me abrigar na Europa. O Senhor que um dia disse *Fiat lux* não poderia ser mais generoso tirando esse seu servo das trevas do governo FH e expondo-me não apenas às livrarias, a monumentos e delícias gastronômicas, mas à luz de obras de Brueghel, Bosch, Goya, Cranach, no Museu do Prado ou a uma exposição retrospectiva de Canaletto, no Thyssen-Bornemisza, ou ainda como prova de sua imensa caridade para com esse humilhado brasileiro, jogou-me no Pallazzo Venezia, na mostra *Il genio di Roma*, dedicada a Caravaggio e seus contemporâneos. E como não bastasse, o Senhor dos Exércitos fez com que, ainda em Roma, inaugurassem no Pallazzo delle Esposizione a megarretrospectiva sobre a tropa de choque da arte moderna, ou seja, sobre o belicoso futurismo italiano, com quatrocentas obras, de 1909 até a morte de Marinetti em 1944.

Quase disse como meu tio Lemos: *Chega de bênção, Senhor!* Só não o fiz porque, assim como o salmista dizia que sua alma tinha sede de Deus, do Deus vivo, minha alma tem fome de beleza, de beleza viva.

Mas beleza não foi exatamente o que vi na retrospectiva futurista, pois o objetivo dos artistas daquele movimento era destruir o conceito de belo, acabar com os museus, louvar tanto a guerra quanto o machismo e a sociedade industrial. Mesmo assim, entre tantos equívocos teóricos e práticos, o futurismo é um movimento relevante na história do século XX.

Por que olho Caravaggio com deslumbramento crescente? Por que redescubro Canaletto ou sou capaz de encantar-me sempre com aqueles pintores flamengos, mesmo os menos conhecidos, como os daquele museu lá de Coimbra? Ou, trocando o "eu" pelo "nós", por que muitas pessoas são capazes de ir infinitas vezes ao Louvre, à National Gallery, ao Moma, mas sempre passam desinteressadas e correndo nas salas onde mostram umas areias, vidros, pedaços de pau, panos e plásticos, ou umas manchas e riscos nas telas que mais parecem mostruário de cores e tonalidades de alguma fábrica de tintas?

Na verdade, em meio a tantas indagações lá estava eu percorrendo as salas da exposição sobre o futurismo com moderníssima e velha curiosidade, acendendo a vela da sensatez no *blackout* crítico das artes plásticas, a mais desorientada das artes contemporâneas.

É notavelmente pedagógica essa retrospectiva, deveriam rodar com ela pelo mundo. Além das obras de Boccioni, Carrà, Sant'Elia etc., foi ilustrativo ver pessoalmente as cadeiras e móveis elaborados pelos primeiros futuristas, as gravatas e ternos desenhados por Balla, os chapéus "contra" chuva, tipo capacete de metal, os coletes de aço de De Sanctis, os projetos arquitetônicos para "cidades fantásticas" de Virgilio Marchi e Sant'Elia, as partituras musicais de Pratella, da mesma maneira que foi, mais uma vez, chocante, ver o "Manifesto futurista da luxúria", de Valentine de Saint-Point, pregando a violência e a guerra, dizendo: "É normal que os vencedores selecionados pela guerra cheguem até o estupro no país conquistado, para recriar a vida."

Ao meu lado, algumas mulheres olham esses manifestos horrorizadas. Não mereci a graça de ser mulher, mas me horrorizo masculinamente. Outro manifesto, de Papini, chama-se "O massacre das mulheres", e depois de definir a mulher como um "urinol de carne", diz que "se a mulher é mais prostituta que mãe, vence o homem grande, se é mais mãe que prostituta, vence o homem pequeno".

Ah! Vanguardas! Entende-se por que (quase) não havia mulheres nesses movimentos.

A questão central então é esta: temos que olhar a chamada arte moderna com olhos mais críticos e menos subservientes. Entre muita coisa boa, há muita bobagem. E o que é mais intrigante: por que, passados tantos anos, ainda não se conseguiu fazer uma decantação do que é bom e durável daquilo que é ruim e perfunctório? Quando alguém terá o desassombro de dizer no olho da história que Duchamp tem coisas instigantes, mas muita tolice? Quem terá a sacra ousadia de mostrar equívocos dentro da genialidade de Picasso? Quando, enfim, a "nova aura" futurista, modernista, vanguardista, audaciosamente gerada pelos destruidores da "velha aura" clássica e acadêmica, será examinada e "desconstruída"? Será que o século XXI vai continuar repetindo acriticamente as louvações do século XX sobre algo gerado no século XIX? Sim, porque é necessário alertar: três das coisas mais marcantes do século XX vieram do século XIX: a psicanálise, o marxismo e a arte moderna. Psicanálise e marxismo já entraram em processo de revisão. Por que a chamada arte moderna continua um tabu?

Com essas e outras indagações vou saindo do *pallazzo*, onde está a exposição, e ao erguer os olhos vejo imensas colunas dóricas sustentando tudo e rindo de nossas jovens e modernas pretensões.

FASCÍNIO E PODER
DE ALEXANDRIA

Há uns oito anos fui ao Egito. Claro que havia camelos, pirâmides, mercados, muralhas e especiarias no caminho. Mas o objetivo, além de descer ou subir o rio Nilo, era conhecer e estabelecer convênios com a nova biblioteca de Alexandria, que estava começando a ser reconstruída dentro de um projeto internacional. Acabei mandando caixotes e caixotes de livros sobre cultura brasileira – duplicatas do acervo da nossa Biblioteca Nacional – para que, no espaço daquela mítica biblioteca, houvesse algo sobre nosso mitificado país.

Estou revendo, recuperando, reinventando algumas cenas dessa viagem feita sob o comando de Francisco Rezek, então ministro das Relações Exteriores, enquanto leio esse *O poder das bibliotecas – a memória dos livros no Ocidente*, que a Editora da UFRJ acaba de lançar. Uma coisa é você saber, ou ler nas enciclopédias, que na cidade fundada por Alexandre, o Grande (332 a.C.), a dinastia dos Ptolomeus criou a maior biblioteca da Antiguidade, que chegou a ter quinhentos mil volumes; outra coisa é você estar por ali e participar, mais de dois mil anos depois, com um minúsculo gesto para que a biblioteca, destruída por Júlio César, reconstruída por Marco Antônio, destruída de novo por incêndios e ataques de vários generais, pudesse enfim reerguer-se.

Reerguer-se na passagem do século XX para o XXI, quando o advento da informática e do livro eletrônico sugeriu aos incautos e alarmados que o livro ia acabar. Sintomaticamente, nunca se construiu tantas bibliotecas quanto nos últimos anos.

Invulgar a estratégia utilizada pelos Ptolomeus para instituir a biblioteca de Alexandria. Queriam reunir todo o saber jamais escrito. Por isso, os navios de passagem pelo porto da cidade (onde se erguia o primeiro farol construído na história) eram retidos e seus livros confiscados para serem copiados. Era um tipo de empréstimo compulsório, pois guardavam o original e devolviam uma cópia ao proprietário. Graças a isto se foi não só armazenando toda a cultura escrita conhecida, mas se foi traduzindo para o grego a sabedoria esparsa nas chamadas "línguas bárbaras".

Considerando que Alexandria pretendia ser um microcosmo de tudo o que estava inscrito no macrocosmo, Christian Jacob lembra que havia um jogo de espelhos entre a biblioteca e a cidade, como se a planta da cidade correspondesse ao saber cósmico. Por isso, os cinco bairros da cidade eram nomeados com as primeiras letras do alfabeto grego: Alfa, Beta, Gama, Delta, Épsilon. Letras que estavam nas palavras Alexandre Basileus Genos Dios Ektisen (polin amiméton), "O rei Alexandre, da raça de Zeus, fundou (uma cidade inimitável)".

Ter todo o saber reunido num só lugar era também ter todo o poder a partir de um só lugar.

Ter a informação. Ter o poder.

Vejam só: um dia estava eu na minha sala na Biblioteca Nacional, quando fui notificado que a Biblioteca Nacional de Washington havia oferecido e devolvido dezenas de caixotes contendo folhetos, panfletos e livros sobre o que chamamos cultura alternativa e/ou subversiva. Os americanos haviam recolhido Brasil afora, copiado e registrado em Washington milhares de papéis sobre luta armada, direitos femininos, reivindicação de homossexuais e negros, luta operária, jornais literários e agora estavam nos dando de presente parte de nossa memória dos anos 1960. Aqui mal se conseguia que as editoras cumprissem a lei de depósito legal, mandando um exemplar de seus livros editados e os americanos conseguiam coletar papeluchos despregados de quadros de avisos das universidades ou lançados nas ruas pelos sindicatos.

Era de pasmar.

Desse fato, que se repetiu várias vezes, com várias e generosas remessas, há muito que extrair. A primeira coisa é óbvia: os americanos aprenderam a lição de Alexandre e dos Ptolomeus: quando se quer estabelecer um império, é necessário um competente sistema de acúmulo de informações. Por isso, como os antigos gregos instalados no Egito que capturavam barcos copiavam livros e devolviam as cópias, os americanos, com a tecnologia de hoje, captam os acervos, copiam-nos e se dão ao luxo de devolver os originais.

Portanto, quando bilhões de pessoas em todo o mundo ficam estatelados diante das telas, "medusadas" pelas premiações do Oscar, ou quando monarcas, ditadores e presidentes de todas as partes vão a Washington para engraxar e beijar as botas texanas de Bush, isto é exemplo da eficácia do funcionamento da biblioteca de Alexandria e de seus desdobramentos em CIA, Pentágono, Bolsa de Nova York etc.

Uma vez estava eu na Índia. E na casa da adida cultural americana soube que a Biblioteca Nacional de Washington mantinha ali 110 funcionários só para coletar material escrito em cerca de 20 línguas usadas no país. Pensar em coletar o material em inglês na Índia já seria uma proeza. No entanto, interessava-lhes tudo o que estava sendo publicado.

Saber e poder. Poder e saber.

Neste livro *O poder das bibliotecas*, onde variados ensaístas abordam aspectos da vida e morte dos livros, há um instigante texto final elaborado por dois artistas: Anne e Patrick Poirier. É arte conceitual. É um conto. É um relatório sobre uma imaginária e fabulosa biblioteca Mnemósine, que a exemplo de Alexandria, de Washington ou da Três Grande Bibliothèque francesa, quer reunir todo o saber. Mas parece também a descrição de um mausoléu, de algo sepultado no passado.

Este o desafio: reinventar a biblioteca. Ela pode ser destruída por Júlio César, pela incúria e pela ociosidade. Mas potencializada pode ser como aquele farol de duplo significado, em Alexandria, que orientava os navegantes na desletrada escuridão.

O PAPA E MICHELANGELO

Nestes dias em que o mundo está voltado para as liturgias de sepultamento do papa João Paulo II, termino a leitura de um dos mais deliciosos, bem escritos e instrutivos livros: *Michelangelo e o teto do papa* (Record), de Ross King. Poderia, a partir dele, escrever intermináveis crônicas, porque é um amplo e preciso painel de uma das fases mais fascinantes de nossa história, quando na Itália havia mais gênios em cada cidade do que mendigos, desempregados e sem-terra por quilômetro quadrado no Brasil.

Agora estamos em 2005. Mas foi exatamente há 500 anos, em 1505, que Michelangelo foi convocado para construir a sepultura de um dos mais temíveis e poderosos papas de todos os tempos: Júlio II. Essa construção, com muitas interrupções e brigas entre o papa e o artista, transformou-se num pesadelo para Michelangelo, que teria, ao final da vida, lamentado: "Passei toda a minha vida preso a esta sepultura." Na verdade, Júlio II tinha fixação em eternizar-se nessa sepultura e começou a pensar nela logo que foi eleito em 1503.

Quando iniciou seu trabalho, Michelangelo tinha 33 anos. Aos 21 (quando a maioria dos jovens não sabe o que fazer da vida) já havia realizado a *Pietà* e, aos 29, o *Davi*. Portanto, não precisaria fazer mais nada para entrar na história da arte. Mas fez. E como!

Michelangelo, originalmente, fez para aquela tumba um projeto em que haveria quarenta estátuas de mármore em tamanho natural numa estrutura de 10 metros de largura e 15 metros de altura. Para iniciar tão gigantesca obra o escultor se deslocou para Carrara, onde passou oito meses escolhendo o mármore. Em 1506, mais de noventa carregamentos de mármore chegavam a Roma.

Como lembra Ross King em seu livro, nenhum outro papa antes ou depois teve reputação tão temível quanto Júlio II. Não defendia a Igreja só com orações e bulas, mas à frente de seu exército, participando de campanhas em várias regiões da Itália. De algum modo as tropas do Vaticano é que garantiram a sobrevivência da Itália, saqueada e invadida sucessivamente por espanhóis e franceses. E foi numa dessas batalhas capitaneada por ele, em Bolonha, que o papa decidiu deixar sua barba crescer, o que era uma novidade no ramo. "Em 1031, o Conselho de Limoges concluíra, após muitas discussões, que são Pedro, o primeiro papa, tinha raspado o queixo, e, portanto, esperava-se que seus sucessores seguissem seu glabro exemplo. Os sacerdotes não eram autorizados a usar barba por outro motivo. Um bigode, argumentava-se, poderia interferir no momento de beber no cálice, e gotas de vinho consagrado poderiam permanecer nele – um destino indigno para o sangue de Cristo."

Mas sobre a barba do papa existem controvérsias. Outros dizem que ele estava seguindo o exemplo de outro Júlio – guerreiro e conquistador –, Júlio César, que, em 54 a.C., deixou a barba crescer até que pudesse se vingar da derrota diante dos gauleses. Da mesma maneira, Júlio II, conforme um cronista bolonhês, passou a usar a barba "por vingança", prometendo raspá-la quando conseguisse expulsar da Itália o invasor Luís XII.

Segundo depoimentos da época, Júlio II era violento, forte e de temperamento difícil. E reinou num tempo em que papas tinham filhos, filhas e amantes. Antes dele, Alexandre VI, da família Bórgia, foi acusado de ter relações com a própria filha, Lucrécia. Júlio II, por sua vez, tem uma biografia amorosa e erótica bem movimentada. E foi ele também que, em 1507, "promulgou uma bula oferecendo indulgências, o que significava que as pessoas podiam pagar para reduzir o tempo que seus amigos e parentes passariam no purgatório (período normalmente calculado de nove mil anos). Todos os fundos arrecadados com essa prática convertida foram destinados à construção da basílica de São Pedro".

Isto significa que o pressuposto pecado alheio, se não salvou almas do purgatório, acabou gerando obras de arte, pois foi o mesmo Júlio II que resolveu reformular arquitetonicamente a sede papal. Mandou demolir a velha São Pedro, chamou o arquiteto Sangallo, substituído depois por Bramante, que foi quem bolou a estrutura da cruz grega coberta por aquela formidável cúpula. E, claro, Michelangelo também entraria aí como arquiteto.

Mas quando Júlio II resolveu reformular a Capela Sistina, Michelangelo era conhecido, sobretudo, como escultor. Tanto assim que firmou este recibo: "Neste dia, 10 de maio de 1508, eu, Michelangelo, escultor, recebi do nosso Senhor Abençoado Papa Júlio II, quinhentos ducados papais pela pintura do teto da Capela Sistina papal, no qual eu estou começando a trabalhar hoje." Consta que, dentro dessas lamentáveis e vaidosas concorrências entre artistas, que foi Bramante quem indicou Michelangelo para o trabalho, achando que, sendo escultor, ele ia se dar mal. Pois deu no que deu. Não há quem derrube o verdadeiro talento.

Na Sistina, Michelangelo trabalhará até 1512, quando dará por concluído o trabalho, e receberá ali a visita de Júlio II e os 17 cardeais que, maravilhados, num final de tarde, foram ver pela primeira vez a obra terminada.

Se Júlio II conseguiu ver o término dos afrescos de Michelangelo na Capela Sistina, não conseguiu ver a conclusão das obras do próprio túmulo. Dois dias antes de sua morte ainda estava assinando uma bula dando dinheiro para que o artista finalizasse sua obra. Seu sepultamento foi durante o Carnaval e, em Roma, a multidão de fiéis viveu um momento de frenesi e pasmo diante do corpo de um homem que havia fervorosamente gerenciado a história de seu tempo.

O papa seguinte, Leão X, amigo de infância de Michelangelo, generosamente ordenou que o artista continuasse as obras da sepultura de seu antecessor, que foi instalada não na Capela Sistina, como queria Júlio II, mas na igreja San Pietro in Vincoli, junto ao Coliseu.

Michelangelo teve uma longa vida, morreu com 89 anos. E sua sepultura foi esculpida por Giorgio Vasari.

É isso: se não dá para esculpir a própria vida sozinho, a morte, então, não tem jeito, fica mesmo para ser esculpida por mãos alheias.

FORMAS NOVAS
DE VER O BRASIL

No seu recente livro, *Épuras do social – como podem os intelectuais trabalhar para os pobres* (Global), narra Joel Rufino dos Santos que "no último comício das Diretas Já (1984) – cerca de um milhão de pessoas entre a Central do Brasil e a Candelária (Rio de Janeiro) –, um amigo assistiu a uma cena insólita. Espremido ao seu lado por várias horas, um 'negão' não perdia um só movimento dos oradores. Beiço caído, olho rútilo, bebia as palavras de Tancredo Neves. Uma energia formidável, emanando da massa, parecia possuí-lo. Comovido, meu amigo indagou do sujeito:

– O que está achando?

Sem desviar a vista do palanque, ele respondeu:

– O que o senhor acha que eles vão fazer com aquela madeira toda?"

No mesmo livro, ainda conta: "Das minhas lembranças de preso político (1972-74) emerge um rosto negro de menino, Pelezinho, assaltante de fôlego curto. Preso, matou com um cabo de vassoura lascada o 'dono' da cela que ia estuprá-lo. Acreditávamos, naquele momento, combater o capital, seus cães de fila, para tirar do crime meninos como ele. Pelezinho era capaz de compreender a nossa luta armada, mas não o motivo dela – a defesa do trabalhador e sua felicidade futura –, pela simples razão de que todo trabalhador para ele era um bunda-mole. Seu pai vinha visitá-lo aos sábados, lá ficava no pátio com uma marmita no colo.

Cinco minutos antes de terminar a visita Pelezinho descia, trocavam uns monossílabos e o velho partia. Um dia lhe perguntei a razão daquela ingratidão: 'É um bosta de um sapateiro, nunca ganhou nada.' No seu contexto cultural – o dos pequenos assaltantes da cidade de São Paulo –, o trabalho tinha um significado oposto ao que tinha no nosso, o de classe média rebelde. Não gostávamos também do trabalhador passivo, mas o Trabalhador era a nossa razão de lutar. Quando Pelezinho soube que assaltávamos bancos 'para dar a operários' perdeu o pouco de admiração que tinha por nós."

Aquele "negão" da primeira historinha, que estava mais interessado nas madeiras do palanque de Tancredo do que nas palavras do político, e esse marginal desdenhando o trabalho e a alma caridosa dos guerrilheiros estão no centro da "má consciência" e da perplexidade do intelectual, que Joel com uma ironia sofrida estuda em seu estimulante, rico e inovador ensaio. Joel sabe do que está falando. Aí emerge o conhecimento teórico e o "saber de experiências feito". Com essa obra bem escrita, passa a ocupar um espaço na galeria dos intérpretes do Brasil. Seu livro é tão instigante que se deveria fazer um seminário para debater várias de suas propostas e revisões. Não deve e não pode cair no desvão dos suplementos como se fosse apenas "mais um livro publicado".

Negro, com mãe favelada e pai que se tornou pastor batista, veio dos mangues pernambucanos onde se vivia o que Josué de Castro chamava de "o ciclo do caranguejo". Mesmo assim, com essa bagagem existencial e outra acadêmica, em 1988, quando foi a uma favela em São Luís, cruzando por crianças barrigudas e tuberculosos, que tossiam, de repente disse aos que esperavam sua palavra: "Obrigado, mas nada tenho a dizer a vocês." E dentro de um silêncio comprido, enquanto seus olhos se enchiam de lágrimas, ouviu de um preto: "Deixe de ser bobo. Se você estudou tem de saber alguma coisa que sirva para nós."

E em vez de nos narrar o que teria dito aos favelados de São Luís, Joel, na linha seguinte, assinala: "Em *O círculo de giz cauca-*

siano, Brecht faz dizer a uma personagem: '– Eu não tenho bom coração. Quantas vezes terei de te dizer? Eu sou um intelectual.'"

Pois a "alma boa" desse intelectual, autor de vários livros, ex-preso político, ex-presidente da Fundação Palmares, uma voz singular dentro dos extremismos que caracterizam a questão racial e cultural no Brasil, resolveu fazer um inovador estudo sobre as relações entre o intelectual e os pobres, e sobre o equivocado conceito de cultura que se vem cultivando oficialmente. Para tanto, ele considera não só obras literárias, mas também a vida de alguns intelectuais. No primeiro caso, considerando que "a história de um país é escrita, de fato, pelo cortejo de fantasmas que é a sua literatura e não pela história história", retoma, em *Angústia*, de Graciliano Ramos, o personagem Luís da Silva, considera a figura de Blau Nunes em Simões Lopes Neto, o José Amaro em *Fogo morto*, de José Lins do Rego, o Bocatorta em Monteiro Lobato, e até mesmo lendas como *O negrinho do pastoreio* ou ritos como o bumba meu boi, procurando ver o "fantasma" dos pobres, ou, como em *O coronel e o lobisomem*, de José Cândido de Carvalho, a velha ordem é mantida através do pacto com o invisível.

Propiciando análises originais desses livros, Joel Rufino também encara as figuras de Cipriano Barata, Lima Barreto, Raul Pompeia, Mário de Andrade, Adoniran Barbosa, Carolina Maria de Jesus, Paulo da Portela, Nei Lopes, Arthur Bispo do Rosário, Cartola e Milton Santos. Portanto, obras clássicas e populares, e também autores que se transformam em personagens do drama brasileiro. Isto tudo, misturado com vivências, o próprio autor como personagem de si mesmo até chegar a essa "sociedade do espetáculo", diagnosticada por Guy Dabord, revolucionário pensador que se matou em 1994.

Mais importante que discutir o recorte de obras e autores, é relevante discutir uma série de conceitos e propostas que o autor lança. Entre eles pinço um, que também me é caro. Os governos mal entendem a questão da cultura. Pensam-na em curto prazo. Pensam em eventos e não em projeto. Pensam em produto e não em processo. Consomem-se na questão corporativa de patrocínios. E mais, se equivocam com o termo "excluídos". Como bem diz o ensaísta, na cultura não há excluídos. A cultura não tem um exterior. A cultura engloba tudo. E para mostrar como até intelectuais no governo não entendem o papel da cultura, ele lembra que, no governo Fernando Henrique, cinco ministérios foram convocados para compor a Câmara da Reforma do Estado. E indaga: "Por que o Ministério da Cultura não integrou aquela câmara?" Responder a isto é começar a entender um paradoxo: muitos intelectuais falam de cultura, mas não acreditam que ela seja o elemento estruturante de uma sociedade. Acham, como antigamente, que ela é "o sorriso da sociedade".

HÁ 30 ANOS, A "EXPOESIA"

Passaram-se 30 anos. E a única maneira de ver que isto é muito tempo é imaginar algo "daqui a 30 anos", ou seja, alguma coisa que ocorresse agora e fosse referida em 2033. Como parece longínquo. E, no entanto, 2033 está ali na esquina do amanhã, como 1973 na esquina do ontem.

Acontece que estava eu dando um curso na pós-graduação de letras, na PUC-Rio, naquele ano, quando propus aos alunos um desafio: "Vamos estudar neste semestre a poesia de hoje, a que se está fazendo agora, a qual nem eu nem vocês sabemos qual é." Era uma proposta de alto risco. Podia-se cair no vazio. Ou, como depois se confirmou, a constatação de que a poesia brasileira estava entrando em nova fase, superando o período em que ela estava fatiada entre vanguardas que a controlaram entre 1956 e 1968.

Então, continuei dizendo aos alunos que a única maneira de saber qual a poesia que se estava fazendo era abrir as portas da universidade para o novo e para a criatividade em ebulição. Anunciamos a todos os ventos que estávamos recolhendo a produção poética do país. Quem tivesse livro novo, publicado ou não, que enviasse cópias. Aliás, a coleta não se limitava a livro. Se assim fosse, já estaríamos impondo um conceito de poesia literária. Que enviassem poemas objetos, visuais, conceituais, poemas corporais, ou melhor, tudo aquilo que seus autores julgassem ser poesia. A primeira proposta era receber tudo, fazer uma seleção e dizer: *Olha, essa é a poesia que se faz hoje, vamos estudá-la.*

Mas estávamos em plena ditadura. Uns estavam na guerrilha sem saber que 30 anos depois estariam no poder, outros estavam exilados cantando "Chão de Estrelas" em plena neve. Aqui dentro era igualmente (ou mais difícil) sobreviver e resistir. A meninada de hoje não tem a menor ideia do que era promover uma coisa como aquela sendo vigiado noite e dia pelo SNI e DOPS e tendo informantes dentro das salas de aula. Não é à toa que o SNI considerou a Expoesia uma das iniciativas mais subversivas do ano, enquanto a revista *Veja* a considerava um dos fatos marcantes de nossa cultura no mesmo período. Por isso, estando em plena ditadura, em conversa com os alunos, decidimos que, politicamente, era mais justo aceitar tudo o que mandassem. Sem qualquer censura. Já bastava a censura oficial. Desta maneira derrubavam-se duas censuras: a política e a estética. Pessoalmente, achava uma bobagem aquela coisa de as vanguardas dizerem que o verso acabou, que o lirismo acabou, que só valia poesia visual e cheia de trocadilhos.

O resultado é que no dia 22 de outubro três mil poemas de cerca de trezentos poetas foram expostos ocupando os pilotis do prédio Kennedy, os corredores e a entrada da biblioteca. Além da poesia recebida – que ia do cordel a filmes em super-8 –, trinta painéis mostravam, didaticamente, uma seção da Moderna Poesia Brasileira, Moderna Poesia Portuguesa e Africana, e Moderna Poesia Norte-Americana. Todos os dias havia conferências sobre os movimentos recentes da poesia. Neoconcretismo (com Roberto Pontual), Geração 45 (com Ledo Ivo), Poesia Práxis (Mário Chamie), Poema Processo (Moacy Cirne e Álvaro de Sá), Tropicalismo e Pós-Vanguardas (Reinaldo Jardim e Luiz Carlos Maciel), Música Popular e Poesia (João Cabral de Melo Neto, Chico Buarque, Gilberto Gil, Ronaldo Bastos, Macalé). O que era para durar uma semana durou 15 dias.

Alguém pode se lembrar de perguntar: *Cadê o concretismo?* Pois os concretos paulistas foram convidados e se recusaram a participar. Mas como o concretismo – como os mais bem informados sabem – não é uma invenção brasileira, foi representado por uma expressiva *Exposição da Poesia Concreta Alemã*, com 33 painéis, dezenas de livros e discos.

Quem pesquisar não só *O Globo* e o *Jornal do Brasil*, mas a *Tribuna da Imprensa* e o extinto *O Jornal*, encontrará material ilustrativo sobre o que foi a Expoesia, que recebia caravanas de alunos de colégios e faculdades em visitas guiadas. A repercussão foi tal que em Curitiba organizou-se a Expoesia 2, somando-se mais duzentos poetas, tipo Leminsky, e, em Nova Friburgo, Eliana Yunes organizava a Expoesia 3. Pedidos surgiram para a Expoesia 4, em Brasília, Expoesia 5, em Belo Horizonte, Expoesia 6, em São Paulo, e a Expoesia 7, em Porto Alegre. Em cada uma dessas cidades poderiam ir se agregando os poetas da região. Mas para que isto ocorresse – como disse na ocasião –, teria que me converter em empresário. Não foi possível. No entanto, o projeto foi, felizmente, retomado por outros e, em 1974, realizou-se no Museu de Arte Moderna a Poemação e, em 1976, a I Feira Paulista de Poesia e Arte, no Teatro Municipal de São Paulo, que reuniu oito mil pessoas. Esta trepidante e sequencial ação de revitalização poética havia coincidido com o "Jornal de Poesia, duas páginas de poesia", que a pedido de Alberto Dines mantive no *Jornal do Brasil*, publicando também, pela primeira vez, na grande imprensa, os poetas novos ao lado de outros consagrados.

Além do gesto de afronta ao regime militar de então, a Expoesia constituiu-se no espaço de revisão da produção poética brasileira e na primeira entrada oficial da chamada "poesia marginal", na universidade brasileira. Lá estavam, entre outros, Geraldinho Carneiro, Chico Alvim, Eudoro Augusto, Afonso Henriques Neto, Tavinho Paes, Carlos Nascimento Silva; e Cacaso e Heloisa Buarque de Hollanda puderam fazer um apanhado do que estava surgindo numa reportagem na revista *Argumento*.

Estou olhando algumas fotografias do evento. Por exemplo, o auditório da universidade apinhado, com gente trepada em janelas e divisórias ouvindo compositores como Gil – que tendo regressado do exílio jamais poderia imaginar que 30 anos depois seria ministro da Cultura – e João Cabral revelando que não gostava de música, que música para ele era puro ruído, mas dizendo que o trabalho do Chico reinventara o seu *Morte e vida severina*.

Como dizia o conselheiro Acácio, o tempo passa. E alguns dos jovens autores que surgiram naquela ocasião hoje já viraram até assunto de teses universitárias.

Se alguém organizasse uma Expoesia hoje, o que revelaria?

O LIRISMO ENVERGONHADO

Introduziu-se na poesia brasileira há algumas décadas a síndrome do lirismo envergonhado. É uma coisa assaz estranha, porque isto não existe no resto da poesia latino-americana. Também não existe na poesia norte-americana, muito menos na francesa, espanhola, italiana e tantas outras que conhecemos. É uma coisa bem brasileira. Recente. E daninha. Isto não ocorre com nossa ficção. Quando um jovem contista ou romancista surge, não há uma sentinela nos portões da cidadela literária revistando-lhe as roupas e os pertences imaginários exigindo que tem que usar um uniforme, nem ninguém a lhe advertir: o romance já era, personagem não se usa mais, não faça mais diálogos, esqueça peripécias e descrições da consciência ou da vida rural e urbana, trate de inventar palavras, tente ser hermético, use e abuse de fragmentações; enfim, seja o mais chato e pretensioso que puder.

Se olharmos a ficção brasileira que surge por aí, veremos que os bons autores estão interessados na limpeza do texto, em expurgar lugares-comuns, em retratar o pasmo e a perplexidade diante do caos erótico violento e social, ou, então, estão recuperando detalhes de vivências, aspectos singulares percebidos pela consciência, reinventando a história e os espaços simbólicos de nossa formação. Em síntese, por mais sofisticados que sejam, são tão contadores de histórias quanto os antigos narradores.

Enfim, na prosa, a patrulha não existe. Mas na poesia isto já dura quase 50 anos. Primeiro inventaram que o verso não existia mais, que a métrica não existia mais, que a rima não existia mais. Poesia tinha mais a ver com artes plásticas que com a literatura. Poeta de verdade era quem era poeta experimental – categoria meio confusa, porque muitos estavam experimentando coisas que haviam sido experimentadas há muito, sendo que algumas delas não deram certo. Pregavam que o espaço em branco é que era o forte do poema. Aí abominaram o poema longo e narrativo e partiram para o elogio do epigramático, o haicai, o *jeu d'esprit*. Exercitavam, por outro lado, a dispersão das palavras na página. Quanto mais quebrado e fragmentado o texto, mais avançado. Enfim, era proibido fazer qualquer poema que lembrasse visualmente o que se entendia como poema. O poema era feito de fora para dentro e o que tinha que estar dentro acabava ficando de fora.

Decretou-se que o lirismo havia acabado. Pior, era algo condenável. Somou-se a isto a noção de que a melhor poesia era a erudita, a que trazia citações, intertextualidades, a que dialogava para dentro da literatura e não com o público. Então a poesia que, em si, já é uma linguagem diferente e especial, passou a ser intransitável. Para ficar apenas em exemplos recentes, não mais poemas como aqueles de Bandeira, tão sedutores e claros. Não mais poemas como aqueles de Drummond, densos e expondo nossas perplexidades. Não mais poemas como os de Cecília transitando por imponderáveis realidades. Mal entendendo algumas obsessões de João Cabral, que apesar de um ou outro equívoco teórico foi um poeta excepcional, de tanto se envergonharem do lirismo, acabaram por trocar a poesia pela prosa, como se estivessem criando um velho gênero chamado "proesia".

Enfim, estabeleceu-se um falso dilema na poesia brasileira, como se o "canto" e a "palavra" fossem duas instâncias incompatíveis, como se tivessem que optar entre o "vate" enquanto "possesso" e o "poeta" enquanto "inventor". Ao invés de somar essas duas vertentes, subtraíram. Ou, em outros termos, como se a intuição e a dedução, como se o pensamento mágico e o pensamento lógico, enfim, como se a elaboração e a construção de um poema não se socorressem de elementos inconscientes e conscientes. Enfim, dentro dessa visão "esquizo" da realidade, era como se devêssemos prescindir de Vinicius de Moraes e ficar só com João Cabral. Como se só os dois primeiros livros de Drummond, por serem mais secos, fossem sua boa e melhor poesia, ignorando que o poeta desenvolveu um projeto em vez de ficar rodando, num círculo vicioso, como um cão ao redor do próprio rabo. Daí, criou-se um tipo de poesia onde não se notam vozes individuais, tons singulares de linguagem. Enfim, o neoparnasianismo disfarçado de experimentalismo.

Na relação com a poesia internacional, estabeleceu-se uma situação anômala, um preconceito semelhante. Diante desse novo credo, 99,99% da poesia podiam ser jogados no lixo, porque não era construtivista, experimental, não fazia pesquisa de linguagem. Nesse lixo estariam não só Whitman, Hugo, Po Chui, Li Po, Petrarca, Pessoa, Lorca, Eliot, Baudelaire, Neruda, Sandburg, Frost, Aragon, Brecht, Apollinaire, Eluard, Pushkin, Pasternak, Nazim Hikmet, Rilke, mas também 450 anos de poesia brasileira.

Com isto, simultaneamente, introduziu-se em nossa poesia um outro mal-entendido. Tendo se interditado de escrever a sua autêntica poesia, de expor sem preconceito o que há de mais legítimo no lirismo, poetas começaram a traduzir obras de poetas de ontem, praticando no verso de outrem e no lirismo de outrora a poesia que se proíbem a si mesmos na modernidade. É a síndrome do ventríloquo.

De repente, espalhou-se que o bom poeta contemporâneo era aquele que traduzia outros poetas, sobretudo de outras épocas. É uma situação psicanaliticamente explicável: a libido interditada aqui transborda ali. Houve uma transferência, uma perversa metonímia. E o lirismo envergonhado e camuflado foi fazendo carreira, seduzindo, tanto mais quanto mais línguas o poeta era capaz de traduzir, ou melhor, quanto mais máscaras era capaz de usar para murmurar sua voz proibida.

Esse fenômeno, melhor diria, esse equívoco foi essencialmente brasileiro. Felizmente muitos poetas perceberam o beco sem saída em que se meteram. Alguns, no entanto, ainda continuam enredados naquele discurso, e apartados do real e do simbólico de sua comunidade, produzem uma poesia que gagueja e se enrola na própria língua.

OS CABELOS DE CLARICE

Uma mecha dos cabelos de Clarice Lispector está lá na Seção de Obras Raras da Biblioteca Nacional, esperando que um dia a crítica literária e a genética avancem tanto que se possa ter alguma explicação complementar para a genialidade de sua obra.

Talvez eu esteja brincando, talvez não. Afinal, muitas das proféticas e literárias brincadeiras de Jules Verne se realizaram. E em tempos de promissoras células-tronco, o impossível é possível.

O fato é que tais cabelos devem estar lá. E penso nisto agora, porque me contam que faleceu há alguns meses, lá no mosteiro beneditino da Ressurreição, em Ponta Grossa, o querido e divertidíssimo Antônio Salles.

Foi ele quem me trouxe os cabelos de Clarice. E esta insólita história, como insólito era tudo o que cercava a escritora, ocorreu quando dirigi a Biblioteca Nacional (1990-1996). Ora se deu que, um dia, fui surpreendido pelo sr. Valdir Cunha, responsável pela Seção de Obras Raras, com a informação de que ali, numa das pastas, havia nada mais, nada menos que alguns pelos púbicos de dom Pedro I. Sim, senhoras e senhores! O nosso augusto imperador anexou alguns de seus pentelhos numa carta à sua amante, creio que à marquesa de Santos, demonstrando assim a sua potente saudade amorosa. Do que se deduzia do texto, o valoroso soldado que proclamou nossa independência estava com aquilo que hoje se chama de doença sexualmente transmissível, e não podendo estar pessoalmente com sua amada, descabelava-se nessa missiva para externar sua paixão. (Por sinal, estive outro dia na casa de Jocy de Oliveira, lá em Pedra de Guaratiba, e nossa compositora de música contemporânea de fama internacional afirmou-me que aquela mansão, de onde se avista a restinga da Marambaia, tinha sido o "ninho de amores" de dom Pedro I e da marquesa.)

Pois bem. Tornou-se pública a notícia de que os pelos púbicos do imperador estavam em nossa biblioteca. Deixou de ser um fato erótico imperial para virar imperiosa notícia nos jornais. Com efeito, não é todo dia que se encontra tal achado tanto no Oriente quanto no Ocidente, e não creio que exista algo semelhante de Pedro, o Grande, nos arquivos russos, ou de John Kennedy lá em Washington.

Portanto, aquela notícia saiu no Zózimo, apareceu no Jô Soares e, por coincidência, Antônio Salles, tomando conhecimento dela, telefonou-me. Eu estava há tempos tentando atraí-lo para trabalhar na Biblioteca Nacional. Como não tinha verba nem quadro suficiente de funcionários, conseguia com várias instituições que seus funcionários fossem cedidos àquela casa. E nada melhor que um monge beneditino para beneditinamente trabalhar sobre antiquíssimos documentos. Eu não sabia que meu amigo estava numa ordem com princípios severos. Como me disse numa carta onde revelava estar traduzindo para o português a obra de João Cassiano, um religioso do século IV: "Infelizmente é impossível aceitar seu honroso convite; nós temos uma coisa chamada voto de estabilidade, isto é, no mosteiro em que se fixa, aí se morre. Até o cadáver é do mosteiro e não da família. A vida aqui começa às 4:15 da manhã e vai até 22 horas, podendo, porém, quem desejar, dormir às 20:30." E fazia-me essa outra surpreendente e literária revelação: "Eu tenho aqui comigo uma mecha dos cabelos de Clarice, será que a BN aceitaria essa peça rara?"

Ora, se tínhamos o cabelo do nosso imperador, como recusar os da imperatriz de nossa literatura?

Nessas alturas, Salles já havia assumido o hábito dos beneditinos. Mas antes fora professor de filologia, português e latim, dos mais brilhantes, em Belo Horizonte, onde o conheci, na França e nos Estados Unidos, onde de novo o reencontrei na Universidade de Wisconsin. Era uma pessoa imprevisivelmente adorável. Claro que Clarice sucumbiu às suas graças. Ele traduziu e cantava em latim músicas como "Ó jardineira/ por que estás tão triste,/ mas o que foi que te aconteceu?" – *O horticultrix/ cur tam tristeis es/ quid autem tibi/ acciderit* –, ou então a marchinha "Sassaricando,/ todo mundo/ leva a vida/ no arame" – *Sassaricantes/ ommes gentes/ dgent vitam/ in filo ferreo* – etc. Ex-seminarista, vivia passando telegramas espinafrando Sua Santidade o Papa e aprontava inventivas festas em seus apartamentos catando transeuntes na rua, seja em Brasília ou Nova York.

Como conseguiu os cabelos de Clarice?

Passava ele pelo Rio e, como havia se tornado amigo de Clarice, telefonou-lhe perguntando se queria sair para jantar. Ela respondeu-lhe que estava ocupada, escrevendo uma carta para Paulo Mendes Campos, mas que ele passasse pela casa dela, que depois poderiam ir deixar a carta para o Paulinho, lá na Globo. No apartamento da escritora, Salles ficou brincando com o cão Ulisses, o mesmo que arrancou um naco do rosto da poeta Maria do Carmo Ferreira, quando esta visitou também a escritora.

Pois Clarice e Salles saíram, foram à Globo e deixaram lá a carta. Feito isto, Salles pergunta a Clarice se ela não gostaria de acompanhá-lo à casa de seu amigo e professor Celso Cunha. Clarice disse-lhe que ficava "intimidada de ir à casa de tão ilustre figura", mas Salles adiantou que a família do inesquecível professor era ótima, grande, descontraída, mineiros de Teófilo Otoni etc. Não havia o que temer.

Daqui pra frente, cedo a palavra ao próprio Salles, que redigiu um documento-testemunho de quatro páginas que lhe solicitei e que está lá na BN: "Logo ao entrar, Clarice viu a filha de Celso,

Clara, que estava muito bonita de cabelos com um corte lindíssimo. Clarice mal cumprimentou as pessoas, foi logo dizendo que queria cortar os cabelos da mesmíssima maneira. Cenira prometeu o endereço do cabeleireiro. Mas ela disse: 'Não! Tenho de cortar o cabelo AGORA!' E não houve jeito. Cenira e Clara levaram Clarice ao banheiro, apavoradas, e deram uns cortes nos cabelos de nossa amiga, que ficou satisfeitíssima. Não sei explicar, mas uma força interior me fez apanhar uma pequena mecha, que é a que lhe passei como doação à Biblioteca Nacional, que guarda outras mechas famosas."

COISAS DE MURILO

Amanhã, 13 de maio, Murilo Mendes estaria (e está) fazendo 100 anos. Não foi tão popular quanto Drummond ou Vinicius. Sendo poeta para poetas e para críticos universitários, era, sobretudo, uma personalidade fascinante e sobre ele há uma porção de casos engraçados e surrealistas, seja no Brasil, seja na Europa, onde foi viver na década de 1950.

Conheci-o primeiramente no seu famoso endereço em Roma – Via del Consolato, 6 –, em 1969, quando fui à Europa pela primeira vez. Lembro-me dele e de Maria da Saudade Cortesão naquele amplo apartamento cheio de quadros, desenhos e gravuras de Hans Arp, Braque, Chagall, Di Chirico, Léger, Miró, Picasso, alguns com fraternas dedicatórias.

Murilo era um mito para mim, que havia também passado a infância e adolescência em Juiz de Fora. Recebi-o em minha casa no Rio numa noitada inesquecível (nos anos 1970), quando se juntaram os adolescentes e irrequietos Otto Lara, Fernando Sabino e Hélio Peregrino, todos em alegre devoção ao místico e surrealista poeta. Lembro-me de ter comprado até mais alguns discos de Mozart (autor da predileção de Murilo e minha) para compor o cenário da recepção.

Com essa coisa de centenário, fui mexer nuns papéis e descobri algumas cartas de Murilo. Uma era a resposta a um convite. O International Writing Program, em Iowa, havia me pedido o nome de um poeta brasileiro de prestígio para ficar um semestre como "escritor visitante" no campus daquela universidade. Ali já havia estado, por exemplo, Jorge Luís Borges, e como Murilo era poeta brasileiro com vivência cosmopolita, indiquei-o. Lá pelas tantas, nesta carta manuscrita de 28 de julho de 1972, escusando-se, diz: "Gratíssimo ainda pelo seu convite. Peço-lhe o favor de escrever ao Paul Engle, agradecendo-lhe em meu nome e explicando-lhe a razão de minha – 'helàs!' – recusa: infelizmente não falo inglês. Estudei-o várias vezes, não entra na minha cabeça; é um fato muito estranho. Não é a sintaxe que me assusta, nem o léxico – tenho cadernos de vocabulário –, é a pronúncia. Tive que desistir, e desde cedo me dediquei às línguas latinas. Aos 21 anos, imagine, tornei-me professor de espanhol no Rio, quando ninguém no Brasil o fazia, visto as duas línguas serem muito parecidas. Dediquei-me ao francês e ao italiano, tendo escrito muitos textos nessas línguas. É para mim um grande desprazer não poder aceitar o convite. Passei 15 dias em Nova York, adorei. Estou a par da moderna poesia americana, embora tenha que me contentar com traduções (e texto original ao lado). E dizer-lhe que sou casado com uma notável tradutora de Shakespeare e Eliot!" E a carta continua. E relendo suas outras cartas dou-me conta de que, lamentavelmente, perdi outras tantas.

Vasculho a memória e lembro-me de Luciana Stegagno Picchio contando que, por duas vezes, foi com Murilo visitar Ezra Pound, poeta fascista que o pai dela havia ajudado a esconder da polícia durante a guerra.

Lembro-me de uma recepção a Murilo na casa de Odilo Costa Filho, quando de repente olhei e vi que ao meu lado postavam-se dois gigantes – Murilo e Nava – conversando suas perplexidades, conscientes de que estavam se despedindo um do outro e da própria vida.

Aliás, não conheço melhor retrato de Murilo que aquele traçado por Pedro Nava, implacável chargista da alma humana (também nascido em Juiz de Fora), no seu 6º volume de memórias, *O círio perfeito* (Nova Fronteira).

Abro agora este livro, onde com sua pena de médico-escritor, depois de descrever Murilo anatômica e psicologicamente, lembrando que parecia uma figura de El Greco, faz uma descrição do enterro de Ismael Nery, no qual teria se dado a conversão definitiva de Murilo ao catolicismo. Nava é um dos grandes estilistas de nossa língua. Citá-lo, retalhando-o, é uma ignomínia, mas não tenho alternativa.

Descrevendo o velório de Ismael, diz: "De repente uma fala começou a ser percebida. Parecia no princípio uma lamentação, depois um encadeado de frases tumultuando (...) clamores como num discurso e gritos. Era o Murilo bradando no escuro. Era uma espécie de arenga, com fluxos de onda – ora recuando e baixando, ora avançando, subindo e enchendo a noite com seus reboos graves e seus ecos mais pontudos. (...) Seus olhos agora cintilavam e dele todo se desprendia a luminosidade que o tocara. E não parava a catadupa de suas palavras todas altas e augustas como se ele estivesse envultado pelos profetas e pelas sibilas que estão misturados nos firmamentos da Capela Sistina. Ele disse primeiro, longamente, de como se sentia penetrado pela essência de Ismael Nery e seu espírito religioso. Falava dos anjos que estavam ali com ele – já não mais como as imagens poéticas que habitavam seus versos, mas dos que se incorporavam nele, que recebia também a alma do amigo morto. Finalmente clamou mais alto – *DEUS!* – e com a mão direita fechada castigou o próprio peito e mais duramente o coração."

Nava, médico, e seus amigos, vendo aquela cena patética, como personagens de Nelson Rodrigues, pensaram: *Isto é uma crise nervosa do Murilo. Vamos dar a ele um Gardenal.*

Não foi de jeito. O Gardenal não era a solução. Tiveram que reconhecer: "O Murilo não está nervoso. O negócio é mais complexo. Quando subitamente calou-se, o poeta retomou o velório do amigo – sério como Moisés descendo o Sinai, e foi assim e sem dizer palavra mais que ele acompanhou o corpo ao cemitério. Deste saiu sozinho e foi direto procurar os monges nas catacumbas do mosteiro de São Bento. Quando três dias depois ressurgiu para os homens, tinha deixado de ser o antigo iconoclasta, o homem desvairado, o poeta do poema-piada e o sectário de Marx e Lenin. Estava transformado no ser pundonoroso, cheio de uma seriedade de pedra e no católico apostólico romano que seria até o fim de sua vida. Descrevera uma volta de 180 graus. Sua poesia tornara-se mais pura e trazia a mensagem secreta da face invisível dos satélites."

OUTRO CABRAL, BARROCO

Chamam-me para uma conferência sobre João Cabral de Melo Neto, em Buenos Aires. Irrecusável. O poeta morreu há pouco. E sobre ele se repetiram os elogios e os lugares-comuns sobre sua obra. Procuro outro veio. Volto às anotações feitas para meus primeiros alunos (meu Deus!) há quase 40 anos. Revejo um ensaio que escrevi na década de 1980 para um livro nos Estados Unidos e a crítica que fiz ao *Museu de tudo*, na *Veja*, nos anos 1970. Levo, então, para a audiência do Centro de Estudos Brasileiros – dirigido pela competente Mônica Hirsh –, um desafio, uma provocação: João Cabral poeta conceitista barroco.

Como chamar de barroco a um poeta moderno? Como designar assim alguém que se diz aparentado com Miró, Marianne Moore, Max Bense, Mondrian e identificando-se com a escola de desenho industrial de Ulm faz uma poesia "contra os humores pegajosos de uma arte obesa, carnal, gorda"?

Digo-lhes: Cabral é barroco, como Guimarães Rosa é barroco, como Saramago é barroco, como Alejo Carpentier é barroco, como Niemeyer é barroco, como Villa-Lobos é barroco. É barroco, porque por barroco estou me referindo a algo que transcende os séculos XVII e XVIII. Barroco como uma estratégia, mais que um estilo de época.

Então, vejamos. Engana-se quem pensa que o barroco é apenas sinônimo de arte nebulosa, hermética, hiperbólica, exageradamente elíptica e derramada. Isto, sem dúvida, existe em Góngora, Bach e Borromini. Mas atrás dessa vulcânica expressão formal há uma estrutura rigorosa, matemática e racional. Portanto, reformemos nosso conceito de barroco: ele é um assombroso encontro entre razão e emoção. Vejam Leibniz, filósofo barroco por excelência. Escreveu *De arte combinatória*, criou o cálculo diferencial e integral, inventou uma máquina de calcular e, no entanto, além de ser grande metafísico, pertencia à confraria Rosa-Cruz. Vejam Pascal. Padre barroco metafísico e inventor do pré-computador. Vejam o fascinante jesuíta Athanasius Kircher. Esotérico, sim; cultor da cabala, sim, mas com obras científicas sobre acústica, hieróglifos, a luz e a sombra. Portanto, creiam-me, barroco é luz e sombra, razão e emoção, matemática e numerologia. Ou, melhor, barroco é "matemágica".

O que fazer, então, de João Cabral, que vivem nomeando de construtivista e que publicou um livro de poesia chamado *O engenheiro*?

Eu lhes digo. Há quem diga que a palavra "engenheiro" teve sua origem na época barroca e sua utilização se deve ao matemático francês Sebastian Caus. Pertencendo ou não a Caus, o fato é que o termo "engenheiro" entra em maior circulação nesse período, e é assim que a figura de Vulcano – deus do fogo, da indústria e das artes metalúrgicas – nos é apresentado nessa época como "o engenheiro maior dos deuses".

Então, confiram isto com o poema "O ferrageiro de Carmona", onde Cabral, como um neoparnasiano bilacquiano, faz o louvor à forja do poeta-ferreiro. Então, consideremos o que é a arte do silogismo no período barroco (existiam 256 tipos de silogismos) e constatem como silogisticamente Cabral constrói seus poemas.

Claro que, como Graciliano, ele usa sempre "as mesmas vinte palavras" e é capaz de fazer o poema "Uma faca só lâmina" girar em torno de três palavras – faca-bala-relógio –, naquilo que ele chama de "serventia de ideias fixas".

Mas não é isto o que faziam os poetas conceitistas barrocos? Gregório de Mattos faz todo um soneto a partir desse jogo inicial:

"O todo sem a parte não é todo,/ a parte sem o todo não é parte./ Mas se a parte faz o todo, sendo parte,/ não se diga que é parte, sendo todo." E o frei Antônio das Chagas, girando em torno das sempre mesmas palavras, num soneto dizia: "Deus pede estrita conta de meu tempo./ Forçoso de meu tempo é já dar conta./ Mas como dar sem tempo tanta conta/ eu que gastei sem conta tanto tempo./ Para ter as minhas contas feita a tempo/ dado me foi tempo e não fiz conta./ Não quis sobrando tempo fazer conta,/ hoje quero fazer conta e falta tempo./ Oh, vós que tendes tempo sem ter conta/ não gasteis o vosso tempo em passatempo,/ cuidai enquanto é tempo em fazer conta./ Mas, ah! se os que contam com seu tempo,/ fizessem desse tempo alguma conta,/ não chorariam como eu o não ter tempo."

Tomemos, de Cabral, *Generaciones y semblanzas*. Dividido em quatro blocos, é um texto conceitista sobre a temática barroca do ser e parecer, do dentro e do fora. A primeira parte começa assim: "Há gente para quem/ tanto faz dentro e fora/ e por isso procura/ viver fora de portas." A segunda parte, assim: "Há gente que se aquece/ por dentro, e há em troca/ pessoas que preferem/ aquecer-se por fora." A terceira parte, assim: "Há gente que se gasta/ de dentro para fora,/ e há gente que prefere/ gastar-se no que choca." E a quarta parte: "Há gente que se infiltra/ dentro de outra,/ e aí mora,/ vivendo do que filtra,/ sem voltar para fora." Jogando o tempo todo com antíteses, as quatro partes do poema são, barrocamente, fugas e contrapontos. Fugas e contrapontos que reaparecem pela sua obra afora como em *Estudos para uma bailadora andaluza*. Em Cabral, a partitura poética em fuga e contraponto chega a converter-se na elipse, figura axial barroca, como no poema *De um avião*, descrevendo Recife a partir da espiral ascendente do avião.

É reincidente o barroquismo cabralino. Alusivamente, ele se apropria até da temática do "triunfo da morte", da "dança macabra", em *Morte e vida severina*, e na descrição dos cemitérios pernambucanos. É um *memento mori* social. De igual modo, sua estética magra que condena a "crosta viscosa, resto de janta abaianada" relembra o seu oposto, Jorge Amado, que, em *Dona Flor e seus dois maridos*, dizia: "Deus é gordo."

A severina estética da magreza é melhor do que a estética do gordo? Na vida e no barroco, jejum e obesidade, Rubens e El Greco se complementam. O pernambucano Gilberto Freyre faz uma sociologia gorda. Da máquina do poema há que brotar a flor. À flauta seca de Anfion some-se a flauta orgânica de Orfeu. No mundo quantitativamente construído como um "museu de tudo" há que metafisicamente descortinar o que lhe falta – o museu do nada.

VERISSIMO & CIA.

Vou lhes revelar como foi que Luis Fernando Verissimo se casou com Lúcia. É uma maneira de começar a falar do pai dele, o Erico, o exemplar romancista cujo centenário estamos celebrando. No seu livro de memórias, *Solo de clarineta* (Companhia das Letras), Erico narra: "Recebemos no fim daquele ano um surpreendente telegrama, em que Luis Fernando nos comunicava que havia contratado casamento e oportunamente nos daria pormenores a respeito da noiva e do acontecimento. Quem seria a eleita? Homem um tanto tímido e, como o pai, um pouco inclinado à inércia e ao não-vale-a-pena, não se teria ele deixado levar pela simples preguiça de dizer não a alguém?"

"Nossos temores, porém, eram injustificados. Viemos a saber mais tarde que nem a moça suspeitava das intenções daquele bicho de concha. Chamava-se Lúcia Helena. Trabalhavam ambos no mesmo escritório. Um dia nosso filho chamou-a (contou-nos a nora mais tarde) e ela imaginou que fosse para passar-lhe um pito por causa de algum trabalho malfeito. Luis Fernando disse-lhe apenas: 'Vamos sair.' Ganharam a rua, caminharam algumas quadras em silêncio, fizeram alto à frente da vitrina duma casa de joias e, apontando para uma coleção de alianças, o rapaz perguntou à colega: 'Estás vendo aquele anel ali? Te dou cinco minutos para resolver. Queres ou não casar comigo?' Lúcia aproveitou apenas uns quatro ou cinco segundos, dos trezentos que Luis Fernando lhe concedera, e respondeu: 'Quero.' Deram-se os braços, entraram num botequim e beberam uma Coca-Cola para comemorar o acontecimento."

Como lhes disse, estou relendo a autobiografia de Erico: os dois volumes de *Solo de clarineta*. É a melhor maneira que encontrei de celebrar o centenário de nascimento do escritor e cidadão de invejável caráter. Nessas memórias há um número enorme de temas a serem desdobrados por pesquisadores. Pode-se descobrir aí, por exemplo, que o humor de Luis Fernando já estava no DNA da família. Algumas historinhas da própria vida de Erico parecem historinhas do Verissimo filho. Quando a filha Clarissa casou-se com um estrangeiro, a mãe de Erico, que não sabia patavina de inglês, "ao apertar a mão do noivo, encarou-o, e à sua maneira gaúcha, murmurou: 'Então este é o filho da puta que vai roubar a minha neta?" Já Erico narra que ao ver o noivo – Dave – levar-lhe irremediavelmente a filha, chamou "Clarissa à parte, e com o ar patético de último ato de tragédia, sussurrei: Vou fazer-te meu último pedido. Quando chegares a Washington, compra uma gravata nova para teu marido. Essa que ele está usando agora é pavorosa".

É perigosíssimo fazer autobiografia. Ressentimentos podem refluir. Mas Erico administra isto com rara elegância. A despretensão como fala de si estimula o leitor a fazer-lhe os elogios que o autor não se faz. Narra a feitura de vários romances, as peripécias da criação literária, suas intervenções em momentos políticos delicados no Brasil e em Portugal, como transferiu para seus personagens várias doenças suas e é capaz de dizer isto sobre uma de suas obras: "Em 1940 publiquei *Saga*, que considero o meu pior livro."

E aqui entra um dos episódios mais extraordinários da relação entre a crítica e o escritor. Quando aos 19 anos, em Juiz de Fora, li o *Empalhador de passarinhos*, de Mário de Andrade, fiquei siderado com a crítica que ele fez de *Saga*, de Verissimo. Essa crítica é uma obra-prima de criatividade. Mário, com aquele português que ele quis criar, começa impetuosamente dizendo: "Erico acaba de publicar, sinão o milhor, pelo menos o seu mais virtuosístico romance. Nele nós encontramos elevadas ao mais alto grau de firmeza e desenvoltura as tendências, as qualidades e a técnica do seu autor." Dito isto, vai examinando o livro lembrando de outras obras do autor, cruzando-a com textos de outros romancistas brasileiros e estrangeiros e, aos poucos, começa a descobrir fraturas e senões no livro até que, ao contrário do que dizia no princípio, fecha o último parágrafo de uma maneira genial e corajosa: "Em primeiro lugar, fica sensível que o que eu disse no princípio desdigo agora, e que *Saga*, em vez de ser o milhor, é o pior dos livros de Erico Verissimo." Isto é o que alguém chamaria hoje de "desconstrução" crítica. É o próprio processo de leitura e crítica em movimento.

Solo de clarineta já no título indica o papel da música na vida de Erico, ele que tantas vezes cita Bach, Brahms, Dvorak etc. Narra também suas inúmeras viagens pelo mundo. Erico foi dos nossos primeiros escritores realmente cosmopolitas, isto sem precisar morar no Rio e em São Paulo. Possivelmente foi em nossa literatura quem deu a primeira noite de autógrafos, já em 1940, e em Portugal numa sessão dessas chegou a autografar quase mil livros, um recorde ainda hoje.

Nos anos 1970, levados por essa bela figura que é Flávio Loureiro Chaves, fomos, Marina e eu, visitar Erico e Mafalda. Era um entardecer e havia uma quieta magia na paisagem dos cinamomos e nos móveis e livros da casa. A casa dos Verissimos emanava doçura e segurança.

Numa outra oportunidade, eu talvez escrevesse sobre a posição política de Erico, longe das ideologias limitadoras de seu tempo. Agora, no entanto, me enternece um contraponto que se pode fazer entre o seu pai, Sebastião Verissimo, homem fascinante, intemperante, culto, sedutor, "polígamo por natureza" e "insaciável femeeiro", com quem o filho, o próprio Erico, ao final, faz seu ajuste de contas. E numa tocante confissão paterna, dirigindo-se nas suas memórias também ao filho, registra: "Gostaria de saber o que o meu filho pensa de mim. Tento agir de modo a não (transmitir) a necessidade de buscar um pai."

E numa cena em que está num navio para a Europa, vendo o adolescente Luis Fernando em seu silêncio típico contemplando o mar, ele especula sobre os mundos meio fechados em que tanto ele e seu pai quanto ele e seu filho viviam.

Erico, se eu pudesse lhe falar algo, diria que o Luis Fernando continua imperturbavelmente calado, mas, em compensação, seus personagens, como falam!

OS QUE NOS ENSINAM A VER

É comum, diante de uma situação estranha, absurda, labiríntica e sem solução, as pessoas dizerem que essa é uma situação kafkiana.

É comum, em certos momentos em que as pessoas revisitam afetivamente seus passados motivadas por um reencontro, uma palavra, um perfume ou uma foto, dizerem que estão numa situação proustiana.

É comum, quando não se sabe se o vivido já estava escrito ou se o escrito foi vivido antes, de tal modo que a realidade parece ser um grande livro ou biblioteca que remete interminavelmente para si mesmo, que essa situação é borgeana.

Franz Kafka.
Marcel Proust.
Jorge Luis Borges.

Três escritores da modernidade (do século passado), três nacionalidades diferentes, três modos diferentes de ver o mundo.

Mas não são os únicos.

É possível, diante de uma situação que se descreve como sendo de uma luminosa angústia e ansiedade, em que pontos luminosos furam a opacidade do instante, dizer que essa é uma atmosfera típica dos textos de Clarice Lispector.

É possível, em situações urbanas e cotidianas, quando o patético e o cômico se fundem cruelmente, onde a cena, sendo *kitsch* e grotesca, é também crítica do grotesco e do próprio *kitsch*, reconhecer que a cena é típica de Nelson Rodrigues.

É quase certo e muito frequente que diante de uma cena infernal, mórbida, terrível e torturante só nos reste como classificá-la de dantesca.

Outros exemplos poderiam ser aqui adicionados, incluindo Dostoiévski e Charles Dickens. Enquanto a imaginação e a memória de cada leitor/leitora elaboram essas associações, tomo um atalho para uma observação convergente e complementar.

Dizer kafkiano, borgeano, proustiano, clariciano, rodrigueano ou dantesco não é simplesmente criar um adjetivo. Há aí algo mais sutil e relevante. E aqui estou querendo assinalar como a literatura nos ajuda a recortar e interpretar a realidade. É como se certos autores tivessem disponibilizado um instrumento, uma lente, para se ver alguns aspectos do real e do simbólico. Depois do surgimento da obra de Kafka, aprendemos a olhar as coisas e pessoas de outra forma. Ele disponibilizou uma tecnologia de apreensão da realidade. Dcpois de Kafka, ninguém entra numa repartição pública e fica ali exposto ao absurdo barroco da burocracia da mesma maneira. O cenário foi todo montado por ele.

De igual modo, em relação a Proust, é como se ele tivesse descoberto um microscópio, uma máquina do tempo de uso pessoal, que nos possibilita recuperar filigranas do nosso passado.

Isto é diferente de estilo. Estilo é um modo de escrever. Esses autores inventaram um modo de ver. Eles nos ensinaram a configurar certas situações, a organizar o sentido disperso em nossa angústia e a ansiedade diante do caos.

Isto é também diferente da criação de tipos e personagens que passaram a habitar nossa cultura como símbolos e referências, a exemplo de Hamlet ou Dom Quixote.

É como se eles tivessem descoberto uma fórmula científica que passa a ser de uso comum. É como se tivessem mapeado algo novo no genoma da gente. Há algo do "ovo de Colombo" nisto.

Depois que eles viram as coisas daquele jeito, passamos a vê-las com facilidade, como se sempre tivessem existido.

E quando digo que eles criaram ou desvelaram um "modo de ver", ou quando digo que eles nos emprestaram uma "lente" de observação e classificação do real, penso também na metáfora da janela e da transparência.

Muitos autores bons e clássicos nos fazem ver cenas como se estivéssemos diante de uma janela. Eles nos mostram personagens, ações, o mundo. Mas aqueles autores a que me referi não abriram simplesmente uma janela. Nos emprestaram para sempre uns óculos para reconhecer realidades diante das quais seríamos míopes ou teríamos algum tipo de astigmatismo.

Enfim, aqueles autores não são só autores, são modos de ver e enquadrar o mundo.

Isto ocorre em outros gêneros também. Depois que as pinturas de Juan Bosh e Peter Brueghel entraram em nossos olhos, estamos preparados para reconhecer situações que eles configuraram. Igualmente no cinema, vejam o que Luis Buñuel criou com *O anjo exterminador*.

Recentemente isto ocorreu até num gênero literário aparentemente infenso a isto: a crítica e o ensaio. Roland Barthes disponibilizou um modo de ver a textualidade do mundo. Depois de lê-lo, já não lemos qualquer texto ou realidade do mesmo modo. À maneira de Borges, há uma lente, um dispositivo barthesiano de leitura do mundo. E aqui não se trata apenas de meia dúzia de conceitos. Muitos críticos e ensaístas criaram conceitos, terminologias úteis e nem por isso modificaram nossa maneira de acercarmo-nos das coisas.

Enfim, para radicalizar, atualizar e dizer melhor o que talvez não tenha sido dito, em termos de informática, hoje isto é o equivalente a dizer que certos autores criam softwares para nosso imanente hardware.

COMO DIZIA JUAN GELMAN

— Essa sua história é já roteiro para um filme – disse ao poeta Juan Gelman naquela conversa no aeroporto de Oaxaca (México), ao final do Encontro de Poetas do Mundo Latino. Triste. Patético filme, é verdade. Mas emblemático daqueles anos de chumbo e sangue, em torno de 1960, 1970 e 1980, quando Brasil, Chile, Argentina e Uruguai institucionalizaram a violência ditatorial. Por aí, diz-se, "desapareceram" trinta mil pessoas. Havia eu estado com Gelman há alguns anos em outro festival de poesia, não sei se na Colômbia ou Costa Rica. Ele já era um personagem não só emblemático, mas trágico e lírico de nossas ditaduras recentes. Agora, no claustro do convento barroco de São Domingos, no crepúsculo dessa cidade colonial mexicana, diante de um público sentado sob os arcos dos corredores, dizíamos poemas. E Gelman, justamente homenageado, revelava que foi a partir de Oaxaca, há um ano, que ganhou força o movimento internacional para localizar e recuperar sua neta, cujos pais foram aniquilados pelos militares argentinos e uruguaios.

No aeroporto, talvez porque sendo o aeroporto espaço de partida e isto lhe possibilitasse uma breve ou nenhuma resposta, perguntei a Gelman:

— E como ficou a história de sua neta?

E o avião se atrasou, e a conversa se prolongou, se prolongou como só se prolonga nossa perplexidade diante da estupidez humana, ou, ao contrário, nossa alma diante da esperança.

Há alguns meses, computadores de todo o mundo ficaram entupidos de e-mails protestando contra o fato de que o então presidente do Uruguai, Julio Sanguineti, se negava a apurar a denúncia de que estava viva a neta de Juan Gelman, roubada de seus pais assassinados pelos militares e educada por um policial uruguaio e sua mulher. Dez prêmios Nobel se manifestaram. Saramago escreveu uma bela carta a Juan. Gunter Grass escreveu outra carta diretamente ao presidente uruguaio, que em resposta sugeriu que Grass estava sendo manipulado. No entanto, os fatos eram esses: a menina havia nascido quando Claudia, nora de Gelman, estava presa em Montevidéu. Antes, grávida de sete meses, Claudia fora levada da Argentina para o Uruguai, pois as forças repressoras do Cone Sul trocavam prisioneiros não só para mapear a guerrilha e a oposição, mas para poder liquidá-los sem deixar pistas em seus países de origem. No final do livro *Notas*, escrito em 1979, Gelman dizia: *"El 26 de agosto de 1976/ mi hijo Marcelo Ariel y/ su mujer Claudia, encinta,/ fueron secuestrados en/ Buenos Aires por un/ comando militar./ El hijo de ambos nació y murió en el campo de concentración. Como en decenas de miles/ de otros casos, la dictadura/ militar reconoció/ oficialmente a estos/ "desaparecidos". Habló de/ "los ausentes para siempre"./ Hasta que no vea sus cadáveres/ o a sus asesinos, nunca los/ daré por muertos."*

Já Marcelo, o filho de Gelman, foi um dos oito cadáveres com um tiro na nuca largados dentro de caixotes e latões cheios de pedras nos arredores de Buenos Aires. Essa insólita mercadoria já à época chamou a atenção de outros setores da repressão e dos próprios coveiros, por várias razões. Entre elas porque um dos cadáveres era o de uma mulher grávida. E esta, em vez de um tiro na nuca, tinha um tiro no ventre.

Os coveiros, mesmo acostumados às variantes da morte, não esqueceram aquilo. E quando, anos depois, se iniciaram as investigações, puderam indicar onde os corpos estavam clandestinamente sepultados. Gelman, então, narra que foi fundamental a colaboração da memória de vizinhos, de ex-terroristas e até mesmo de alguns considerados traidores, para que se retraçasse o percurso da fatalidade. Um verdadeiro quebra-cabeça, ao melhor estilo romanesco policial. Por isso, falei de roteiro cinematográfico, aludindo a como se foram aglutinando informações, por exemplo, de prisioneiros que ouviam o choro de um bebê na cela ao lado, a data em que isto ocorreu, a passagem por ali da nora de Gelman, até os recentes exames de DNA, que confirmaram tudo.

Por coincidência, no dia em que volto do México, o *Jornal do Brasil* traz ampla matéria sobre os "Bebês nas malhas da Operação Condor", dizendo como o grupo das mães diverge do grupo das avós da Praça de Maio nas suas estratégias de luta para esclarecer tais crimes. E isto reafirma o que Gelman dizia, que teve que atuar muitas vezes à revelia desses grupos institucionalizados.

O policial, que adotou a recém-nascida, morreu há pouco. (Dizem que Sanguineti até compareceu ao seu enterro.) Sua esposa nunca tinha tido filhos e, aos 48 anos, recebeu aquele presente dos céus. Ou do inferno. Pergunto, então, já convertido em repórter, sobre essa mulher que adotou a garota. Ela entendeu a nova situação melhor do que se esperava. Desenvolveu-se entre ela e a segunda mulher de Gelman, a psicanalista Mara, uma relação de confiança. Pergunto pela menina, hoje uma jovem de 23 anos Não deve ser fácil a essa altura da vida levar um solavanco desses. Não apenas pelo fato em si, já desestabilizador, mas porque seu avô é uma personalidade internacional e o fato extrapolou os limites domésticos.

A menina, dentro das circunstâncias, reagiu bem. Gelman e ela tiveram encontros naturalmente emocionados. Ela continua, porém, no Uruguai. Gelman vive no México. Mas o mais surpreendente, outra vez, veio do sistema, da parte de uma juíza que, lá pelas tantas, chegou a ameaçar de prisão a jovem se ela não obedecesse a certas exigências do processo. E o pior: mandou realmente prender a moça, que presa ficaria todo o dia, não fosse o chamado clamor público, horrorizado com mais esse horror dentro dos horrores.

Volto ao Brasil e ao escrever esta crônica releio poemas de Gelman. E reconsidero, não, não é necessário nenhum roteiro cinematográfico sobre essa tragédia. Está tudo em sua poesia. Uma delas, intitulada "La economia es una ciencia", ilustrativa e profeticamente dá um recado aos governantes de hoje: *"En el decenio que siguió a la crisis/ se notó la declinación del coeficiente de ternura/ en todos los países considerados/ o sea/ tu país/ mí país/ los países que crecían entre tu alma e mi alma/ de repente."*

COMO DEUS FALA AOS HOMENS

Houve um tempo em que Deus falou em hebraico. Houve um tempo em que Deus falou em grego. Depois começou a falar em latim. E a partir daí falou em muitas línguas; aliás, até mesmo em dialetos. Atualmente há quem garanta que ele fala em inglês.

Em português, Deus começou a falar em 1719, quando João Ferreira de Almeida traduziu o Novo Testamento.

Agora acabo de receber uma nova versão das palavras de Deus: *Bíblia Sagrada – nova tradução na linguagem de hoje* (Paulinas), elaborada pela Sociedade Bíblica do Brasil. Foram 12 anos de trabalho de uma equipe de especialistas coordenados por Rudi Zimmer, pastor luterano, especialista em hebraico e aramaico, professor de grego, latim, hebraico, teologia e história das religiões.

A NTLH, ou seja, a "Nova Tradução na Linguagem de Hoje", segundo o chefe da equipe, procurou simplificar o vocabulário e atualizar certas expressões. Assim, enquanto a clássica tradução de Almeida tinha 8,38 mil palavras diferentes, essa NTLH tem 4,39 mil, aproximando o texto do vocabulário de um brasileiro de cultura média. Deste modo, foram afastadas do texto expressões como "cingindo os vossos lombos", "recalcitrar contra os aguilhões" etc.

Eu pessoalmente senti aí falta da palavra "estultícia". Meu pai, citando Provérbios 22:15, vivia nos advertindo que só a vara de marmelo tira a estultícia do menino. No entanto, na versão nova, em vez de "estultícia", aparece "tolices". Ora, cometer uma "estultícia" era mais relevante, parecia que estava realmente infringindo uma regra e merecendo punição, pois "tolice" qualquer criança faz.

Quando menino e jovem, fui um contumaz leitor da Bíblia. Cada um dos cinco irmãos tinha sua Bíblia. A mãe tinha sua Bíblia. O pai abria sua imensa Bíblia e lia imensos salmos na hora das refeições. Ele tinha também uma Bíblia em esperanto e achava que essa era a língua capaz de resolver a questão da babel linguística e moral da humanidade.

Na modesta igreja metodista de São Mateus, lá em Juiz de Fora, fazia-se "concurso bíblico". Crentes, de todas as idades, iam para o palco e, como nesses programas de desafio cultural na televisão, alguém lançava no ar o desafio. Dizia o nome de um livro da Bíblia, de um capítulo e de um versículo, e tínhamos que recitar seu conteúdo. Por exemplo, se alguém dissesse "Provérbios, capítulo 18, versículo 16", a gente imediatamente retrucava: "O presente que o homem faz alarga-lhe o caminho e leva-o perante os grandes."

Mas de acordo com a nova versão, onde se lia aquela frase, está agora uma outra parecida:

"Você vai falar com alguém importante? Leve um presente, e será fácil."

Como se vê, a versão atual ganhou em clareza. Fazer lobby é coisa antiga. Não podia ser mais direto, só faltou dizer de quanto deve ser a comissão.

No entanto, se nesse certame bíblico alguém me desafiasse e dizendo *Provérbios 23:1*, a atual versão me faria dizer:

"Quando você for jantar com alguém importante, não se esqueça de quem ele é."

Mas prefiro a versão antiga, sobretudo mais precisa no estado em que vivemos:

"Quando te assentares a comer com um governador, atenta bem para aquele que está diante de ti."

Curiosamente, neste fim de semana li notícia de que a letra do Hino Nacional Brasileiro também já foi mexida atendendo ao desejo de simplificação. À época da ditadura de Vargas chamaram Manuel Bandeira para atualizar a letra original. Reconheça-se que não dava para mexer muito, porque esse hino sem os enigmáticos "lábaro que ostentas estrelado" e o "verde-louro dessa flâmula" já não seria o mesmo.

Na atual versão da Bíblia os tradutores alteraram até a forma como o nome de Deus aparece no Antigo Testamento. E onde havia "Deus Eterno" ou "Eterno", há agora "Senhor Deus", "Deus, o Senhor", o que modificou sete mil passagens.

Na verdade, estava acostumado a uma série de expressões poéticas na Bíblia de minha infância. O Salmo 42, então, começava assim:

"Como suspira a corça pelas correntes das águas, assim, por ti, ó Deus, suspira a minha alma."

Mas a versão atual diz:

"Assim como o corço deseja as águas, do ribeirão, assim também quero estar na tua presença, ó Deus!"

Confesso que me sentia melhor com uma alma feminina, como uma "corça". Além do mais, "ribeirão" me remete para um córrego meio sujo, enquanto "correntes das águas" me fazia sentir mais cristalino.

Igualmente me compungia mais quando, no Segundo Livro de Samuel (18:33), o rei Davi, ao saber da morte de seu filho Absalão, desesperado e vagando em seu palácio, dizia:

"Meu filho Absalão, meu filho, meu filho Absalão!

Quem me dera que eu morrera por ti, Absalão, meu filho, meu filho."

No entanto, a nova versão é mais seca e objetiva, sem aquele "Quem me dera, eu morrera" convertido em "Eu preferia ter morrido".

Entendam-me, não estou criticando, que para isto não tenho competência, mas tão somente lembrando o eco que a linguagem antiga largou no meu espírito, possivelmente insuflando-me no caminho da poesia.

Traduzir é tarefa para santos ou penitentes. Aíla de Oliveira Gomes, por exemplo, acaba de traduzir *Rei Lear* (Editora UFRJ) de um dos santos da literatura – Shakespeare. E o fez com competência eclesiástica. Já outros, e há alguns casos crônicos em nossa literatura, apresentam-se como "transcriadores". Ou seja, não traduzem. Como brilhantes parasitas, fazem sua obra dentro da obra alheia.

Correndo todos os riscos de ser mal compreendido, tenho que revelar que Deus falava mais bonito na minha infância. Expressava-se por enigmas, parábolas e metáforas, que não entendendo eu, achava-as belas e sedutoras. Aliás, as religiões se fundaram a partir do mistério da linguagem. As religiões e as artes. A poesia está nas dobras, nas elipses.

Mas como os homens estão ficando cada vez mais estúpidos, e com o ouvido cada vez mais poluído, Deus tem sido obrigado a ser cada vez mais direto.

Mas quanto a mim, Senhor, pode continuar a falar por enigmas. Que só um enigma a outro enigma pode esclarecer.

VIAJAR COM ESCRITORES

Viajar com um escritor é uma coisa. Viajar na escrita dele pode ser outra. Pessoalmente o escritor pode ser um chato, um maníaco (o que não é raro). Mas seu relato sobre viagens pode se converter em algo não só agradável, mas enriquecedor.

A arte de viajar, de Alain de Botton (Rocco), é uma viagem amena e envolvente por lugares, textos e vidas de vários escritores, artistas e cientistas. Através de sua narrativa, o leitor embarca com Baudelaire, Huysmans, Flaubert, Hopper, Humboldt, Wordsworth, Burke, Van Gogh, Ruskin, Delacroix para diferentes regiões do mundo. (Alain de Botton aproveita e, sem exagerar, insere algumas pequenas viagens suas.) Ele sabe que "poucos segundos na vida são mais libertadores do que aqueles em que um avião levanta voo para o céu. (...) As viagens são parteiras do pensamento. Poucos locais são mais propícios a conversas interiores do que um avião, um navio ou um trem em movimento". Concordando com o autor, acrescento: todo escritor que se preza, mal embarca para algum lugar, já vai sacando um caderninho de notas, pois que escrever e viajar são verbos complementares.

Estrategicamente, o autor começa seu livro pela antiviagem, mencionando o caso de J. K. Huysmans, que se tornou conhecido por ter criado o personagem Duc Des Esseintes (*A Rebours*), que, na verdade, odiava viagens. Afetado, misantropo, aristocrático, abominava a feiura das pessoas e dos lugares. Mas um dia, lendo um livro de Dickens, sentiu o ímpeto de ir a Londres. Preparou-se minuciosamente para tal peripécia. "Contudo, à medida que se aproximava o momento de embarcar no trem, trazendo consigo a oportunidade de transformar sonhos de Londres em realidade, Des Esseintes viu-se abruptamente acometido de preguiça. Pensou em como seria cansativo ir de verdade a Londres, como teria de correr até a estação, brigar com o carregador, embarcar no trem, suportar uma cama desconhecida, esperar em pé em filas, sentir frio e carregar sua frágil figura a todos os pontos turísticos que o Baedeker descrevera." E se indagando "de que adianta a movimentação quando uma pessoa pode viajar de modo tão fantástico sentada numa poltrona", o esnobe aristocrata resolveu ficar em casa mesmo.

Isto se parece com a narrativa de Xavier de Maistre, que fecha o livro, pois esse autor, através de duas obras, *Viagem pelo meu quarto* e *Expedição noturna pelo meu quarto*, pratica também antiviagens. Mas entre a ironia do primeiro e do último capítulos transcorrem saborosas anotações sobre o que significou a viagem, por exemplo, para Baudelaire, que num poema havia dito: "Para qualquer lugar! Qualquer lugar! Desde que eu saia deste mundo!"

Baudelaire faz parte desses europeus que não suportavam a Europa. "Sonhava em deixar a França e ir para outro lugar, algum lugar distante, em outro continente, sem nada que lhe lembrasse 'o dia a dia', termo que causava horror ao poeta." Certa vez, partiu para a Índia, mas por causa de uma tempestade teve que voltar à altura das ilhas Maurício.

Flaubert era outro que odiava a França, especialmente Rouen. Num conto escrito aos 15 anos, imaginava-se matando o prefeito de sua cidade. Sonhava era ser "condutor de camelos no Egito e perder a virgindade num harém". E quando seu rico pai faleceu, mandou-se para o Oriente, onde teve uma lendária experiência sexual com a prostituta Kucuck Hanem. O próprio escritor reconhecia: "Ela tem um dente incisivo superior direito que está começando a se deteriorar." Mas mesmo assim, no retorno, passando por Esna, perto de Luxor, de novo se acostou com ela.

O viajante tem o privilégio de praticar aquilo que chamaria de "primeiro olhar", o "olhar de estranhamento". Percebe minúcias, valoriza cenas e frases, que aos locais passam por despercebidas, banalizadas. Por isso é que Flaubert vai anotando que quando seu companheiro de viagem – Maxime du Camp – "perguntou a um criado se ele não estava cansado, a resposta foi: 'O prazer de ser visto pelo senhor é suficiente.'" Ou o menino que cumprimentou Flaubert numa rua do Cairo, dizendo: "Desejo-lhe todos os tipos de prosperidade, principalmente um pinto enorme."

Leitor de Baudelaire, o pintor americano Edward Hopper (que teve sua obra meio relegada, quando o Departamento de Estado e a CIA resolveram investir em Pollock e no abstracionismo), esse belo e comovente pintor da solidão, vivia viajando. Atravessou os Estados Unidos cinco vezes entre 1941 e 1955. Os títulos dos seus quadros dão notícia de que pintar também é viajar e vice-versa: *Quarto de hotel, Quartos de turista, Estrada de quatro faixas, Na direção de Boston, Noite en El Train* etc.

Se quem viaja tem o privilégio do "primeiro olhar" e do "estranhamento", o bom viajante é aquele que reaprende a olhar. E John Ruskin, o notável crítico de arte do século XIX, nisto foi também mestre. Em 1862, já desconfiava da velocidade, que se tornaria um valor autônomo no século seguinte. "Os aspectos realmente preciosos são o pensamento e a visão, não a velocidade. (...) E a um homem, se ele for um homem de verdade, não prejudica em nada ir devagar, pois sua glória não está de modo algum em ir, mas em ser." Por isso, insistia nos detalhes e ele mesmo desenhava pacientemente o que via. O entusiasmo que Ruskin teve pela fotografia, logo que ela surgiu, foi desaparecendo, pois os turistas passaram a ter uma relação distorcida com a câmera. Como diz Botton: "Em vez de usar a fotografia como um suplemento para um modo de ver mais ativo e consciente, eles a usavam como uma alternativa, prestando menos atenção no mundo do que tinham prestado antes, com base na crença de que a fotografia automaticamente lhes garantiria sua fruição."

Viajar, ver e fruir. Claro que existem outras formas de viajar. Há quem viaje não só com os olhos, mas com o estômago. São as viagens gastronômicas. Nada de errado nisto. Mas eu diria que a arte de viajar tem que envolver todos os sentidos. Por isso é que a sensualidade e o amor podem transformar a arte de viajar numa arte maior.

VIDA LITERÁRIA, ONTEM. E HOJE?

Como todo bom livro, esse *A vida literária no Brasil-1900* (José Olympio), de Brito Broca, pode ser lido em vários níveis. Tanto os que gostam de historinhas e casos de escritores quanto os que estudam a formação da cultura nacional encontrarão aí dados para se divertirem e se informarem. Verão reconstituído o tempo do modernizante governo Rodrigues Alves, a ação de Pereira Passos redesenhando o urbanismo carioca. Vão saber de José do Patrocínio, abolicionista negro que voltou da Europa trazendo o primeiro carro para o Brasil e, nesse espantoso veículo, desfilando airoso até que Olavo Bilac, ao tentar dirigi-lo, destruiu-o num desastre na rua da Passagem. Leremos aí que não é de hoje que a Biblioteca Nacional exibe a sua Bíblia de Gutemberg, pois quando Anatole France veio ao Brasil em 1909, levaram-no lá para reverenciar a obra. Terão os leitores elementos para entender a esterilidade criativa de Aluízio Azevedo, que tendo tido o sucesso com *Casa de pensão*, *O cortiço* e vivendo de escrever folhetins, nunca mais conseguiu terminar obra literária alguma desde que ingressou na carreira diplomática. Vão os leitores também se informar dos escândalos em torno de algumas eleições na Academia Brasileira de Letras, quando, por exemplo, o jovem Mário de Alencar – protegido de Machado de Assis e Rio Branco – derrotou outros escritores mais conhecidos. Poderão saber quais eram os salões literários que existiam na cidade, tipo Laurinda Santos Lobo, lá em Santa Teresa; de Sampaio Araújo, na Voluntários da Pátria; do casal Azeredo, na praia de Botafogo; de Araújo Viana, na Muda, na

Tijuca; de Coelho Neto, na rua do Rozo, e de como os artistas se dividiam povoando confeitarias e cafés, como o Café do Rio, Café Paris, o Java, Café Papagaio, Café Globo, Confeitaria Colombo, Confeitaria Pascoal, ou então, como depois do expediente, já que eram em geral funcionários públicos, iam os escritores para as portas das livrarias Briguiet, Laemmert e Azevedo para fazer a "vida literária".

Através deste livro iremos conhecendo melhor os meandros das personalidades de escritores como Machado de Assis, sentado numa cadeira para ele especialmente reservada na livraria Garnier e ali colhendo homenagens dos áulicos ou afirmações pouco lisonjeiras de Monteiro Lobato sobre a mistura de raças no Brasil. Mas além de saber como se organizaram as ondas de leitores em torno de Nietzsche, Tolstoi, Ibsen e Oscar Wilde, rever os dândis nas confeitarias com suas polainas, capas espanholas, chapéus desabados, monóculos e gravatas espalhafatosas, conheceremos centenas de outros escritores que, para usar uma imagem da época, eram falenas que se queimavam girando em torno da chama da glória. Esses "outros" que, sem serem grandes, com suas obras menores fertilizaram o terreno literário e com suas vidas ansiosas em torno da glória fornecem elementos para uma sociologia da literatura e da cultura.

Publicada originalmente em 1956, esta obra deveria ser de leitura obrigatória primeiramente para quem quisesse estudar letras ou recompor a história do cotidiano da cultura. Além de ser de agradável leitura, reforçaria a ideia de que, ao contrário do que se afirmou nas últimas décadas, uma obra artística não é unicamente texto, mas texto e contexto. A arrogância objetivista de certa crítica quis jogar fora a biografia dos autores, neutralizar a história, a psicanálise e a sociologia como se o estilo e a estrutura de uma obra fossem algo fora do tempo e do espaço. Não é bem assim.

Brito Broca tinha muita clareza do que estava fazendo: "Não precisarei insistir na distinção que estabeleço entre vida literária e literatura. Embora ambas se toquem e se confundam, por vezes há entre elas a diferença que vai da literatura estudada em termos de vida social para a literatura em termos de estilística. Aliás, essa distinção André Billy já fez na série que dirige na França, *Histoire de la vie littéraire* (Tallendier)."

O projeto de Brito Broca era fazer quatro volumes reconstituindo a "vida literária" em nosso país em diversas épocas. Os outros três seriam o período colonial e romântico, a fase naturalista e a vida no modernismo. Se houvesse desenvolvido seu projeto, essas obras constituiriam, ao lado dos sete volumes de *História da inteligência brasileira*, de Wilson Martins, uma fonte riquíssima para se entender o Brasil. Lamentavelmente, Brito Broca morreu atropelado na madrugada de 20 de agosto, na altura da rua Dois de Dezembro, no Flamengo, aos 58 anos de idade. Dele só há boas referências, embora seja, como o disse Francisco Assis Barbosa, "escritor sem biografia".

Tanta tese hoje surgindo por aí sobre assuntos inexpressivos ou repetindo *consuetudes* sobre meia dúzia de autores sempre viciosamente estudados, e eu pensando por que alguém não faz uma tese sobre Brito Broca e seu arqueológico trabalho. Por que não surge alguém enfrentando esse enorme e belo desafio que seria escrever a "vida literária", por exemplo, em torno do modernismo, ampliando assim algumas trilhas de Mário da Silva Brito e corrigindo o viés exageradamente paulista da questão? Como seria interessante reconstruir a vida literária em torno dos anos 1950 e 1960, quando ocorreu a maturidade da crônica, o surto das neovanguardas, quando as artes em geral passaram por formidável transformação no período de JK, quando houve a modernização dos jornais e revistas, a televisão começou a surgir, a universidade a ter um papel maior na vida literária e vivemos crises políticas e sociais perturbadoras; enfim, como seria essa vida literária e cultural em 2000 ou hoje, nessa nova passagem de século?

Quem escreveria tal epopeia ou farsa ou epigrama? Quem teria uma escrita o mais possível isenta, capaz de olhar de múltiplos ângulos rompendo com a visão estreita dos que querem conformar a história ao seu ponto de vista, à sua regionalidade, operando pela exclusão arrogante quando deve-se tentar entender o todo e as partes?

SABER FALAR POEMAS

Várias experiências e constatações recentes.

Estamos na deslumbrante Biblioteca Joanina, na Universidade de Coimbra. Somos poetas, que naquela tarde falarão seus poemas para uma plateia cercada por estantes com trezentos mil livros encadernados a ouro.

O poeta esloveno Kajetan Kovi lê seus poemas em esloveno. Não entendo uma só palavra de esloveno. Mas ele lê seus poemas com tal intensidade que, sem entender nada, pela sonoridade emitida, pelo ritmo, entonação, julgo perceber algo e sem entender nada me emociono com a emoção dele e com o que a sonoridade de suas palavras magicamente me comunicou.

Outros leem.

Por exemplo, John Ashberry, poeta de renome nos Estados Unidos e do qual Harold Bloom tanto gosta. Pois bem. Não sou exatamente o que se pode chamar um analfabeto em inglês. No entanto, não entendo nada do que ele está dizendo. Quer dizer: entendo palavras que saem de sua má dicção. Mas essas palavras, ditas como são ditas, distanciam-se, e muito, da poesia.

Fico intrigado.

Um poeta falando um poema numa língua que ignoro me comunica mais que um poeta falando numa língua que conheço.

A constatação continua em outros espaços.

No pátio aberto do Museu Nacional Machado de Castro, também na Universidade de Coimbra, poetas trabalhados pelo ator

João Grosso desenvolvem uma performance. Apresentam-se sobre a relva, a céu aberto, tendo atrás de si apenas arcos vazados de uma construção antiga, por onde se pode ver, lá longe, telhados e torres da cidade. Distribuídos sobre blocos de pedra, talvez ruínas de antiga construção romana que ali existem, sob holofotes, poetas dizem poemas seus e alheios. É uma verdadeira recuperação da poesia. Não são poetas famosos, são poetas competentes em dizer seus poemas. E quando o mestre da oficina de poesias, João Grosso, começa a ler Cesariny de Vasconcelos, Ruy Belo, Pessoa, Sá Carneiro, Jorge de Sena e aí, então, o público ouve com a alma de joelhos.

Agora estamos no Palácio Real de Madri e vai ocorrer uma "velada poética" no "Salón de las Colunas". Majestade não falta ao ato. É a segunda vez que assisto a tal apresentação, portanto o que se viu parece ser mesmo uma norma. Convidaram poetas famosos para celebrar o X Prêmio Reina Sofia. E a reunião se torna um evento tedioso e bocejante. Mesmo quando Pere Gimferrer, respeitadíssimo e premiadíssimo, lê seus poemas. Não é o fato de ler alguns poemas em catalão, cujas traduções são lidas a seguir. Brincando, digo-lhe ao final: "Entendi melhor o catalão que o espanhol." Ele ri e considera: "Ah! Sim, é uma mistura de francês, italiano, espanhol."

Não, não era isto.

Certos poetas deveriam andar com o seu leitor de poesia ao lado e serem interditados de falar seus poemas em público. Ou então, gravarem ou falarem só para registro – amostra de sua voz.

Há alguns anos estive no inenarrável Festival de Poesia de Medellín. Ali, os mistérios da poesia e da sonoridade poética fornecem mais alguns intrigantes elementos. Diariamente, numa meia dúzia de lugares da cidade, vários poetas falam seus poemas para grandes plateias. A maioria lê seus poemas mediocremente. Quando um os lê corretamente é uma ovação como se fosse um astro do rock. O público aplaude no meio do poema, assovia, sai atrás pedindo autógrafo. E quando a leitura é chatíssima, em vez de dormir, a plateia ouve até o fim, encantada, o que não entende. Mas isto só ocorre em Medellín, cidade típica de Macondo.

Há algo intrigante na sonoridade da poesia, algo que a música popular potencializa e que poetas como Lorca, Maiakovski e Dylan Thomas tão bem exploraram. Há um sentido encantatório e mágico no ritmo, na sonoridade impressa na sequência de vocábulos, sobre o que muito já se dissertou e se praticou seja em Platão seja em Nietzsche – e seu Zaratrusta, aquele poeta/profeta que seduz mais pela melodia do que diz que pelo contraditório e questionável do que exprime.

Quando "Os jograis" de São Paulo nos mostraram, na virada dos anos 1960, que se podia dizer poesia de forma não discursiva e declamatória, como o faziam as divas declamadoras de antanho, foi uma verdadeira revelação. Percebeu-se mais claramente que o verso moderno, mesmo sem rima e sem métrica, tinha uma densidade sonora e poética a ser explorada e que a poesia renascia na voz de quem a sabia dizer.

Uma das grandes tolices alardeadas por algumas vanguardas retrógradas deste século, além das anunciadas mortes da poesia, foi que a poesia no mundo da informação tenderia a ser cada vez mais visual. Pode-se fazer poesia visual. Pode-se fazer poesia verbal. Pode-se fazer poesia sonora. Cada qual segundo seus talentos, conforme diz a parábola bíblica. Mas com tantos mal-entendidos e com a incompetência dos poetas em dizerem bem seus poemas, a poesia foi se exilando cada vez mais, até se converter num artefato livresco.

De resto, Orfeu era aquele que, dando vida rítmica e melódica às palavras, fazia com que as feras se apaziguassem e até as pedras o escutassem.

FAMOSAS ÚLTIMAS PALAVRAS

Um amigo, no meio de uma reunião social, indagava: "Vocês repararam que ninguém mais diz frases históricas antes de morrer? O que aconteceu com as célebres 'últimas palavras'?" E dito isto, passamos a recordar as míticas exclamações tipo Goethe, "luz, mais luz!", e a proclamação daquele bravo holandês em plena batalha naval, "o oceano é a única sepultura digna de um almirante batavo".

Estava relendo *Tristia*, de Ovídio – aquelas longas epístolas poéticas que, exilado na Romênia, escrevia aos imperadores em Roma pedindo clemência por ter sido condenado sob a alegação de corromper os costumes com seu livro *A arte de amar*. Pois num dos trechos daquela obra, temendo o naufrágio na tempestuosa viagem para o exílio, exclama: "Nós vamos morrer./ No entanto, era de supor que deveria haver uma cena no leito de morte/ com amigos e queridos debruçando-se para ouvir minhas últimas palavras."

Estava ele se referindo às cenas clássicas e míticas a essas "últimas palavras", quando os heróis, mártires e santos, entrevendo já os deuses e olhando ainda os humanos, proferem suas últimas verdades. E, de alguma maneira, esse seu patético poema é isto. Se bem que Ovídio deixou pronto um epitáfio para sua própria tumba, que dizia: "Aqui jaz o poeta Nasão, cantor ligeiro de ternos amores. Minha inspiração me pôs a perder. Quem quer que sejas, passante, se amaste, para conjurar essa desgraça pronuncia essas palavras: que os restos de Nasão repousem em paz."

Estou me lembrando dessas coisas porque acabo de ler que saiu na França um livro de Michel Schneider intitulado *Morts imaginaires*, que compila as frases derradeiras suspiradas por grandes escritores. De Montaigne a Truman Capote, de Pascal a Dino Buzzati, ali estão 36 escritores exalando seu epitáfio oral.

Victor Hugo teria dito um verso alexandrino: *"C'est ici le combat du jour et de la nuit"* (Este é o combate do dia e da noite).

Tolstoi, por sua vez, suspirou: "Amo a verdade... muito."

Kant: "Basta."

Anatole France: "Mamãe, mamãe."

Henri Heine: "Estou perdido."

George Bernanos: "A nós dois!"

Chateaubriand: "Amo porquinhos, comeremos porquinhos."

Philippe Ariès (*História da morte no Ocidente – da Idade Média aos nossos dias*) dizia que, segundo a narrativa das antigas gestas, os cavaleiros medievais tinham mais tempo para morrer. Primeiro eram advertidos da morte próxima e, de alguma maneira, se preparavam para o último ato. Foi assim que Lancelot, ferido e perdido na floresta, fez gestos ritualísticos despojando-se de suas armas, deitando-se e abrindo os braços em cruz, com a cabeça na direção de Jerusalém para expirar. Tristão e Isolda escolhem a posição em que deixarão seus corpos mortos, já que o amor entre eles era impossível. E Romeu, ao morrer diante de Julieta, exclama: "Então, com um beijo, eu morro."

Estou me lembrando de quando fui visitar Clarice Lispector no hospital nos seus últimos dias e de Olga Borelli narrando-me, posteriormente, o que a romancista, enfim, disse ao médico: "O senhor matou a minha personagem."

Faz sentido a observação de Michel Schneider de que "ser escritor é de certa maneira se interrogar sobre o que a linguagem pode dizer da morte". Pode-se dizer também que transformar a morte em palavras é uma maneira de retardá-la e, provisoriamente, domá-la. A obra é aquilo que o escritor subtrai à morte, uma ilha que fica após o naufrágio.

Há escritores que "previvem" sua morte, construindo-a dentro da vida, o mais saudavelmente possível.

Há escritores que vivem negando a morte.

Há escritores que apressam seu desenlace por não suportarem a depressão e outras formas de sofrimentos morais e psíquicos.

E há escritores que se dedicam a pesquisar, descrever e, de certo modo, a viver a morte de outros, como forma de conhecer através da morte alheia a própria morte. É neste sentido, como diz Michel Schneider, que alguns são fascinados pela morte dos confrades. "Dumas contou a morte de Nerval, Thomas Quincey a de Kant. É como se, de maneira antecipada, eles fossem possuídos por essa questão: o que vai acontecer comigo quando as palavras me faltarem? Há a história magnífica de meu caro Marcel Schwob, autor de *Vidas imaginárias*. Literalmente possuído por Robert Louis Stevenson, seu ídolo literário, Schwob rumou para Samoa em busca da tumba do autor de *A ilha do tesouro*. Ele não a encontrou, ficou doente e sobreviveu sem poder escrever, como se a tumba não encontrável de Stevenson lhe houvesse privado da fonte de sua vida e de sua escrita."

Houve um tempo que, de tão antigo, só mesmo a expressão latina *ars moriendi* pode ilustrá-lo. Havia, então, uma arte de morrer. Hoje a morte tornou-se uma coisa tão banal que parece ter perdido toda a sua grandeza. Será que a vida atual não permite mais esse desempenho teatral ou estão faltando redatores e copidesques da última cena? Além da banalização da morte, ilustrada nos filmes e na literatura policial tanto quanto nos jornais, em algumas culturas, como a norte-americana, há muito que se tenta enfeitar a morte. A América, diz Phillipe Ariès, foi a primeira a embotar o sentido trágico da morte introduzindo comercialmente a "toalete funerária", como se o cadáver estivesse indo a uma festa de debutantes.

Sem querer introduzir exatamente algo de macabro ou humor negro, não posso deixar de pensar que em tempos de uma sociedade eletrônica com tantos efeitos fantásticos de imagem e discurso talvez possamos reativar as célebres "últimas palavras" de forma pós-moderna. Por que não um DVD ou um *datashow* projetando numa tela sobre o caixão cenas de vida do morto, e até mesmo as suas "últimas palavras" adrede preparadas?

SUMÁRIO*

A cegueira e o saber 1; 20 de nov. 2004	9
A cegueira e o saber 2; 27 de nov. 2004	13
A cegueira e o saber 3; 4 de dez. 2004	16
A cegueira e o saber 4; 11 de dez. 2004	20
A cegueira e o saber 5; 18 de dez. 2004	23
A cegueira e o saber 6; 25 de dez. 2004	27
Obras-primas recusadas 1; 1º de jan. 2005	31
Obras-primas recusadas 2; 8 de jan. 2005	34
O lápis e a folha em branco; 10 de maio 2003	38
Carta para Clarice; 17 de nov. 2001	41
Como surgem certas obras; 11 de ago. 2001	44
Livros natimortos; 1º de nov. 2003	47
Fazer emergir a poesia; 29 de jan. 2005	51
Onde a porca torce o rabo; 8 de fev. 2003	54
A raposa que perdeu a cauda; 21 de ago. 2004	58
Publicar e ter sucesso; 15 de jan. 2005	62
Arte como segunda língua; 4 de out. 2003	66
Lembrando de Elizabeth; 1º de dez. 2001	69
Cervantes: o falso e o verdadeiro 1; 19 de fev. 2005	72
Cervantes: o falso e o verdadeiro 2; 26 de fev. 2005	76
Tirant lo Blanc e *Dom Quixote*; 12 de mar. 2005	80
Crítica de traduções; 15 de nov. 2003	84
Neruda: museu de afetos; 22 de fev. 2003	87
Neruda entre prosa & poesia; 15 de fev. 2003	91

317

No Chile de Neruda; 10 de jul. 2004 95
Real romance de M. Haritoff 1; 28 de ago. 2004 98
Real romance de M. Haritoff 2; 4 de set. 2004....................... 102
Real romance de M. Haritoff 3; 11 de set. 2004 106
Real romance de M. Haritoff 4; 18 de set. 2004 110
Real romance de M. Haritoff 5; 25 de set. 2004..................... 114
Real romance de M. Haritoff 6; 2 de out. 2004 118
Ulisses e esse "mal-estar"; 20 de set. 2003............................ 122
A antidroga de Ulisses; 27 de set. 2003 126
A cópia que nos copia; 19 de jul. 2003 129
O desafio contemporâneo; 26 de jul. 2003 132
Quem cria o criador?; 24 de jan. 2004................................... 136
Multidões sem rumo; 30 de ago. 2003 140
Garrafa ou livro ao mar; 13 de set. 2003 144
O roubo do século; 6 de set. 2003 148
Além dos centros e dos "excêntricos"; 1º de maio de 2004 152
O sem-fim do fim da arte; 9 de ago. 2003 155
Ciclo e circo da transgressão; 20 de dez. 2003....................... 159
Cura do real pela ficção; 10 de jan. 2004............................... 163
Fixando palavras em Marrakesh; 21 de abr. 2001................... 167
De onde vem o Arlequim?; 5 de mar. 2003 171
Hércules e os travestis; 21 de fev. 2004 175
Um judeu, um palestino; 28 de fev. 2003............................... 179
Ele sabe do que está falando; 14 de ago. 2004....................... 183
Literatura infantil 1; 16 de abr. 2005...................................... 187
Literatura infantil 2; 23 de abr. 2005 191
O que lia García Márquez; 8 de mar. 2003............................. 195
Quando a história dá bode; 14 de jun. 2000 199
O que querem os homens?; 31 de mar. 2001.......................... 203
Jardim também é cultura; 14 de jun. 2003 207
O filósofo e as princesas; 13 de nov. 2004 211
O menor conto do mundo; 15 de mar. 2003 214
José Veríssimo – o profeta; 22 de nov. 2003........................... 217

Reencontrando Lúcia; 8 de dez. 2001 221
Rosa *versus* Machado; 22 de dez. 2001 224
Jules Verne e seu editor; 2 de abr. 2005 227
A vida é um caravançarai; 7 de jun. 2003 231
Livros: negócio da China; 25 de maio 2004 235
Saber otimista e generoso; 27 de dez. 2003 238
Sete pilares da guerra; 26 de abr. 2003 242
Teatro no mar; 25 de ago. 2001 246
De êxitos e fracassos; 9 de jun. 2001 249
Repassando "futurices"; 28 de jul. 2001 253
Fascínio e poder de Alexandria; 4 de fev. 2006 256
O papa e Michelangelo; 4 de abr. 2005 260
Formas novas de ver o Brasil; 12 de fev. 2005 264
Há 30 anos, a "Expoesia"; 25 de out. 2003 268
O lirismo envergonhado; 17 de maio 2003 272
Os cabelos de Clarice; 14 de maio 2005 276
Coisas de Murilo; 15 de fev. 2001 280
Outro Cabral, barroco; 14 de nov. 1999 284
Verissimo & Cia.; 9 de jun. 2005 288
Os que nos ensinam a ver; 23 de jun. 2001 292
Como dizia Juan Gelman; 24 de out. 2000 295
Como Deus fala aos homens; 20 de dez. 2003 299
Viajar com escritores; 6 de dez. 2003 303
Vida literária, ontem. E hoje?; 2 de jul. 2005 307
Saber falar poemas; 23 de jun. 2001 310
Famosas últimas palavras; 27 de nov. 2003 313

---

* Todos os artigos foram publicados originalmente pelo jornal *O Globo*.

Este livro foi impresso na Editora JPA Ltda.,
Av. Brasil, 10.600 – Rio de Janeiro – RJ,
para a Editora Rocco Ltda.